Der Postbote

Harry Castlemon

Writat

Diese Ausgabe erschien im Jahr 2023

ISBN: 9789358811780

Herausgegeben von
Writat
E-Mail: info@writat.com

Inhalt

KAPITEL I
„HINWEIS ZURÜCK!“

„Pass auf, Dannie! Überfahren Sie keinen Kerl!“

Dan Evans, der die staubige Straße entlang stapfte, den Blick gedankenverloren auf den Boden geheftet und seinen Geist so ganz der Meditation hingegeben, dass er nicht wusste, was um ihn herum vorging, hielt plötzlich inne, als diese Worte an sein Ohr drangen Als er aufblickte, sah er sich einem Reiter gegenüber, der seinen Gaul gerade noch rechtzeitig zurückgehalten hatte, um zu verhindern, dass das Tier auf den Jungen trat. Er war ein kleiner Pflanzer in der Nachbarschaft und Dan kannte ihn gut.

„Ihr werdet bis zu eurem Haus so reiche Leute sein , dass ihr alle dazu anseht, euch euren Weg zu bahnen , schätze ich, nicht wahr?“ fuhr der Pflanzer mit einem gutmütigen Lächeln fort.

"Reich!" wiederholte Dan und errötete wütend, während er seinen zerfetzten Mantel um sich zog. Er wusste nicht, was der Pflanzer meinte, und dachte, er würde sich über seine Armut lustig machen. „Ich kann nicht anders , denn ich trage keine guten Klamotten wie Don und Bert, Verwandte? Ich arbeite ungeheuer hart –“

„Und dafür werde ich auch gut bezahlt , sage *ich* dir“, unterbrach der Reiter. „Ich würde mich freuen, wenn ich die Chance hätte, selbst so viel Geld zu verdienen . “ Du brauchst diese Kleidung nicht mehr zu tragen , Dave , und du bist höchstwahrscheinlich ein Partner, und er wird tun, was für dich richtig ist.“

„Dave!“ wiederholte Dan, der nun begann, gespannter zuzuhören.

"Ja. Er ist ein kraftvoller, kluger Junge, Dave, und ich bin froh, dass er so viel Glück hat. Er hat heute Nachmittag ein so großes Bündel Greenbacks mit nach Hause genommen “, sagte der Pflanzer, schob seinen Ärmel zurück und zeigte sein muskulöses Handgelenk.

Dan schnappte ziemlich nach Luft. Er ging rückwärts zu einem Baumstamm am Straßenrand, setzte sich darauf und ließ vor Aufregung sein Gewehr aus seinen Händen fallen.

„Ja“, fuhr der Pflanzer fort, der über Dans Verhalten ein wenig überrascht zu sein schien; „Diese Wachteln haben diesen Mann oben im Norden erreicht, und heute ist das Geld gekommen – hundertzweiundneunzig Dollar und einen halben.“

Dan schnappte erneut nach Luft, nahm seinen Hut ab und zog den Ärmel seines Mantels über seine Stirn.

"Ja. Silas Jones, er hat achtundzwanzig Dollar als Frachtkosten genommen und Dave den Rest gegeben – etwas mehr als einhundert und vierundsechzig Dollar. Ich war damals im Laden und es tat mir gut zu sehen, wie Dave ihnen die Greenbacks nahm und hinausging."

„ Wo – wo ist das Geld jetzt?" Dan schaffte es endlich zu fragen.

„Na ja, er hat es mit nach Hause genommen, schätze ich. Was sollte er sonst noch damit machen? Und jetzt, Dannie, mach dir keine Sorgen und sag, dass du uns einfache Leute nicht mehr anschauen willst .

Mit diesem Abschiedsratschlag ritt der Pflanzer davon und ließ Dan voller Staunen auf seinem Baumstamm sitzen. Es dauerte lange, bis er sich erholte, und als er es geschafft hatte, sprang er auf, als wäre ihm gerade etwas eingefallen, um das er sich schon vor langer Zeit hätte kümmern sollen, ergriff sein Gewehr und verschwand im Wald.

Dieser Vorfall ereignete sich am selben Tag, an dem Silas Jones David für die Wachteln bezahlte, die er mit dem Dampfer Emma Deane verschifft hatte. Am Ende des zweiten Bandes dieser Reihe sahen wir, dass David, sobald er den Lohn für seine Arbeit erhalten hatte , sich aller Eile beeilte, nach Hause zu kommen. Dort fand er seine Mutter, aber bevor er ihr von seinem Glück erzählte, ging er zwei- oder dreimal um die Hütte herum und blickte scharf in alle Richtungen, um sich zu vergewissern, dass sein Bruder Dan nirgends in der Nähe war; und nachdem er sich in diesem Punkt überzeugt hatte, ging er hinein und legte seiner Mutter die Rolle Greenbacks auf den Schoß.

David hatte Grund, stolz zu sein, denn er hatte trotz vieler Hindernisse das Geld verdient. An erster Stelle war da Dan, der sich dazu entschloss, als er erfuhr, dass sein Bruder auf dem besten Weg war, eine stattliche Summe Geld zu verdienen, indem er Wachteln fing und sie an einen Mann im Norden verschiffte, der für sie geworben hatte beteiligte sich am Erlös seiner Arbeit und bot an, eine Partnerschaft mit ihm einzugehen; aber David wollte nicht zustimmen, und das machte Dan zu seinem Feind. Dan erklärte, dass auf diesen Feldern keine Wachteln gefangen werden dürften. Er würde es sich zur Aufgabe machen, die Fallen seines Bruders aufzuspüren, und wenn Vögel darin wären, würde er sie entweder befreien oder ihnen den Hals umdrehen, und dann würde er die Fallen zerschlagen. Doch wie sich herausstellte, setzte Dan diese Drohung nicht in die Tat um. Ein älterer und weiserer Mensch als er, mit dem er sich häufig beriet, hatte einen anderen Plan vorzuschlagen, und Dan ließ sich bereitwillig darauf ein.

Godfrey Evans, Dans und Davids Vater, befand sich in tiefer Schande. Er hatte Clarence Gordon auf der Autobahn zwanzig Dollar geraubt, und aus Angst, dafür verhaftet und bestraft zu werden, ging er in den Wald und blieb dort. Er lebte auf einer kleinen Insel im Bayou, etwa zwei Meilen von der Siedlung entfernt, die während des Krieges sein Versteck gewesen war, als die Streitkräfte der Union diesen Teil von Mississippi überfielen. Hier lebte er in einem elenden Unterstand im Unterholz, ohne Begleiter außer seinem Gewehr, bis sein Versteck zufällig von Dan bei einem seiner Streifzüge durch den Wald entdeckt wurde.

Natürlich wollte Godfrey wissen, was in der Siedlung seit seiner Abreise passiert war, und Dan erzählte ihm unter anderem, dass David sich mit dem Fang von Wachteln reich machen würde, dass er (Dan) jedoch beschlossen habe, dem ein Ende zu setzen dazu, indem er seine Fallen zerbricht. Nachdem er eine Stellungnahme zu dem Fall gehört hatte, sagte Godfrey zu seinem hoffnungsvollen Sohn, dass es einen besseren Weg als diesen gäbe, wenn er sich an David für dessen Weigerung rächen wolle, mit ihm eine Partnerschaft einzugehen. Es lag nicht in ihrem Interesse, den *Boy Trapper* in irgendeiner Weise zu stören. Er solle weitermachen und die Vögel fangen, und wenn seine Arbeit getan wäre und er das Geld dafür erhalten hätte, *dann* sei es Zeit für sie zu handeln. Sie würden das Geld selbst nehmen und es zu gleichen Teilen unter sich aufteilen. Godfrey sagte nicht, was er mit seinem Anteil anfangen wollte, als er ihn bekam, aber er zeichnete die strahlendsten Bilder von den Annehmlichkeiten und dem Luxus, mit denen Dan sich versorgen konnte, als er das Geld erhielt, das ihm zufallen würde. Dan wollte genauso leben, wie Don und Bert Gordon lebten. Er wollte ein geflecktes Pony, eine Hinterlader-Schrotflinte, eine Angel mit Gelenken und ein Segelboot; und um seine ernsthafte Unterstützung bei dem von ihm vorgeschlagenen Plan sicherzustellen, schlug Godfrey vor, dass David für fünfundsiebzig Dollar (sie erwarteten, dass David einhundertfünfzig Dollar für seine Vögel erhalten würde, und das würde ihnen nur fünfundsiebzig Dollar bescheren). (Bei gleicher Aufteilung des Geldes pro Dollar pro Stück) könnten all diese schönen Dinge gekauft werden, und außerdem bliebe etwas übrig, das in gute Kleidung investiert werden könnte.

Dan war von den Plänen seines Vaters begeistert und war von dieser Stunde an genauso an Davids Erfolg interessiert wie David selbst. Es war auch möglich, dass es ihm gelang, eine Verschwörung zu vereiteln, die, wenn sie in die Tat umgesetzt worden wäre, dem Fallensteller großen Schaden zugefügt hätte. Es stellte sich heraus, dass es in der Siedlung zwei weitere Personen gab, vor denen David Grund zur Furcht hatte. Es waren Lester Brigham und Bob Owens; und da sie nicht damit rechneten, an dem Geld teilzuhaben, nachdem David es verdient hatte, beschlossen sie, dass er überhaupt kein Geld verdienen sollte. Sie waren enttäuschte Bewerber um genau den Auftrag, den David erhalten hatte. Als sie die Anzeige im *Rod and Gun lasen* , in der fünfzig Dutzend lebende Wachteln gefordert wurden, verloren sie keine Zeit, darauf zu antworten; Aber sie kamen nur drei Tage zu spät, da der hellwache Don Gordon den Auftrag bereits für David Evans gesichert hatte.

Als Bob und Lester das herausfanden, waren sie sehr wütend. Bob wünschte sich genauso viel wie Dan einen Hinterlader. Fast jeder Junge in der Siedlung, mit dem er Umgang hatte, besaß eines, und für fünfundsiebzig Dollar würde er auch eines besitzen. Er war schon lange auf der Suche nach einer Chance, so viel Geld zu verdienen, und als sie fast in greifbarer Nähe war, wurde sie ihm von dem aufdringlichen Don Gordon entrissen und dem Lumpen Dave Evans übergeben. So betrachteten Bob und sein Freund die Sache, und nachdem sie darüber gesprochen hatten, kamen sie zu dem Schluss, dass David mit so viel Geld nichts anzufangen hatte und dass er es nicht haben sollte. Sie schrieben an den Mann, der für die Wachteln geworben hatte, und teilten ihm mit, dass die Person, der er den Auftrag erteilt hatte, nicht zuverlässig sei und ihm nicht die erforderliche Anzahl Vögel liefern könne; und dann machten sie sich an die Arbeit, um ihren Worten etwas Gutes zu tun.

Das erste, was sie taten, war, David einzuschüchtern, indem sie ihm mit den Schrecken eines Gesetzes drohten, das es nicht gab. Lester sagte ihm, wenn er Wachteln fing und sie aus dem Staat schickte , würde er sich einer Geldstrafe und einer Gefängnisstrafe aussetzen; Aber David wusste es besser und weigerte sich entschieden, seine Chancen auf einen ehrlichen Dollar aufzugeben, obwohl Lester drohte, ihn mit der Reitpeitsche zu schlagen, wenn er es nicht täte. Nachdem sie zu diesem Zeitpunkt besiegt waren, versuchten die Verschwörer einen anderen Plan. Sie entwarfen eine Satzung und Satzung für die Leitung eines Sportlerclubs, und Lester machte sich daran, Unterzeichner dafür zu gewinnen. Zuerst wandte er sich an Don und Bert Gordon, denn er wusste, wenn er sich ihre Namen sichern konnte, konnte er sich auch die von Fred und Joe Packard sichern, und durch den Einfluss dieser vier konnte jeder junge Sportler in der Siedlung in die Stadt gebracht werden Verein. Aber Don und Bert mochten Lester nicht, und ihnen gefiel auch nicht der Zweck, für den der Club gegründet werden sollte. Sie sahen deutlich, dass Bob und Lester versuchten, eine Allianz gegen David Evans zu bilden, und da sie bei einem solchen Geschäft nicht helfen konnten, lehnten sie es ab, ihre Namen zu nennen.

Voller Wut über ihren zweiten Misserfolg bereiteten sich Bob und Lester darauf vor, sich an den Brüdern zu rächen, was sie noch in derselben Nacht taten, indem sie ihre Schießhütte am Ufer des Sees in Brand steckten. Da sie fest entschlossen waren, nicht aufzugeben, bis David vom Feld vertrieben worden war, beschlossen sie einen anderen Plan, der darin bestand, ihre eigenen Fallen aufzustellen, die sie in Erwartung des Befehls aufgestellt hatten, um so viele Vögel wie sie zu fangen konnten, und gleichzeitig Davids Fallen beobachten und jede Wachtel stehlen, die sie darin fanden. Aber auch dieser Plan scheiterte. Die Wachteln wollten nicht in ihre Fallen tappen und sie konnten keine von Davids Fallen finden. Der Grund dafür war, dass sie auf Godfreys Plantage nach ihnen suchten und Davids Fallen alle auf General Gordons Feldern aufgestellt waren.

Die Verschwörer wussten nicht, dass Don und Bert David bei seiner Arbeit unterstützten, aber sie fanden es eines Morgens durch Zufall heraus. Sie sahen die drei Jungen dabei, wie sie ihre gefangenen Wachteln aus einer Falle in einen großen Hühnerstall überführten, den sie in einen Wagen gestellt hatten, und als sie dem Wagen folgten, als er das Feld verließ, sahen sie, dass die Gefangenen, als sie aus dem Hühnerstall entfernt wurden, dort waren in eine der unbesetzten Negerhütten des Generals gebracht. Nachdem sie ihre Notizen verglichen hatten, kamen sie zu dem Schluss, dass die Hütte fast voller Vögel war und dass sie für ihre Mühe gut entschädigt würden, wenn sie nur gewaltsam eindringen könnten. Einige von ihnen konnten sie stehlen, und diejenigen, die sie nicht wegtragen konnten, konnten sie befreien. Sie machten den Versuch noch in derselben Nacht und bereuten es hinterher sehr. Dan Evans war auf der Hut und vereitelte ihre Absichten sehr geschickt, indem er die Aufmerksamkeit von Dons Hunden auf sie lenkte. Die wilden Tiere zwangen die jungen Räuber, auf dem Dach der Hütte Zuflucht zu suchen, und dort blieben sie, bis der General herunterkam und sie am Morgen freiließ.

Während sich diese Vorfälle, die wir so eilig beschrieben haben, in der Siedlung ereigneten, ereigneten sich etwas außerhalb der Siedlung einige andere, die mit unserer Geschichte in Zusammenhang stehen. Das wichtigste davon war die Entdeckung von Godfreys Versteck durch Don und seinen Bruder, die auf Entenjagd im Bayou gingen. Es geschah am selben Tag, an dem Dan es entdeckte, und führte zu zahlreichen Vorfällen, von denen wir einige noch beschreiben müssen. Am amüsantesten war vielleicht die List, zu der Godfrey griff, um Don und Bert von der Insel zu vertreiben.

Die Brüder landeten, um sich nach ihrem langen Ausflug ein paar Minuten auszuruhen, und das erste, was Don entdeckte, war sein Kanu, das er sehr schätzte und das ihm einige Tage zuvor gestohlen worden war. Der Dieb war Godfrey Evans, der das Kanu benutzte, um vom Festland zu seinem Versteck auf der Insel zu gelangen. Die frischen Fußspuren, die deutlich im weichen Schlamm zu sehen waren, zeigten, dass auf der Insel jemand außer ihnen war, und sie beschlossen, herauszufinden, wer er war. Während sie einen schmalen Pfad entlanggingen, der ins Landesinnere führte, ahmte Godfrey, der sich mit Dan im Stock am anderen Ende des Pfades versteckt hatte, das Knurren eines wilden Tieres so perfekt nach, dass Don und Bert, die nur mit Waffen bewaffnet waren Ihre leichten Hinterlader beeilten sich, ihr Boot zu erreichen und in den Bach abzustoßen. Vielleicht verstärkte die Erinnerung an die Szenen, die sich einst in derselben Stockbremse abgespielt hatten, ihren Schrecken. Der Ort war als Bruins Insel bekannt, weil dort einst ein wilder alter Bär seine Höhle gebaut hatte und erst nach einem heftigen Kampf getötet wurde, bei dem er zwei Männer verwundet und eine Anzahl Hunde getötet hatte.

Don und Bert glaubten wirklich, dass ein anderer Bär die Insel in Besitz genommen hatte, und beschlossen, ihn zu vertreiben; Deshalb sicherten sie sich die Dienste von David Evans und seiner rostigen einläufigen Schrotflinte und kehrten am nächsten Morgen auf die Insel zurück, begleitet von zwei guten Hunden und bewaffnet mit Waffen, die besser für die Jagd auf so großes Wild geeignet waren als ihre kleinen Geflügeljagdgeräte Don ist mit seinem treuen Gewehr und Bert mit der schweren Entenpistole seines Vaters bewaffnet. Sie wollten den Bären erschießen, wenn sie konnten, und wenn ihnen das nicht gelang, wurden sie mit Werkzeugen und Ködern ausgestattet, mit denen sie eine Falle aufstellen konnten, mit der sie ihn lebend fangen konnten.

Es ist angebracht anzumerken, dass es einen Bären *gab* , der seine Zeit ungefähr zu gleichen Teilen zwischen der Insel und dem Hauptufer aufteilte, und die Jungen dachten, dass sie an diesem besonderen Morgen sicherlich eine Gelegenheit haben würden, ihre Fähigkeiten an ihm zu testen, denn die Hunde witterten etwas, das sie vor Aufregung fast in den Wahnsinn trieb. Aber es war kein Bär, den sie witterten; Es war Godfrey Evans, der wartete, bis sowohl die Hunde als auch die Jäger durch den Gehstock vor den Blicken verborgen waren, und dann in den Bayou ging und sich auf den Weg zum Festland machte. Die Jungen waren jedoch fest davon überzeugt, dass die Hunde einen Bären in die Flucht geschlagen hatten, und verbrachten den Tag damit, eine Falle für ihn zu bauen, in der Hoffnung, dass sie das Tier bei ihrem nächsten Besuch auf der Insel darin finden würden.

Nun hatte Godfrey es für notwendig gehalten, einen Teil des Geldes auszugeben, das er Clarence Gordon geraubt hatte, aber er hatte immer noch vierzehn Dollar davon übrig. Da es sich nicht darauf verlassen konnte, dass seine Taschen voller Löcher waren, versteckte er das Geld in einem hohlen Baumstamm, wo es seiner Meinung nach sicher wäre. Das plötzliche Auftauchen der jungen Jäger und ihrer Hunde erregte und beunruhigte ihn so sehr, dass er nie an seinen Schatz dachte, als er die Insel verließ, und auch nie wieder daran dachte, bis Dan ihn ein oder zwei Tage später zufällig erwähnte . Dann schwamm Godfrey zurück in sein altes Versteck, aber das Geld konnte nicht gefunden werden. Don und seine Gefährten hatten das Aussehen der Dinge erheblich verändert, während sie die Falle bauten. Dickichte waren abgeholzt, Baumstämme aus dem Weg gerollt worden, und

Godfrey konnte den Ort, an dem er seine unrechtmäßig erworbenen Gewinne versteckt hatte, nicht finden. Natürlich geriet er fast außer sich vor Wut, und da er keine bessere Möglichkeit hatte, sich an den jungen Jägern zu rächen, ließ er ihre Falle zuschnappen und riss Hebel, Seil und Köder davon. Am liebsten hätte er die Falle in Stücke gerissen, aber sie war so gebaut, dass sie der Kraft eines ausgewachsenen Bären standhalten konnte, und Godfrey konnte keinen der Baumstämme bewegen. Als Don und Bert mit ihrem Boot heraufkamen, um zu sehen, ob der Bär gefangen worden war, fanden sie ihre Falle in dem von uns beschriebenen Zustand vor. Sie haben es erneut geschafft und wie ihre Bemühungen dieses Mal belohnt wurden, müssen wir noch verraten.

Unterdessen ging die Arbeit, die Wachteln zu fangen, tapfer weiter. Mit der Unterstützung von Don und Bert, die dem Geschäft genauso viele Stunden widmeten wie David selbst, sah der junge Fallensteller, wie jeden Tag Geld in Form von Dutzenden kleiner brauner Vögel hereinkam, und er wäre so glücklich gewesen, wie jeder andere Kerl nur sein konnte Wären da nicht kurz vor dem versuchten Raubüberfall auf die Hütte zwei unangenehme Zwischenfälle geschehen, die wir nicht an der richtigen Stelle bemerkt haben. Auf einen dieser Vorfälle wurde er von seinen wachen Feinden Bob und Lester aufmerksam gemacht.

Während diese beiden Würdenträger eines Abends kurz nach Einbruch der Dunkelheit über ihre Aussichten diskutierten, entdeckten sie jemanden, der dabei war, Mr. Owens' Räucherei auszurauben. Es gelang ihnen, nahe genug an den Dieb heranzukommen, um zu erkennen, dass es sich um Godfrey Evans handelte, und dies legte ihnen einen weiteren Plan nahe, David zu zwingen, mit dem Fangen der Wachteln aufzuhören. Anstatt Mr. Owens die Angelegenheit zu melden, wie sie es hätten tun sollen, suchten sie ein Gespräch mit David und drohten, dass sie seinen Vater wegen Einbruchs verhaften würden, falls er ihnen kein freies Feld ließe. Natürlich hatte David danach keine Ruhe; Und um seine Probleme noch zu verschlimmern, unternahm sein Bruder Dan, der Don Gordon bereits um zehn Dollar betrogen hatte, den Versuch, noch weitere zehn Dollar von ihm zu erpressen, indem er seinen schönen jungen Vorstehhund Dandy *stahl* . Aber David konnte diesen Plan vereiteln, wenn auch unter schweren Verlusten für ihn. Er besuchte das neue Versteck seines Vaters im Wald, und als er dort den Zeiger fand, gelang es ihm, ihn zu befreien und ihn nach Hause zu führen; Doch in seinem verzweifelten Versuch, der Strafe zu entgehen, die ihm sein wütender Eltern drohte, musste er den Bayou durchschwimmen und verlor dabei seine Waffe. Er brachte den Zeiger jedoch nach Hause und sparte Dons zehn Dollar.

Aber wenn David mehr als genug Ärger hatte, hatte er auch ungefähr so viel Glück, wie es normalerweise Sterblichen zuteil wird. Die Wachteln gelangten fast so schnell in seine Fallen, wie er sie herausholen wollte; und außerdem nutzte General Gordon, der schon lange ein Auge auf den Jungen geworfen hatte, seinen Einfluss, um ihm die verantwortungsvolle Position des POSTBOTEN ZU SICHERN ; Aber dadurch erregte der General die Eifersucht eines seiner Nachbarn, der ihn um seine Beliebtheit in der Siedlung beneidete und ihm mit allen Mitteln, die in seiner Macht standen, gern Schaden zugefügt hätte. Dieser eifersüchtige Nachbar war Mr. Owens, Bobs Vater.

Zunächst war es Mr. Owens egal, wer den Platz des alten Postboten einnahm, solange es nicht jemand war , der von General Gordon empfohlen wurde; Aber nachdem er mit Bob darüber gesprochen hatte, kam ihm der Gedanke, dass es eine gute Sache wäre, wenn sein eigener Sohn die Position anstelle dieses niedrigen Kerls, Dave Evans, bekäme. Das dachte auch Bob und kam plötzlich zu dem Schluss, dass nichts besser zu ihm passen könnte. Darüber hinaus betrachtete er die Angelegenheit bereits als erledigt. Sein Vater versprach, dass er sein Bestes für ihn tun würde; Lester sagte, dass *sein* Vater die erforderlichen Anleihen bereitstellen würde, wenn er (Lester) ihn darum bitten würde, und Bob dachte, er brauche nichts mehr. Seiner Schätzung nach waren 360 Dollar pro Jahr (das war das, was der alte Spediteur erhielt) eine Geldsumme, die er nur schwer ausgeben konnte und von der er überzeugt war, dass er sie bald in einer angemessenen Weise verdienen würde war alles, was er trösten konnte, als er David Evans mit den Händen in den Taschen am Flussufer auf und ab gehen sah und mit großer Befriedigung die lange Reihe von Ställen betrachtete, die die gefangenen Wachteln enthielten und die dort auf die Ankunft warteten der Emma Deane.

„Schau ihn dir einfach an", sagte Bob voller Abscheu. „Man könnte meinen, er sei eine Million Dollar wert, so wie er sich aufführt."

„Lasst uns nach Einbruch der Dunkelheit hierher kommen und alle Ställe in den Fluss werfen", sagte Lester.

„Warum, er wird hier bleiben, um sie zu beobachten, nicht wahr?"

„Was ist damit? Wenn er ein Wort sagt, werfen wir ihn auch in den Fluss!"

Bob sagte, nichts würde ihm mehr gefallen. Er und sein Kumpel ritten in dieser Nacht gegen neun Uhr zum Treppenabsatz hinunter, fest entschlossen, Lesters Vorschlag in die Tat umzusetzen; Doch zu ihrer großen Überraschung und Enttäuschung stellten sie fest, dass David und sein Eigentum gut bewacht waren . Am Ufer brannte hell ein Feuer, und direkt davor war ein kleines Rasenzelt aufgebaut, das einer fröhlichen Gesellschaft, bestehend aus Don und Bert Gordon sowie Fred und Joe Packard, Schutz bot, die während des Wartens Lieder sangen und Geschichten erzählten für das Mittagessen und die Kanne Kaffee, die David für sie zubereitete. David blickte auf, als er das Geräusch der Hufe ihrer Pferde hörte, und ein großes, gelbbraunes Tier erhob sich aus seinem Bett auf der anderen Seite des Feuers und knurrte wild. Bob und sein Begleiter warteten darauf, nichts mehr zu sehen und zu hören. Sie hatten keine Lust, Leute wie Don Gordon und Fred Packard zu belästigen, von denen jeder sie beide hätte auspeitschen können, und sie standen in tiefer Angst vor dem gelbbraunen Tier hinter dem Feuer. Es war der Hund, der in der Nacht, in der sie versuchten, in die Hütte einzubrechen, in der die Wachteln eingesperrt waren, beinahe einen von ihnen gefangen hätte. Wortlos kehrten sie ihre Pferde um und ritten heimwärts, und David und sein Besitz durften in Frieden ruhen.

KAPITEL II
EIN MÄCHTIGER JÄGER.

Die Schande und Demütigung, die Bob und Lester empfanden, nachdem sie bei ihrem Versuch, in die Negerhütte einzubrechen, entdeckt wurden, waren von kurzer Dauer. Allmählich gewannen sie ihren Mut zurück und begannen, sich wieder unter ihre Gefährten zu mischen; Und obwohl sie bei ihrem ersten Gang zum Postamt ein oder zwei verschlagene Augenzwinkern sahen, sagte ihnen niemand etwas darüber, dass man auf dem Dach der Hütte einen Baum gesehen hatte, und sie hofften, dass der Umstand nicht bekannt wurde. Dennoch fühlten sie sich schuldig und fühlten sich viel wohler, wenn sie allein waren.

Sie hatten viel zu besprechen. Lester konnte nie aufhören zu murren, weil David trotz aller Bemühungen, ihn zu besiegen, Erfolg hatte, und Bob, der voller Träume und glorreicher Ideen war, redete ständig von den schönen Dingen, die er kaufen würde, wenn er Postbote wurde und verdiente dreihundertsechzig Dollar im Jahr. Dann würden er und sein Freund Lester ein grenzenloses Vergnügen erleben. Sie würden ein Kanu im See und einen Schießstand am Ufer haben. Sie campierten zweimal im Jahr, wie Don und Bert, und hatten eine Schar von Kameraden ihrer Wahl dabei. Sobald Bob genug Geld verdient hatte, um seinen Hinterlader zu kaufen, würde er in ein oder zwei Dutzend Lockvögel investieren, und sie würden dem eingebildeten Don Gordon zeigen, dass einige Jungen genauso gute Schützen waren wie er und einfach nur schießen konnten so viele Vögel im Verlauf einer Schießwoche.

Lester schloss sich diesen Ideen bereitwillig an und schlug vor, dass es vielleicht gut wäre, sofort das Kanu zu bauen, da sie gerade keine bessere Möglichkeit hätten, sich die Zeit zu vertreiben. Dann könnten sie den See von einem Ende bis zum anderen erkunden und einen guten Aufnahmepunkt für den Bau ihres Hauses auswählen. Das dachte auch Bob, und mit der Hilfe eines Negers seines Vaters, der geschickt mit der Axt umgehen konnte und mehr als einen Einbaum geformt hatte, gelang es ihnen nach zweitägiger Arbeit, ein geradezu sehr hübsches kleines Kanu zu bauen groß genug, um zwei Personen und ihre Campingausrüstung zu transportieren. Da sie keine eisernen Ruderschlösser hatten, machten sie zwei Paddel dafür; und als sie ihm ein oder zwei Anstriche mit bleifarbener Farbe gegeben hatten, sagten sie einander, dass es ein viel besseres und schöneres Fahrzeug sei als das von Don Gordon. Am selben Tag, an dem David sein Geld für die Wachteln erhielt, verluden sie das Kanu in einen Wagen, schleppten es zum See hinunter und befestigten es an einem Baum vor Godfrey Evans' Hütte, versprachen sie Dan, der zufällig dort war nach

Hause, dass sie ihm gelegentlich ein oder zwei Cent geben würden, wenn er ein Auge darauf hätte und dafür sorgen würde, dass niemand damit davonläuft.

Als sie zu Hause ankamen , fanden sie Mr. Owens, der gerade von der Landung zurückgekehrt war. An seinem Gesichtsausdruck erkannten sie, dass er Neuigkeiten für sie hatte. Bob dachte, dass es sich um etwas handeln musste, das mit seinen eigenen Zukunftsaussichten zu tun hatte, und erkundigte sich eifrig:

„Habe ich den Termin bekommen, Vater? Bin ich jetzt Postbote?"

„Oh, dafür ist nicht die Zeit", war die Antwort. „Ich habe noch nicht einmal mein Gebot abgegeben. Ich weiß nicht, ob du es haben solltest, Bob. Von einem Jungen, der zulässt, dass ein Kerl wie Dave Evans ihm eine Tasche voller Geld vor der Nase wegnimmt, halte ich nicht viel davon."

„Hat er es erhalten?" fragte Lester.

"Ich sollte das sagen. Ich habe gesehen, wie Silas Jones ihm über hundertsechzig Dollar gezahlt hat."

Lester nahm seinen Hut ab und warf sich auf die Veranda neben Mr. Owens' Stuhl, während Bob, der so erstaunt und wütend war, dass er nicht sprechen konnte, still stand und seinen Vater ansah.

„Sehen Sie, was Sie Jungs verloren haben, weil Sie nicht ein bisschen mehr „aufgestanden" haben – achtzig Dollar pro Person", fuhr Mr. Owens fort. „Wo ist dein Hinterlader jetzt, Bob?"

„Für so viel Geld hätte ich mir eine kaufen können und außerdem eine schöne Angelrute mit Gelenken", sagte der Junge bedauernd. „Ich hoffe, Dave wird jeden Cent davon verlieren."

„Er wird darauf achten", antwortete Mr. Owens lachend. „Er hat so hart dafür gearbeitet, dass er es nicht so leicht durchgehen lassen wird."

„Ohne Don und Bert hätte er es nie bekommen", sagte Bob gehässig. „Aber es ist mir egal – ich werde sie alle schon schlagen. Warte einfach, bis ich Postbote werde, dann zeige ich ihnen ein oder zwei Dinge. Glaubst du nicht, dass ich es sicher bekomme, Vater?"

„Ich denke, Ihre Chancen stehen genauso gut wie die aller anderen. Ich hatte noch keine Gelegenheit, mit jemandem darüber zu sprechen, aber ich muss morgen aufstehen und meine Arbeit erledigen, denn der General ist ständig beschäftigt. Er beabsichtigt, den Vertrag selbst zu bekommen und Dave mit der Arbeit zu beauftragen, und so werde ich es auch mit Ihnen machen müssen, wenn ich es bekomme. Der General hat heute im Laden darüber gesprochen. Er sagte kein Wort zu mir – ich vermute, er dachte, ich könne ihm weder helfen noch ihn behindern –, aber ich ging vor ihn und sagte ihm ganz deutlich, dass David der Sohn eines Diebes sei und man ihm nicht vertrauen könne mit so einer wertvollen Sache wie der Post. Sie hätten sehen sollen, wie der General die Augen öffnete. Als ich ihm erzählte, dass Godfrey meine Räucherei ausgeraubt hatte, sagte er, David sei daran nicht schuld. Er konnte nichts dagegen tun, was sein Vater tat. Ich antwortete nicht, denn ich wollte ihn nicht wissen lassen, dass ich gegen ihn arbeite. Wenn ich die Anleihen bekomme, denke ich, dass der Rest ganz einfach sein wird."

„Ich werde morgen Abend mit meinem Vater darüber sprechen", sagte Lester. „Bob und ich gehen morgen früh den See hinauf, und sobald wir zurückkommen, gehe ich nach Hause und kümmere mich um das Anleihengeschäft."

Bob verbrachte eine schlaflose Nacht. Er wurde jedes Mal wütend, wenn er an Davids Erfolg dachte, und jubelte und fröhlich, wenn er sich an die ermutigenden Worte seines Vaters erinnerte. Die Luftschlösser, die er baute, waren ebenso zahlreich und prachtvoll wie die, die Godfrey Evans errichtete, als er seiner Familie von dem Schatz erzählte, der im Kartoffelfeld des Generals vergraben war.

Die beiden Jungen standen am nächsten Morgen früh auf, und sobald sie gefrühstückt hatten und Mrs. Owens ein reichhaltiges Mittagessen für sie vorbereitet hatte, schulterten sie ihre Waffen und machten sich auf den Weg zum See. Bob trug das Vorderladergewehr seines Vaters, während Lester mit dem schweren Hirschgewehr bewaffnet war, mit dem er in der Wildnis im Norden Michigans so viele Bären und Panther niedergeschossen hatte. Lester freute sich, von den wunderbaren Heldentaten zu erzählen, die er mit demselben Gewehr vollbracht hatte, und da er ein gutes Gedächtnis hatte und es im Allgemeinen schaffte, dieselbe Geschichte zweimal gleich zu erzählen, kam Bob schließlich zu der Überzeugung, dass er nichts als die Wahrheit erzählte; aber gleichzeitig fand er es sehr seltsam, dass sein Freund nie dazu überredet werden konnte, sein Können unter Beweis zu stellen .

Sie fanden Godfreys Hütte verlassen von der Familie vor (wenn sie gewusst hätten, was dort in der Nacht zuvor passiert war, wäre ihre Freude grenzenlos gewesen), aber das Kanu war dort, wo sie es zurückgelassen hatten, und sie wussten, wo sie nach den Paddeln suchen mussten. Während Bob sich auf die Suche nach ihnen machte, öffnete Lester die Kette, mit der das Kanu gesichert war, packte den Lunchkorb und die Waffen hinein, und als alles bereit war, stürmten sie hinaus in den See.

„Ja, Sir, dieses Gewehr hat in meiner Wertschätzung einen hohen Stellenwert", sagte Lester und setzte das Gespräch fort, das er und Bob geführt hatten, als sie die Straße entlangkamen. „Wie Sie wissen, hat es mir mehr als einmal das Leben gerettet. Der letzte Bär, den ich erschossen habe, stürmte bis auf einen Meter an mich heran, bevor ich ihn fallen ließ. Ich habe in ebenso vielen Sekunden vier Kugeln in ihn abgefeuert. Wo wäre Ihr Vorderlader auf so engem Raum?"

„Nirgendwo", antwortete Bob. „Das ist es, was mich jedes Mal so wütend macht, wenn ich an Dave Evans denke. Wenn er nicht gewesen wäre, hätte ich vielleicht eine schöne Waffe bestellt und sie in ein paar Tagen in meinen Händen gehabt. Aber ich werde es wieder gutmachen, wenn ich Postbote werde."

„Ich werde Ihnen erzählen, was ich sonst noch mit diesem Gewehr gemacht habe", fuhr Lester fort, der genauso viel Freude daran hatte, über seine imaginären Heldentaten nachzudenken, wie Bob es tat, über seine Zukunftsaussichten zu sprechen. „Als ich einmal durch den Wald ging, schoss ich ein graues Eichhörnchen aus der Spitze des höchsten Muschelrinden- Hickorybaums, den ich je gesehen habe. Es fiel etwa einen Meter einen Meter tief und blieb auf einem kleinen Ast hängen, der vom Boden aus nicht größer als eine Stricknadel aussah. Ich wollte dieses Eichhörnchen, da es das einzige war, das ich an diesem Tag gesehen hatte, aber ich wollte nicht auf den Baum klettern, um es zu bekommen; Also zog ich es spontan hoch, schnitt beim ersten Schuss den Ast ab und erlegte das Eichhörnchen. Was halten Sie davon?"

„Ich denke, Sie sind ein hervorragender Schütze", antwortete Bob. „Warum gehst du nicht zu einigen der Schießkämpfe hier? Sie werden mit Sicherheit einige der Preise ergattern. Mal sehen, wie du diesem Kerl den Kopf abschlägst", fügte er hinzu und deutete auf das Ufer.

Lester schaute in die Richtung, die der Finger seines Freundes anzeigte, und sah eine Wachtel, die auf einem umgestürzten Baumstamm dicht am Wasser saß und offensichtlich den Rest der Herde bewachte, die sich auf der staubigen Straße tummelte. Während Bob sprach, stieß der Vogel einen warnenden Ton aus, und die Herde eilte in die Büsche, aber der Wächter behielt seinen Platz auf dem Baumstamm.

„Wirf ihn um", sagte Bob. „Er wird uns ein wirklich gutes Abendessen zubereiten, wenn wir keine Enten finden."

„Ich – ich bin völlig aus der Übung", antwortete Lester. „Ich habe den Tag erlebt, an dem ich es mit geschlossenen Augen schaffen konnte."

„Ich kann es mit offenen Augen schaffen", sagte Bob.

Während er sprach, zog er sein Paddel ein, hob das Gewehr seines Vaters auf, stützte seinen Ellbogen auf sein Knie, zog eine Perle auf den Kopf des Vogels und drückte ab. Bob war wirklich ein guter Schütze, und die Wirkung seines Schusses ließ Lester erstaunt die Augen öffnen. Der Vogel sah so klein aus, dass es sinnlos erschien, auf seinen Kopf zu schießen, aber Bob schoss aus der Mitte . Lester hatte so etwas noch nie gesehen. Bob hatte in seiner Gegenwart noch nie ein Gewehr abgefeuert (er benutzte immer eine Schrotflinte), und der Grund dafür war, dass Lester so laut mit seinem eigenen Können prahlte, dass Bob Angst hatte, geschlagen zu werden.

Sie paddelten hinter dem Vogel an Land her, und als sie wieder in den See vordrangen, hatte Lester nichts mehr über das Jagen und Schießen zu sagen. Er zeigte sogar den Wunsch, die Fahrt den See hinauf abzubrechen und nach Hause zu gehen.

„Ich fühle mich heute Morgen nicht sehr gut", sagte er, „und ich denke, wir sollten besser zurückgehen."

„ Oh , nein", antwortete Bob. „Du kannst dich in den Bug des Kanus legen und ich paddele. Tut dir der Kopf weh?"

„Schrecklich, und ich dachte, es wäre vielleicht gut, mit Vater über deine Bindungen zu sprechen. Wir wollen nicht noch einmal geschlagen werden, wissen Sie."

„Natürlich nicht, aber wenn du heute Abend mit ihm sprichst, wird es allen Zwecken genügen. Wenn mein Vater es eilig gehabt hätte, hätte er es dir gesagt. Ich möchte Ihnen einen Plan vorschlagen, der Sie aufweckt und Ihnen Leben einhaucht. Du erinnerst dich daran, als du Don dazu überreden wolltest, unserem Sportsman's Club beizutreten, erzählte er dir, dass er und Bert vor Bruin's Island von einem Bären erschreckt worden seien, nicht wahr? Und du hast ihm gesagt, dass du vielleicht eines Tages dorthin gehen und ihn erschießen würdest?"

"Ah! Ja, ich glaube, ich erinnere mich an ein solches Gespräch. Aber ich habe heute keine Lust dazu. Ein anderes Mal werde ich mit dir dorthin gehen, und wenn wir dort Bären finden, zeige ich dir, wie man sie jagt."

Es war überhaupt nicht wahrscheinlich, dass Lester oder irgendein anderer Junge in der Siedlung Bob etwas über die Bärenjagd hätte beibringen können. Er war fast immer zu den Hunden geritten, seit er groß genug war, um auf einem Pferd zu sitzen. Fast jeder Pflanzer in der Nachbarschaft besaß ein Rudel Hunde, darunter auch Mr. Owens, und die Jagd mit ihnen war ein ebenso großer Zeitvertreib wie Baseball im Norden, und während der richtigen Jahreszeit wurde sie ebenso regelmäßig betrieben . Viele alte Bären hatte Bob gesehen, wie sie von den Hunden „gestreckt" wurden, und das Gewehr, das er damals trug, hatte den Tod von mehr von ihnen bedeutet, als Lester an den Fingern beider Hände hätte abzählen können.

„Es ist seltsam, dass du nie zu einer unserer Jagden herauskommst", sagte Bob. „Sie wurden oft eingeladen."

„Ich weiß es, aber ich kann darin keinen Spaß erkennen", antwortete Lester, der wusste, dass, wenn er jemals unter den Jägern auftauchte , sie bald herausfinden würden, dass er ein sehr armer Reiter war. „Es ist leicht, einen Bären zu töten, wenn man ein oder zwei Hunde hat, die ihn für einen festhalten; Aber ich würde gerne sehen, wie einer von euch in den Wald geht und einen allein trifft, so wie ich es getan habe. Da kommt der Spaß ins Spiel."

„Das glaube ich", antwortete Bob, als er mit einem einzigen Paddelschlag das Kanu in der Mündung des Bayou, das zu Bruins Insel führte, zum Stillstand brachte. "Was sagen Sie? Sollen wir hinaufgehen?"

"Nicht heute; Mein Kopf schmerzt zu stark."

„Ich war letzten Sommer überall auf der Insel", fuhr Bob fort; „Sie wissen, dass man dorthin waten kann, wenn der Bayou niedrig ist. und ich habe kein Bärenzeichen gesehen. Darüber hinaus weiß ich, dass es in der Nähe der Insel seit Jahren keinen Bären mehr gegeben hat; aber wenn wir da hinaufgehen und einen finden sollten und Sie ihn erschießen würden, wüsste ich nichts, was Don Gordon dazu bringen würde, sich noch mehr zu schämen.

Lester erkannte die so verworfene Idee schnell. Wenn auf der Insel keine Aussicht bestand, einen Bären zu finden, hatte er nichts dagegen, dorthin zu gehen, oder besser gesagt, er wollte dorthin. Er konnte furchtlos die Insel erkunden und sich darauf verlassen, dass Bob in der Siedlung sein Lob verkündete und erzählte, was für ein tapferer Kerl er und was für ein Feigling Don war.

„Ich glaube nicht, dass Don viel Mut gezeigt hat, wegzulaufen, bevor er den Bären gesehen hat", sagte Lester.

„ Natürlich hat er das nicht getan", antwortete Bob.

„Sind Sie *sicher*, dass dort kein Bär war?"

"Ich weiß es. Bären gibt es auf dieser Insel nicht mehr ."

„Nun, lasst uns nach oben gehen und nachsehen. Wenn einer da ist, schenke ich dir seine Haut."

Das war genug für Bob, der mit einem einzigen Paddelschwung den Kopf des Kanus den Bayou hinauf drehte. Etwas zu seiner Überraschung richtete sich sein Begleiter, der im Bug gelegen hatte, beide Hände an den Kopf gehalten und sich ganz so verhalten hatte, als ob es ihm sehr schlecht ginge, auf und half ihm beim Antreiben ihres kleinen Bootes. Er erholte sich sofort von seiner Krankheit, als er feststellte, dass er sich einen guten Ruf erarbeiten konnte und gleichzeitig nicht Gefahr laufen musste, die Fähigkeiten und den Mut unter Beweis zu stellen, mit denen er sich so oft gerühmt hatte.

Als sie den Bayou hinaufzogen, tauchten die Enten, die nun in großer Zahl ankamen und durch den herannahenden Winter aus ihren fernen nördlichen Häusern vertrieben wurden, in zahlreichen Schwärmen aus dem Wasser auf. und nachdem Bob zwei „Pot Shots" auf sie gemacht hatte, wobei er auf die Vögel zielte, die auf dem Wasser saßen, und beide Male verfehlte, nahm Lester den Mut auf, seine Hirschkanone auf einen Schwarm auszuprobieren, der von einer kurzen Stelle aus herausschwamm Abstand vor ihnen. Er zielte schnell auf die Vögel und schaffte es durch einen Zufall, drei von ihnen zu erlegen – der Ball ging durch den Kopf einer der Enten, durch den Hals einer anderen und durch den Körper einer dritten. Aber Tatsache war, dass sie so dicht beieinander auf dem Wasser saßen, dass er sie kaum hätte übersehen können, wenn er es versucht hätte.

„Nun, ich erkläre es!" rief Bob aus. „Hast du auf ihre Köpfe geschossen?"

Lester war über das Ergebnis seines Schusses so erstaunt, dass er nicht sofort antworten konnte. Mit offenem Mund und weit aufgerissenen Augen blickte er auf die drei toten Enten, die auf dem Wasser lagen, dann auf den Rest der Herde, die den Bayou hinaufflogen, und dann blies er den Rauch aus dem Verschluss seines Gewehrs und steckte hinein eine frische Patrone.

„Oh, du brauchst nicht so überrascht auszusehen", rief Bob. „Ich hatte immer Angst vor dir und jetzt bin ich zufrieden, dass du mich schlagen kannst. Du bist der beste Schütze unter den Jungs in dieser Siedlung."

„Nun, das muss man nicht vor Leuten sagen", antwortete Lester, sobald er sich einigermaßen erholt hatte.

„Ja, das werde ich", erwiderte Bob. „Ich habe einige der Kerle sagen hören, dass sie nicht glaubten, dass du jemals in deinem Leben ein Wild getötet hast, und jetzt kann ich es ihnen anders sagen. Kannst du es nochmal machen?"

„Ich fürchte, nein", antwortete Lester mit einer Miene, die verriet, dass er es könnte, wenn er Lust dazu hätte.

"Ich glaube du kannst. Die Kerle hier haben nichts mit dir zu tun."

Lester war damit vollkommen zufrieden. Er hatte sich einen Ruf als Schütze erworben, und das mit Leichtigkeit. So mancher Ruf ist auf die gleiche Weise entstanden – durch Zufall. Mit einer vorgetäuschten Gleichgültigkeit, die er bei weitem nicht spüren konnte, hob er die Enten auf, als Bob auf sie zupaddelte, und aus Angst, sein Freund könnte ihn bitten, es noch einmal zu probieren, äußerte er den Wunsch, so schnell wie möglich auf die Insel gebracht zu werden .

„Ich habe jetzt meine Hand drin", sagte er, „und ich würde einem Grizzly nicht den Rücken kehren."

„Es gibt keinen Bären auf der Insel", antwortete Bob, „aber ich wünschte, es gäbe einen, denn ich würde gerne sehen, wie du ihn erschießt."

Obwohl Lester sehr stolz auf den Zufallsschuss war, den er gerade gemacht hatte, und ihn sehr ermutigte, konnte er den Wunsch seines Freundes nicht wiederholen; und wenn er auch nur den geringsten Verdacht gehabt hätte, dass sich im Umkreis einer halben Meile von ihm ein Bär befand, hätte er nicht angeheuert werden können, um im Bayou zu bleiben. Er wusste nicht das geringste über die Gewohnheiten des Tieres, aber Bob wusste es, und seine eindeutige Versicherung, dass Bären sich jetzt nie mehr auf der Insel „aufhielten", war das Einzige, was Lester dazu bewegte, einem Besuch zuzustimmen. Dennoch schlug sein Herz viel schneller als sonst, als sie um die Kurve bogen und in Sichtweite der schiefen Bergahorne kamen, hinter der Godfrey Evans teilweise verborgen gewesen war, als Dan ihn zum ersten Mal entdeckt hatte. Ein paar Minuten später trieb Bob den Bug des Kanus so tief in den Schlamm, dass die Strömung es nicht wegtragen konnte, und die beiden Jungen sprangen am Ufer heraus.

„Don Gordon ging vor einem Jahr nach Coldwater und brachte ein Bärenfell mit, das er allen zeigte , mit der Geschichte, dass er den Bären getötet habe, der es trug", sagte Bob, der nie müde wurde, harte Dinge über den Jungen zu sagen, den er trug gehasst. „Ich glaube es nicht und habe es auch nie getan. Er hat überall in der Siedlung erzählt, dass er vor ein paar Tagen von einem Bären von dieser Insel vertrieben wurde und dass er ihm eine Falle gestellt hat. Das glaube ich auch nicht; Aber wir schauen uns einfach um, um uns zu vergewissern, und dann gehen wir zurück zur Siedlung und sagen die Wahrheit über die Angelegenheit. Ich bin der Meinung, dass Don versucht, sich berühmt zu machen, indem er große Geschichten erzählt; und wenn wir es beweisen können, wird es ihn in den Hintergrund rücken lassen, und es wird uns außerdem einen Strich durch die Rechnung machen. Jetzt gab es irgendwo hier irgendwo einen Weg, der zu dem Lager führte, in dem Godfrey Evans lebte, als die Amis in diesem Land waren, und ich glaube, ich kann ihn finden."

Nachdem er die Kappe seines Gewehrs untersucht hatte, ging Bob den Strand entlang voran, und Lester wich zurück, durchaus bereit, dass sein Freund vorhergehen sollte; Denn als er in das dichte, dunkle Dickicht blickte, das das Innere der Insel bedeckte, begann ihm der Mut zu schwinden.

Bob entdeckte den Weg in wenigen Minuten und stellte zu seiner großen Überraschung fest, dass er nicht mit Schilf und Dornen bewachsen war, wie er es erwartet hatte, und da er ihn zum letzten Mal sah . Im Gegenteil, es war breit und gut geschlagen, denn während er sich dort versteckte, war Godfrey oft darüber hinweggegangen und hatte, um seinen Fortschritt zu erleichtern, die Dornen und das Rohr auf beiden Seiten abgebrochen. Bobs Gesicht wurde blass und seine Hände begannen zu zittern. Er schaute sich die Büsche genau an und sagte sich, dass sie von einem schweren Tier niedergerissen worden waren; aber er sagte nichts, denn er fürchtete, dass ihn sein Mut verlieren würde, wenn er den Mund öffnete, und er wollte sich in der Gegenwart eines so mächtigen Jägers wie seines Freundes Lester nicht als Feigling erweisen. Im Glauben, dass er jemanden im Rücken hatte, der ihm beistehen würde, ganz gleich, wie viel Ärger er auch bekommen würde, ergriff er sein Gewehr mit festerem Griff, zog den Hahn zurück und ging langsam den Weg entlang.

„Warum hast du deine Waffe gespannt?" fragte Lester in einem erschrockenen Flüstern. „Und warum bewegst du dich so langsam und vorsichtig?"

Die Antwort ließ Lester fast das Blut in den Adern gefrieren.

"Siehst du das?" antwortete Bob mit demselben erschrockenen Flüstern und zeigte auf einen Fußabdruck im Schlamm, der aussah, als hätte er von einem barfüßigen Mann gemacht worden sein können. „Sehen Sie diese kaputten Büsche? Sehen Sie dort die kleinere Spur?" fügte er einen Moment später mit einem Ton großer Besorgnis hinzu. „Wir befinden uns in einer gefährlichen Gegend, das merkt man sofort. Hier waren zwei Bären – ein alter und ein Junges; und ich würde mich nicht wundern, wenn sie in diesem Moment auf der Insel wären. Ja, Sir, das sind sie, und da ist jetzt einer von ihnen !"

Als Bob das sagte, gab es plötzlich einen Aufruhr im Gehstock vor ihnen, begleitet von einem heiseren Knurren. Bob machte sofort einen hastigen Rückzug und sprang hinter seinen Begleiter, bevor dieser es verhindern konnte, und Lester stand plötzlich dem ersten Bären gegenüber, den er jemals außerhalb einer Menagerie gesehen hatte.

KAPITEL III
LESTER ZEIGT SEINEN MUT.

Die jungen Jäger hatten fast das Ende des Weges erreicht und standen nun nur noch wenige Fuß von der Lichtung entfernt, auf der Godfrey seinen Unterstand gebaut hatte und die abgerissen worden war, um Platz für Don Gordons Bärenfalle zu schaffen. Neben dem Weg wuchsen mehrere große Bäume, und Bob sprang schnell hinter einen von ihnen und ließ Lester allein, nur zwanzig Meter von einem der größten Bären entfernt, die jemals in diesem Teil des Landes gesehen wurden. Ohne einen Augenblick zu zögern hob Bob sein Gewehr und richtete es auf die Brust des Tieres, das sich auf die Hinterbeine gestellt hatte, aber die Mündung der Waffe schwankte auf beängstigendste Art und Weise, und er konnte es nicht stillhalten, um es zu retten sein Leben. Er stellte fest, dass es einen großen Unterschied machte, ob man einem Bären gegenüberstand, wenn er zwanzig wilde Hunde und ebenso viele bewaffnete Reiter an seiner Seite hatte, oder ob man demselben Tier zu Fuß mit nur einem einzigen Gefährten gegenübertrat, auf den man sich verlassen konnte. Nach kurzem Nachdenken ließ er sein Gewehr sinken, denn er wusste, dass es töricht wäre, auf den Bären zu schießen und ihn zu verletzen. Er dachte, der sicherste Plan wäre, sich auf die überlegenen Fähigkeiten und den Mut seines Begleiters zu verlassen.

„Geh zu ihr!" sagte Bob mit kaum hörbarem Flüstern. „Schießen Sie ihr in die Augen, wenn Sie können; wenn nicht, nimm sie unter das Vorderbein."

Bob hielt seinen Blick auf die Bärin gerichtet und erwartete jeden Augenblick, sie unter Lesters tödlichem Ziel tot umfallen zu sehen; aber das Tier stand aufrecht da, beobachtete die Eindringlinge aufmerksam und öffnete schließlich sein Maul und zeigte eine schreckliche Reihe von Zähnen; Sie stieß ein weiteres wütendes Knurren aus und bewegte sich langsam den Weg entlang. Dann schaute Bob zu seinem Begleiter und fragte sich, warum er nicht schoss. Ein Blick verriet ihm den Grund. Der Jäger, der in Michigan Bären und Panther geschossen hatte, so wie gewöhnliche Jäger Eichhörnchen schießen, war von Schrecken überwältigt. Er stand mitten auf dem Weg und hielt den Schaft seines Gewehrs fest, dessen Mündung er hatte fallen lassen, bis es im Schlamm versunken war. Sein Gesicht war so bleich wie der Tod, und seine Augen, die auf das wilde Tier vor ihm gerichtet waren, schienen auf das Doppelte ihrer üblichen Größe gewachsen zu sein.

"Schießen! schießen!" rief Bob in großer Bestürzung. „In einer Minute wird sie direkt über uns sein."

Aber Lester hatte es nicht mehr geschafft, zu schießen oder irgendetwas anderes zu tun. Seine Angst hatte ihm alle Kräfte geraubt, und selbst das

Wissen, dass sein Leben in Gefahr war, konnte ihn nicht aufwecken. Bob sah, dass sofort etwas getan werden musste. Mit zitternden Händen hob er sein Gewehr an die Schulter, drückte hastig auf die Brust des Bären und drückte den Abzug. Ohne die Wirkung seines Schusses abzuwarten, warf er sein Gewehr weg, machte ein oder zwei schnelle Sprünge nach hinten und legte seine Hände auf einen kleinen Bäumchen, um ihn mit größter Gewandtheit hinaufzuklettern.

Nur wenige Sekunden genügten, um ihn in die obersten Äste zu bringen, und als er feststellte, dass er nicht höher konnte, blieb er stehen und schaute nach unten, um zu sehen, was unten vor sich ging. Die Bärin kam gerade auf die Beine, und der Anblick ließ Bobs Herz vor Aufregung und Triumph höher schlagen, denn dann wusste er, dass seine Kugel nicht weggeworfen worden war. Es hatte das Tier umgeworfen; Aber die Schnelligkeit ihrer Bewegungen und das heisere Knurren, das sie ausstieß, bewiesen, dass es keinen lebenswichtigen Teil erreicht hatte, sondern nur eine Wunde verursacht hatte, die so schwer war, dass sie vor Wut fast wahnsinnig wurde. Sie ließ sich auf alle Viere fallen und kam mit Höchstgeschwindigkeit den Weg hinunter, und da stand Lester regungslos da wie immer. Hätte er nicht das blasse Gesicht seines Freundes gesehen und die Position bemerkt, in der er sein Gewehr hielt, hätte Bob vielleicht geglaubt, er warte darauf, dass das Tier sich ihm bis auf fünf Fuß nähert, damit er den berühmten Schuss abfeuern kann, von dem er so oft gesprochen hat .

"Laufen! laufen!" keuchte Bob, der voll und ganz damit rechnete, zu sehen, wie sein Begleiter vor seinen Augen niedergerissen und in Stücke gerissen wurde. „Geh zu einem Baum – einem Schössling, dann bist du in Sicherheit, denn er ist zu klein, als dass der Bär klettern könnte!“

Diese Worte und der Anblick der schrecklichen Gefahr, der er ausgesetzt war, weckten Lester aus seiner Lethargie. Er ließ sein Gewehr fallen und ergriff mit noch größerer Beweglichkeit, als Bob noch wenige Sekunden zuvor gezeigt hatte, einen Schössling und kletterte wie ein Eichhörnchen daran hinauf. Er war nicht allzu schnell in seinen Bewegungen, denn der Bär, so tollpatschig er auch aussah, rannte überraschend schnell und war am Fuße des Bäumchens, bevor Lester außer Reichweite war. Sie erhob sich schnell auf die Hinterbeine und rammte eine ihrer Pfoten in die Äste, und der laute Schreckensschrei, den Lester ausstieß, erschreckte Bob so sehr, dass er beinahe von seinem Platz fiel. Sobald er die Zweige fester gepackt hatte , drehte er sich zu seinem Freund um und stellte zu großer Erleichterung fest, dass er nichts zu befürchten hatte.

Lester erkannte nun seine Gefahr und war voller Leben und Tatendrang. Er ergriff einen Ast über seinem Kopf, zog seine Füße hoch und entkam so dem wilden Griff, den der Bär nach ihm machte. Es war eine knappe Flucht, und Lesters Angst war so groß, dass er nur noch höher zwischen den Ästen klettern und sich an einen sicheren Ort bringen konnte. Der schlanke Schössling schwankte und schaukelte, während er sich nach oben arbeitete, und Lester konnte noch nicht glauben, dass die Gefahr vorüber war.

„Oh, Bob! Bob! was soll ich tun?" schaffte er zu fragen, während er sich an seine schwache Stütze klammerte und auf die hässliche Pfote des Bären hinabblickte, die ab und zu zwischen den Ästen emporragte, insgesamt zu nah an seinen Füßen, um sich zu trösten.

„Krieche so hoch wie du kannst und halte dich fest", war die Antwort. „Der Bär kann dir jetzt nichts mehr anhaben."

„Aber wie komme ich jemals nach Hause?" jammerte Lester.

"Ich weiß nicht. Darüber reden wir nach und nach. Jetzt müssen wir uns nur noch außerhalb ihrer Reichweite aufhalten. Warum hast du sie nicht erschossen, wie du früher in Michigan auf diese Bären geschossen hast?"

Bevor Lester Zeit hatte zu antworten, wurde die Aufmerksamkeit von ihm und seinem Begleiter auf zwei neue Schauspieler gelenkt, die plötzlich auf der Bühne auftauchten. Einen von ihnen hätten sie erkannt , wenn sie nicht zu große Angst gehabt hätten, irgendetwas zu erkennen . Es war einer von Don Gordons Hunden. Er und sein Gefährte stürmten direkt auf den Bären zu, und eine Sekunde später war ein schrecklicher Kampf im Gange. Das Knurren und Knurren der Kämpfer ließ Lester das Blut in den Adern gefrieren. Einen Moment später hörte man Dons Stimme, die die Hunde aufmunterte.

"Hallo! Hi! da", rief er. „Nimmt ihn, ihr Schurken. Zieh ihn runter!"

Auf seine Worte folgte der scharfe Knall eines Gewehrs, und als nächstes wusste Lester, dass er kopfüber durch die Äste stürzte. Der Schössling, in dem er Zuflucht gesucht hatte, erhielt einen plötzlichen und heftigen Stoß, als wäre ein mächtiger Körper dagegen geschleudert worden, und Lester, dessen extreme Angst ihn fast hilflos gemacht hatte, verlor seinen Halt und fiel zu Boden. Er packte verzweifelt die zarten Zweige, als er hindurchging, aber sie hielten seinen schnellen Abstieg nicht auf und er landete mit einer Gehirnerschütterung, die ihn zu fast jedem anderen Zeitpunkt bewusstlos gemacht hätte. Aber seine Verletzungen störten ihn jetzt überhaupt nicht. Er sprang sofort auf, als er den Boden berührte, und sah sich mit größter Bestürzung um. In seiner Nähe befanden sich drei wütende Bestien, die die Blätter in alle Richtungen fliegen ließen, während sie heftig aufeinander zustürmten, aber seine verängstigten Augen täuschten ihn zu der Annahme, dass es viermal so viele waren. Gerade als er auf die Beine kam , sah er, wie zwölf Bären zwölf Hunde mit einem Schlag ihrer Pfoten niederschlugen, und dann drehten sich diese zwölf Bären um und gingen mit offenen Mündern auf ihn los. Er gab sich selbst als verloren hin; Doch in diesem Augenblick ertönte dicht an seinem Ohr ein Kanonendonner, und die zwölf Bären sanken auf einmal zu Boden. Das Gleiche galt für Lester, der die Belastung nicht länger ertragen konnte. Als er fiel, sah er, wie zwölf Don Gordons mit schweren doppelläufigen Schrotflinten in der Hand auf ihn zustürmten, und jeder wählte seinen Bären aus und schoss dem Tier eine weitere Ladung Schrot in den Kopf. Aber es gab dort nur einen Bären – zumindest war nur einer in den Kampf verwickelt – und nur einen Don Gordon.

Das letzte Mal, dass wir Don sahen, war an dem Tag, als David seine gefangenen Wachteln auf der Emma Deane den Fluss hinauf verschiffte. Er und sein Bruder hatten treu daran gearbeitet, ihrem bescheidenen Freund zu helfen, seinen Vertrag zu erfüllen, und als diese Arbeit getan war, waren sie bereit, ihren Vater auf einer Reise nach Coldwater zu begleiten, von der schon lange gesprochen wurde und die der General gutmütig durchgeführt hatte verschoben, damit Don und Bert David dabei helfen könnten, sein Unternehmen erfolgreich zu machen. Sie hatten vor, eine Woche oder länger abwesend zu sein. Der General war geschäftlich unterwegs, und Don und Bert besuchten einen jungen Freund, den sie oft in ihrem eigenen Haus bewirtet hatten und um dessen Pferde und Hunde alle Jungen im Land meilenweit beneidet wurden. Sie reisten zu Pferd und wurden von ihren Hunden begleitet. Don war mit seinem treuen Gewehr bewaffnet, mit dem er große Verwüstung unter den Hirschen und Bären anrichten wollte, die es in der Grafschaft, in der ihr Freund Bob Harrington lebte, so zahlreich gab, während Bert sein leichtes Geflügelgewehr trug.

WIE LESTER AUF BÄRENJAGD GING .

Bob Harrington, bei dem Bert beabsichtigte, dass er und Don ihren Wohnsitz hätten, für den Fall, dass sie zu jener Jagdexpedition gegangen wären, von der der Leser sich erinnern wird, dass sie durch die Ankunft ihrer Cousins Clarence und Marschall Gordon abgebrochen wurde, war ein junger Nimrod – nicht So jemand wie Lester Brigham, aber einer, dessen Taten alle Männer und Jungen in der Siedlung, in der er lebte, miterlebt hatten. Sein Gewehr war das zuverlässigste, seine Hunde waren die standhaftesten und sein Pferd war das flinkste und konnte seine Zäune am leichtesten von allen in der Grafschaft nehmen, nicht einmal mit denen von Mr. Harrington, Bobs Vater, der allesamt Jäger gewesen war sein Leben. Bob prahlte nie damit, dass er still stehen und einem Bären erlauben würde, sich ihm bis auf einen Meter zu nähern, bevor er ihn erschießen würde, denn er wusste, dass das eine härtere Prüfung sein würde, als sein Mut ertragen konnte; Aber er hatte keine Angst davor, hinzugehen und jeden Bären zu erlegen, den seine Hunde erwischt hatten, und fast jeder Jäger in der Nachbarschaft hatte ihn dabei gesehen. Das prächtige Geweihpaar, an dem Don und Bert ihre Handschuhe und Reitpeitschen aufzuhängen pflegten und das an der Wand ihres Zimmers über ihrem Schreibtisch befestigt war, sowie das weiche Bärenfell, das daneben als Teppich diente von ihrem Bett, waren Geschenke von ihrem Freund Bob und waren nur zwei von Dutzenden oder mehr solcher Artikel, die er an seine Bekannten im ganzen Staat geschickt hatte. Die Tiere, die einst diese Geweihe und Felle trugen, waren alle von Bobs treffsicherem Gewehr niedergestreckt worden.

Mit einem solchen Jäger als Begleiter während einer einwöchigen Schießerei erwarteten die Jungen, etwas zu lernen, insbesondere Don, der sich sagte, dass Master Bob vor Ende des Besuchs feststellen würde, dass es in Mississippi mindestens einen Jungen gab, der keine Angst hatte, ihm zu folgen wohin er es wagte zu führen. Und er hat seinen Vorsatz in die Tat umgesetzt. Während Bert mit Bobs Setzer als Begleiter über Mr. Harringtons ausgedehnte Plantage streifte und Doppelschüsse auf Wachteln, Waldschnepfen und Bekassinen machte, saßen Mrs. Harrington und der General in ihren Sesseln neben dem riesigen, altmodischen Sessel Während Don und Bob am Kaminfeuer über ihre geschäftlichen Angelegenheiten sprachen, ritten sie zu den Hunden, trotzten jedem Wetter und brachten so viele Trophäen ihres Könnens mit, dass der General und sein Gastgeber erstaunt waren. Kein Abendessen in diesem Haus war vollständig ohne den wilden Truthahn oder den Rehrücken; Und was Wild wie Wachteln und Waldschnepfen betrifft, so hat sich die Familie daran gefressen, bis sie es satt hatten.

Don hatte reichlich Gelegenheit, seine Fähigkeiten mit dem Gewehr zu testen und in schwierigen Situationen seine Nerven unter Beweis zu stellen, und er gewöhnte sich schließlich so sehr daran, auf einen Bären zuzugehen und ihn zu erschießen, wenn die Hunde ihn „gedehnt" hatten, dass er sich nicht mehr darüber Gedanken machte als er Ein Versuch, ein Eichhörnchen aus der Spitze eines Hickorybaums zu holen oder eine Waldschnepfe auf dem Flügel zu stoppen. Als der Besuch beendet war und er nach Hause zurückkehrte, hatte er mehr als ein Bärenfell hinter seinem Sattel festgeschnallt, und was noch besser war, er hatte ein Vertrauen in seine eigenen Kräfte mit sich, das sich letztendlich als Rettung für jemanden erwies, der Wäre ihre Situation umgekehrt gewesen, hätte er ihn auf die feigeste Weise im Stich gelassen.

Eines Nachts nach Einbruch der Dunkelheit kamen die Jungen nach Hause (es war die Nacht desselben Tages, an dem David Evans das Geld für seine Wachteln erhielt) und nachdem sie ihrer Mutter und ihren Schwestern so viel von der Geschichte der Woche erzählt hatten, wie sie in zwei Stunden packen konnten ' Gespräch, sie gingen die Treppe hinauf und fielen ins Bett. Sie waren natürlich müde, aber sie hatten immer noch genug Energie, um einen Feldzug für den nächsten Tag zu planen.

„Wir dürfen unsere Bärenfalle auf der Insel nicht vergessen", sagte Bert, während er es sich gemütlich zwischen den Laken gemütlich machte.

„Das ist so", antwortete Don. „Wir werden morgen früh als erstes dorthin gehen. Wenn ein Bär überhaupt in diese Falle tappt, hatte er genügend Zeit dafür. Wer nach Tagesanbruch als erster aufwacht, muss den anderen wecken. Ich sage, Bert! Wenn ich vor ein paar Wochen so viel Erfahrung gehabt hätte wie jetzt, hätten wir nicht von der Insel vertrieben werden können, bis wir herausgefunden hätten, was dieses schreckliche Knurren auslöste. Ich schäme mich, wenn ich denke, dass es niemand außer Godfrey Evans war."

„Aber wir wussten es damals noch nicht", sagte Bert.

"Natürlich nicht. Wenn wir es getan hätten, hätten wir ihn dazu bringen sollen, sich zu zeigen. Lass ihn diesen Trick einfach noch einmal versuchen, wenn er es wagt."

Zufällig erwachte keiner der Jungen bei Tageslicht. Sie waren in einem traumlosen Schlaf gefangen, bis sie durch das Läuten der Frühstücksglocke geweckt wurden. Sie zogen sich in aller Eile an und eilten unter vielen Ausrufen des Bedauerns die Treppe hinunter. Sie waren nicht so ungeduldig, dass sie sich nicht die Zeit nehmen konnten, eine herzhafte Mahlzeit zu sich zu nehmen; Dennoch beendeten sie ihr Frühstück, bevor der Rest der Familie es tat, und baten um Entschuldigung und rannten los, um sich für ihre Reise zur Insel vorzubereiten. Don ging die Treppe hinauf , um die Gewehre und die Munition zu holen (er holte Berts schwere Doppelbüchse seines Vaters herunter, damit er sie benutzen konnte), und sein Bruder ging zum Laden, um die Ruder zu holen, die zum Kanu gehörten, und um die beiden Hunde zu rufen, die sie weiter begleitet hatten ihre frühere Expedition den Bayou hinauf. Da sie nicht vorhatten, länger als drei oder vier Stunden abwesend zu sein, wurde ihnen kein Mittagessen angeboten.

Die Brüder trafen sich am Steg unterhalb des Sommerhauses wieder, wo sie das Kanu sicher an seinen Liegeplätzen vorfanden. Sie wurde schnell beladen und vom Ufer weggeschoben, und nach einer Stunde entspannten Ruderns befanden sich die jungen Jäger in Sichtweite von Bruins Insel. Als sie sich ihm näherten, begann Bert, der das Steuer steuerte, zu glauben, dass sie, wenn Godfrey Evans nicht zurückgekehrt wäre und sich nicht in seinem alten Quartier niedergelassen hätte, dort sicherlich jemanden oder etwas anderes für die Hunde finden würden, was bis zu diesem Moment der Fall war Sie hatten sich im Bug zusammengerollt, standen nun auf, schauten sich um, als ob sie sich orientieren wollten, richteten ihre Nasen auf die Insel und schnupperten eifrig die Luft. Erinnerten sie sich an ihre frühere Erfahrung dort oder verursachte die Brise, die direkt über den Bayou wehte, einen Makel in ihre empfindliche Nase? Bert, der ihre Bewegungen genau beobachtete, konnte es nicht erkennen, bis er sah, wie sich die langen Haare in Carlos Nacken aufrichteten. Dann wurde die Frage beantwortet.

KAPITEL IV
DON ZEIGT SEINES.

„Sagen die Hunde NICHT, dass da etwas auf der Insel ist", sagte Bert.

Don hörte auf zu rudern, blickte sich um und betrachtete seine Favoriten, deren Handlungen er wie ein Buch zu lesen gelernt hatte. Sie fingen an, sich sehr unruhig zu fühlen.

„Ja, Sir", sagte Don, sein Gesichtsausdruck hellte sich auf und seine Augen leuchteten vor Aufregung, „da ist etwas. Ich hoffe, es ist ein Bär, denn wenn sich herausstellen sollte, dass es niemand außer Godfrey Evans ist, wäre ich provoziert. Du brauchst keine Angst zu haben", fügte er mit einem hastigen Blick auf das nüchterne Gesicht seines Bruders hinzu. „Wenn es ein Bär ist , kann er uns nicht überraschen, solange die Hunde bei uns sind. Sie werden ihn finden und uns zeigen, wo er ist."

„Ich könnte ihn nicht erschießen, wenn ich ihn sehen sollte", sagte Bert und holte tief Luft. „Wissen Sie, dass ich während unseres Aufenthaltes in Coldwater ausschließlich auf Kleinwild geschossen habe. Ich habe noch nie in meinem Leben einen wilden Bären gesehen."

„Du brauchst ihn nicht zu erschießen. Tatsächlich wäre es mir lieber, wenn Sie es nicht versuchen würden. denn wenn du auch nur im Geringsten aufgeregt wärst, könntest du die Hunde erschießen, und ich würde nicht zulassen, dass sie für alle Bären in Mississippi Schaden nehmen. Sie wissen, dass alle Jäger in Afrika Nachreiter haben – Männer, die dicht hinter ihnen bleiben und ihnen bei Bedarf eine zweite Waffe geben. Das Gleiche können Sie auch bei mir tun. Wenn es mir nicht gelingt, mit meinem Gewehr einen toten Schuss zu erzielen, seien Sie bereit, mir Ihren Doppellauf zu geben. Es sind genug Schrote drin, um jeden Bären zu töten, den ich je gesehen habe. Bleiben Sie dicht auf meinen Fersen, und der Bär wird Ihnen nichts tun, es sei denn, er tötet oder macht mich vorher kampfunfähig", fügte Don hinzu, der stolz darauf war, seinem schwachen und schüchternen Bruder als Beschützer dienen zu können.

„Aber ich möchte auch nicht, dass er dir wehtut", sagte Bert.

„Das habe ich nicht vor. Ich habe nicht mehr so große Angst vor diesen Kerlen wie noch vor ein paar Wochen, denn ich habe gelernt, dass ein schnelles Auge und eine ruhige Hand alles sind, was man braucht, um sicher durchzukommen."

Don legte erneut seine ganze Kraft auf die Ruder, und das Kanu näherte sich schnell der Insel; Doch bevor es viele Meter zurückgelegt hatte, ertönte der Knall eines Gewehrs in der Luft, dem einen Moment später ein Rascheln im Stock folgte, von dem die Jungen wussten, dass es nicht von der Brise verursacht wurde, und dann laute und schnell gesprochene Worte, die Die jungen Jäger konnten es nicht verstehen. Die Worte wurden von Bob Owens geäußert, der seinen Begleiter aufforderte, sich durch die Flucht zu retten. Dann ertönte ein lauter Schreckensschrei, gefolgt von erneutem Rascheln im Stock und wiederholten Schreien von jemandem , der offensichtlich in großer Not war oder von einer schrecklichen Gefahr bedroht war. Die Hunde bellten laut als Antwort, Berts Wange erbleichte, und Don ruhte sich auf seinen Rudern aus und blickte erst auf die Insel und dann mit großer Verwunderung auf seinen Bruder. Seine Untätigkeit dauerte jedoch nur einen Moment. Die Stimmen und Schreie der Not kamen weiterhin von der Insel, und Don beugte sich mit doppelter Energie zu seinen Rudern, mit der Bemerkung, dass dort jemand war, der Hilfe brauchte.

Das Kanu bewegte sich schnell am Ufer der Insel entlang, bis es einen Punkt gegenüber dem Weg erreichte, der zu der kleinen Lichtung führte, auf der sich die Bärenfalle befand. Dann drehte Bert es in Richtung Ufer, und Don trieb mit ein paar kräftigen Zügen den Bug an tief im Schlamm. Die Hunde warteten kaum darauf, dass das Boot zum Stillstand kam, sprangen an Land und waren augenblicklich außer Sicht. Don, der seinen Favoriten Anweisungen zurief, folgte ihm, so schnell er konnte, und Bert blieb mit seinem Doppellauf auf der Schulter dicht an der Seite seines Bruders und wunderte sich die ganze Zeit über den Mut, den er dabei an den Tag legte. Aber man weiß nie, wie viel Nerven er hat, bis er auf die Probe gestellt wird. Vielleicht dieser blasse, ruhige Freund von Ihnen, der aussieht, als hätte er kaum die Kraft, seinen schweren Schulranzen voller Bücher hochzuheben, und der sich immer umdreht und sanftmütig weggeht, wenn der große, massige Tyrann der Schule ein hartes Wort zu ihm sagt Er würde, wenn er in eine Situation extremer Gefahr geraten würde, standhaft bleiben und die größte Kühle und den größten Mut zeigen, während derselbe Tyrann um sein Leben rennen würde.

Die jungen Jäger rannten schnell den Weg entlang, aber bevor sie viele Schritte gemacht hatten, hörten sie ein lautes Krachen im Stock, begleitet von einem Chor aus Knurren und Knurren, der ausreichte, um fast jeden zu erschrecken . Aber sie machten Don jetzt keine Angst. Er hatte solche Geräusche in letzter Zeit so oft gehört, dass sie seine Nerven nicht mehr beeinträchtigten, als es das Bellen seiner eigenen Hunde getan hätte. Er rannte schneller als je zuvor und ein paar weitere Schritte führten ihn um eine abrupte Biegung des Weges. Dort blieb er stehen und war zutiefst erstaunt über das, was er sah: einen Kampf zwischen seinen Hunden und einem Bären. Es war nicht der Kampf, der ihn überraschte, sondern die Größe des Tieres, mit dem seine Favoriten kämpften. Es war das größte, das er je auf seiner Jagd gesehen hatte. Es war fast so groß wie das, in dem vor ein paar Jahren so viele Hunde im selben Rohrstock abgeschlachtet worden waren. Sie stand auf ihren Hinterbeinen und schlug bösartig auf die Hunde ein, die, viel zu klug, um einem so großen Gegner nahe zu kommen, um sie herum sprangen, sie erst an einer Stelle und dann an einer anderen bissen und sie wie ein Teufel herumwirbeln ließen Spitze.

Don erfasste die Situation mit einem Blick und dann hob er sein Gewehr langsam und stetig an seine Schulter, wobei das Visier den Hals des Bären verdeckte. Er feuerte im richtigen Moment und das Tier fiel zu Boden, wobei ihm die Hunde bei seinem Fall halfen, die es, ermutigt durch die Anwesenheit ihres Herrn, im selben Moment packten und es mit großer Gewalt gegen den nächsten Schössling zogen . Das Ergebnis war für Don und seinen Bruder nicht wenig verwirrend. Ein lauter Schreckensschrei ertönte zwischen den Ästen über ihren Köpfen, und sie blickten gerade noch rechtzeitig auf, um einen schweren Körper durch die Luft herabkommen zu sehen. Es schlug auf dem Boden auf, von wo es wie ein Ball zu springen schien, und als es sich einen Moment später aufrichtete, sah Don, dass es Lester Brigham war und nicht ein Bär, wie er zunächst angenommen hatte . Sein Erstaunen war so groß, dass er sich einen Moment lang weder bewegen noch sprechen konnte; aber Bert konnte und tat es, denn er sah, dass der Junge in Gefahr war.

„Pass auf, Lester! Lauf um dein Leben!" er weinte.

Durch den Ausruf erregt, richtete Don seinen Blick von Lester auf den Bären und sah, dass das Tier wieder auf die Beine gekommen war, und nachdem es einen der Hunde niedergeschlagen hatte, stürzte es sich mit offenem Maul auf Lester. Don hatte jetzt Angst, denn er glaubte, dass etwas Schreckliches passieren würde; aber seine Nerven ließen ihn nicht im Stich, und er zögerte keinen Augenblick. Er ließ sein leeres Gewehr fallen, ergriff den Doppellauf, den Bert ihm sofort gespannt reichte, zog die Waffe an seine Schulter und rettete durch einen hastigen Schnappschuss Lesters Leben. Die Bärin und ihr beabsichtigtes Opfer fielen beide bei dem Knall zu Boden, wobei die eine tödlich verwundet war und die andere in Ohnmacht fiel. Sie fielen so dicht zusammen, dass die Bärin in ihrem Todeskampf Lesters Kleidung mit ihren Krallen zerriss. Bert stürmte sofort nach vorne, um ihn aus der Gefahrenzone zu zerren, während Don den Kampf beendete, indem er eine weitere Ladung Schrot in den Kopf des Tieres abfeuerte. Lester konnte jetzt sagen, dass er sich einem Bären bis auf fünf Fuß genähert hatte, und nichts als die Wahrheit sagen.

„Nun, das übertrifft alles, wovon ich je gehört habe", sagte Don, sobald er sich vergewissert hatte, dass der Bär tot war. „Wie ist Lester wohl hierher gekommen? Ich habe kein Boot am Strand gesehen, oder?"

„Nein", antwortete Bert; „Ich hatte zu große Angst, um etwas zu sehen."

„Aber da ist trotzdem ein Boot", sagte eine Stimme.

Don und Bert sahen sich verwundert an. "Wer ist er?" forderte Letzteres nach kurzem Zögern.

„Bob Owens!"

Das Rascheln zwischen den Zweigen, das diese Worte begleitete, verriet den Brüdern, wo sie nach dem Sprecher suchen mussten. Sie gingen zum Fuß eines benachbarten Setzlings und sahen, als sie nach oben schauten, Bob Owens herunterkommen. Sein blasses Gesicht und seine zitternden Hände zeigten, dass sowohl er als auch Lester eine Art Schrecken erlitten hatten.

„Warum, Bob, was in aller Welt hat dich hierher geführt?" rief Bert aus.

„Ich bin hergekommen, um den Bären zu finden, der dich und Don vor ein paar Tagen von der Insel vertrieben hat", antwortete Bob. „Ich habe sie auch gefunden", fügte er hinzu und hielt plötzlich in seinem Abstieg inne, als ein wütendes Knurren an sein Ohr drang. Es wurde von einem der Hunde geäußert, der in Bob den Räuber erkannte , der gezwungen war, auf dem Dach der Negerhütte Zuflucht zu suchen. Er schaute zu dem Jungen auf und zeigte ihm die Zähne, mit denen er in dieser Nacht beinahe an ihm gearbeitet hatte.

„Bose, benimm dich!" rief Don scharf aus. „Komm runter, Bob, und erzähl uns alles darüber."

Bevor Bob nachkommen konnte, ertönte aus der Richtung der Lichtung, die ein paar Ruten tiefer im Stock lag, ein wilder, schriller Schrei, der die alte Bärin zu Lebzeiten fast in Raserei versetzt hätte. Die Jungs wussten alle, was es war. Bob stieß einen Ausruf des Erstaunens aus und begann wieder zwischen den Zweigen des Schösslings aufzusteigen, während Bert neue Patronen in seinen alten Doppellauf steckte und Don seinem Gewehr nachlief, das er in aller Eile nachzuladen begann. Während er damit beschäftigt war, fiel sein Blick auf Lesters ausgestreckte Gestalt.

„Ich sage, Bob!" „Du solltest besser runterkommen und dich um deinen Freund hier kümmern", rief er aus.

"Was ist mit ihm los?" fragte Bob von seinem Platz aus.

„Er ist ohnmächtig geworden. Er hatte Angst vor dem Bären und wurde möglicherweise durch seinen Sturz vom Baum verletzt. Ich mache ihm nicht die Schuld, dass er Angst hat. Ich glaube nicht, dass er jemals in seinem Leben einen Bären gesehen hat."

"Ha!" rief Bob, „er sagt, er hat mehr von ihnen erschossen, als Sie jemals gesehen haben."

Don glaubte nicht, dass Lester die Wahrheit sagte, als er das sagte; aber er konnte gerade nicht damit aufhören, den Punkt zu diskutieren, denn sein Geist war zu sehr mit Gedanken an das beschäftigt, was noch kommen würde. Er reparierte die Kugel sehr sorgfältig, und während er den Ladestock zog, um sie ins Ziel zu treiben, sagte er:

„Komm her und kümmere dich um ihn, Bob. Wirf ihm etwas Wasser ins Gesicht und ich glaube, er kommt wieder klar. In unserem Boot finden Sie eine Tasse."

„Ich denke nicht", antwortete Bob. „Ich habe dort unten nichts zu suchen. Wussten Sie nicht, dass das der Schrei eines Jungen war, den wir gerade gehört haben?"

„ Natürlich tue ich das. Aber was ist damit?"

„Wissen Sie nicht, dass Sie dort unten in Gefahr sind, wenn das Alte irgendwo in der Nähe ist?"

„Ich glaube nicht, dass uns das Alte beunruhigen wird. Sie ist tot."

„Aber angenommen, der Familienvater wäre in der Nachbarschaft? Geh schnell zu einem Baum!" rief Bob aus, als das Junge noch einmal seinen schrillen Schrei ausstieß. „Nehmen Sie Ihr Gewehr mit, und wenn der andere Alte vorbeikommt, können Sie ihn problemlos erschießen."

„Das ist nicht meine Art, Geschäfte zu machen", antwortete Don, etwas überrascht über den Vorschlag. „Warum, Bob, ich dachte, du hättest dein ganzes Leben lang Bären gejagt."

„ Das habe ich; Aber ich hatte immer ein gutes Pferd unter mir und viele Hunde, die mich unterstützten. Du wirst mich nie wieder zu Fuß erwischen, wo eines dieser Tiere ist. Ich habe heute genug davon."

Das laute Bellen der Hunde, die den Weg hinuntergerannt waren, sobald der Schrei des Jungen an ihre Ohren drang, hallte nun durch den Wald, und Don, der inzwischen sein Gewehr geladen hatte, rannte auf die Lichtung zu und ließ Bob allein Helfen Sie seinem Freund Lester oder auch nicht, ganz wie es ihm gefällt. Bert hielt sich in seiner Eigenschaft als Waffenträger beim Laufen dicht hinter seinem Bruder.

Ein paar schnelle Schritte brachten die Jäger an den Rand der Lichtung, wo sie anhielten, um das Gelände zu erkunden , bevor sie weitergingen. Sie wollten nicht in die Fänge eines anderen alten Bären geraten, wenn sie es verhindern konnten. Die Hunde standen auf ihren Hinterbeinen, ihre Vorderpfoten lehnten gegen den Körper eines kleinen Baumes, blickten in die Äste und bellten laut. Auch Don schaute hin und sah einen jungen Bären, etwa so groß wie ein Neufundländer, in der Gabelung sitzen.

„Oh, Bert", rief Don, „warum haben wir nicht daran gedacht, eine Axt mitzubringen? Es wäre überhaupt kein Problem, den Baum zu fällen und diesen Kerl lebendig zu nehmen."

Bevor Bert etwas erwidern konnte, verließen die Hunde plötzlich den Baum, rannten über die Lichtung und warfen sich gegen die Falle, nach der Don vorher nicht gedacht hatte, und steckten ihre Nasen zwischen die Baumstämme und versuchten verzweifelt, sie zu erreichen etwas im Inneren; während das, was auch immer darin war, umherrannte und schrie, als wäre es sehr erschrocken. Dann sah Don, dass die Oberseite der Falle heruntergeklappt war. Er rannte schnell darauf zu und sah zwischen den Baumstämmen hindurch, wie in der hintersten Ecke der Kumpel des jungen Bären im Baum kauerte. Das riesige Tier, das er auf dem Weg erschossen hatte, war die Mutter der beiden Jungen.

„Wir haben zwei davon", rief er voller Freude. „Haben wir kein Glück? Erinnerst du dich nicht, dass Vater uns gesagt hat, dass Silas Jones uns zwanzig Dollar dafür geben würde, wenn wir ein Junges fangen könnten? Wir müssen David vierzig Dollar geben. Wir brauchen das Geld nicht und er braucht es."

„ Natürlich tut er das", antwortete Bert. „Wir lassen die Hunde hier und gehen nach Hause und holen Hilfe."

"Das ist die Idee. Wir werden auch reichlich davon brauchen, denn dieser Bär ist ziemlich schwer, und es wird eine große Kraft erfordern, ihn zum Bayou zu ziehen und ins Boot zu setzen. Hier, Jungs", fügte er hinzu, rief seinen Hunden zu und legte seine Hand auf den Baum, in dem der junge Bär Zuflucht gesucht hatte, „behaltet ihn im Auge und lasst ihn nicht herunterfallen."

Die Hunde verstanden ihn und schienen durchaus bereit zu bleiben und dem Spiel zuzuschauen. Sie hatten viele Nächte im Wald verbracht und einen Waschbärbaum bewacht, und wir wissen, wie treu sie und der Rest von Dons Rudel Lester und Bob beobachteten, während sie oben auf der Negerhütte waren. Alles, was sie tun mussten, war, den Bären im Baum „im Auge zu behalten"; Derjenige in der Falle konnte unmöglich entkommen.

Don schulterte nun sein Gewehr und ging, gefolgt von seinem treuen Waffenträger, den Weg zurück. Als sie den Schauplatz des Kampfes erreichten, fanden sie Lester Brigham aufrecht sitzend vor, den Rücken gegen einen Baum gelehnt, und Bob Owens, der neben ihm kniete und ihm gerade einen Becher Wasser reichte.

Nachdem die Brüder zur Lichtung gerannt waren, wartete Bob und lauschte und erwartete jeden Augenblick, die Geräusche eines weiteren verzweifelten Kampfes zu hören; Da aber nichts als das Bellen der Hunde zu seinen Ohren drang, beschloss er, dass keine alten Bären mehr in der Nähe waren, und nahm schließlich den Mut auf, seinem Gefährten zu Hilfe zu kommen, wie Don es vorgeschlagen hatte. Er ging zum Boden und blieb lange genug stehen, um einen genauen Blick auf das riesige Tier zu werfen, das ihn so sehr beunruhigt hatte. Dann rannte er den Weg hinauf, um zu sehen, wie es Lester ging. Letzterer begann Anzeichen einer Rückkehr der Lebendigkeit zu zeigen, und der Becher Wasser, den Bob ihm ins Gesicht schüttete, brachte alle seine Fähigkeiten zurück. Er öffnete die Augen und schien sich sofort an all die aufregenden Vorfälle zu erinnern, die sich in letzter Zeit ereignet hatten. Mit einem erschrockenen Schrei sprang er auf, war aber so schwach, dass er zu Boden gefallen wäre, wenn Bob ihn nicht in seinen Armen aufgefangen hätte. Bob lehnte ihn gegen einen Baum und nachdem er ihm versichert hatte, dass der Bär tot sei, eilte er zum Bayou, um noch einen Becher Wasser zu holen.

„Wie fühlst du dich, Lester?" fragte Don mit einiger Sorge.

„Alles erledigt", war die kaum hörbare Antwort. „Ich habe das Gefühl, als ob jeder Knochen in meinem Körper gebrochen wäre. Ich sage Ihnen, was es ist: Wenn ich in der Praxis gewesen wäre, wie bei meiner letzten Jagd in Michigan, hätten Sie keine Chance gehabt, diesen Bären zu erschießen. Ich habe Dutzende von ihnen getötet; aber dieser kam so plötzlich über mich, dass ich nichts tun konnte."

„Ich schätze, es geht dir gut", dachte Don mit einem schlauen Blick auf seinen Bruder. „Solange ein Junge Unwahrheiten erzählen kann, ist mit ihm nicht viel los." Dann fragte er laut: „Können wir Ihnen behilflich sein?"

„ Oh nein", antwortete Lester, der nichts mit den Jungen zu tun haben wollte, denen er Unrecht getan hatte. „Ich werde in ein paar Minuten laufen können und Bob wird sich um mich kümmern."

"Sehr gut; dann gehen wir nach Hause. Wir brauchen Hilfe, um diesen alten Bären in ein Boot zu bringen, und außerdem gibt es dort hinten auf der Lichtung zwei Junge, die wir lebend einfangen wollen. Sie sind jeweils zwanzig Dollar wert, und das Geld gehört Dave Evans."

„Dave Evans!" höhnte Lester, sobald die Brüder im Gehstock außer Sichtweite waren. „In dieser Siedlung gibt es niemanden außer Dave Evans."

„Zwanzig Dollar pro Stück", sagte Bob, nahm seinen Hut ab und warf ihn gehässig auf den Boden. „Das macht vierzig Dollar, was zusammen mit hundertsechzig zweihundert Dollar ergibt." Hätte ich nicht einen Hinterlader, wenn ich so viel Geld in der Tasche hätte? Aber ich habe keinen Cent, und hier ist schon dieser elende reiche Kerl . Ich wünschte, ich hätte es gewagt, dorthin zurückzukehren und diese Jungen zu erschießen. Ich würde es tun, wenn die Hunde nicht da wären. Ich würde auch die Hunde erschießen, wenn ich glauben würde, dass Don mich nicht verdächtigen würde."

Währenddessen legte Don seine ganze Kraft auf die Ruder, und das Kanu bewegte sich schnell den Bayou hinunter. Als es den See erreichte und an Godfreys Hütte vorbeikam, schauten Don und sein Bruder, die den jungen Fallensteller seit ihrer Rückkehr nicht mehr gesehen hatten und daher nichts von seinem Glück wussten, nach ihm um und wollten, wenn sie ihn sehen würden, um ihm zu sagen, dass er oben im Wald wertvolles Eigentum hatte, das darauf wartete, gesichert zu werden. „Ich sehe nichts von ihm", sagte Bert, „und wir haben es zu eilig, um anzuhalten und ihn aufzuspüren."

„Macht nichts", sagte Don. „Er wird da sein, sobald er erfährt, dass wir zu Hause sind. Nun, Bert, wenn du das Kanu festmachen und unsere Waffen in das Segelboot stecken und es startklar machen würdest, laufe ich zum Haus und frage Vater, ob er ein paar der Schwarzen reinlässt Gehen Sie mit uns auf die Jagd nach diesen Bären. Wir wollen kein Mittagessen, oder?"

Nein, Bert wollte keines. Die Aussicht auf Sport war zu groß, und er konnte keinen Bissen essen, bis alles vorbei war.

Als das Kanu den Kai erreichte, sprang Don heraus und Bert bereitete sich darauf vor, es an seinen üblichen Liegeplätzen festzumachen, als sie einen lauten Ruf hörten und als sie zur Straße blickten, sahen sie David Evans am Strand entlang rennen. „Ich werde warten, bis ich höre, wie es ihm mit seinen Wachteln gelungen ist", sagte Don.

„Und wird er nicht überrascht sein, wenn er erfährt, dass er heute Abend vierzig Dollar mehr in der Tasche haben wird", sagte Bert. „David sollte jetzt sehr glücklich und zufrieden sein, denn es geht ihm gut."

„Nun, er verhält sich für mich heute Morgen nicht wie ein sehr glücklicher Junge", sagte Don leise, als David näher kam. „Irgendetwas stimmt mit ihm nicht. Normalerweise lässt er den Kopf nicht so hängen."

Nachdem Bert das Kanu am Baum befestigt hatte, richtete er sich auf, und als er David genau betrachtete, sagte er sich, dass sein Bruder Recht hatte. Irgendetwas stimmte nicht mit ihm. Während er sich fragte, was für ein neues Unglück dem jungen Fallensteller widerfahren war, rief Don:

„Wir haben gerade über dich gesprochen, Dave. Wie läuft die Schlacht?"

David versuchte zu antworten, brachte aber kein Wort heraus. Don, der glaubte, dass es daran lag, dass er nach seinem rasanten Lauf außer Atem war, fuhr fort:

„Sie hatten viel Zeit, diesen Wachteln zuzuhören, und ich nehme an, Sie haben jetzt eine Menge Geld, nicht wahr?"

David war inzwischen so nah an die Brüder herangekommen, dass sie sehen konnten, dass sein Gesicht sehr blass war und dass seine Augen rot und vom Weinen geschwollen waren. Er trat auf das Uferende des Stegs, warf sich darauf, bedeckte sein Gesicht mit den Händen und schaukelte heftig schluchzend hin und her. Don und sein Bruder sahen einander überrascht an, und schließlich schaffte Ersterer die Frage: „Was ist los?"

„Oh, Don!" rief David.

„Nun, mit dieser Antwort kann ich nichts anfangen", rief der Junge .„ Sag mir, was mit dir los ist. Ist Ihr Geld nicht angekommen?"

„O ja, es ist gekommen", schluchzte David.

Diese Worte und der Ton, in dem sie gesprochen wurden, enthüllten Don das Geheimnis der Schwierigkeiten seines Freundes. Ungeduldig, sofort das Schlimmste zu erfahren, ging er auf David zu und packte ihn am Arm. „Heraus damit", sagte er. „Wo ist dein Geld jetzt?"

„Ich habe so hart dafür gearbeitet", rief David, „und Mutter brauchte es so sehr; aber jetzt ist es weg – alles weg. Ich habe jeden roten Cent davon verloren!"

Bert holte tief Luft und setzte sich mit einer Miene ins Kanu, die ihm sagte, dass dieses letzte Unglück zu viel sei, als dass er es ertragen könnte, während Don seine Ärmel zurückschob, die Hände in die Hüften stemmte und auf ihn herabblickte der weinende Junge.

KAPITEL V
GODFREY BESUCHT DIE HÜTTE.

„MEHR als einhundertvierundsechzig Dollar, und das ergibt ein Bündel so groß wie dieses Thar!" sagte Dan Evans und blickte auf sein Handgelenk, als er durch den Wald eilte. Er öffnete die Augen und schnappte regelrecht nach Luft, als er daran dachte. Seine Vorstellungen von Geld waren, wie wir wissen, nicht sehr klar, und er war der Meinung, dass eine Rolle Greenbacks, so groß, wie man sie bequem in der Hand halten konnte, völlig unerschöpflich sein müsse. „Und dieser kleine Dave von uns hat sie alle erschaffen , indem er Wachteln gefangen hat ! Das werde ich jetzt sein – ein Trapper! Dann habe ich nicht gute Kleidung, ein Zirkuskostüm, ein Segelboot, eine Angelrute und eine dieser Waffen, die in der Mitte entzweibrechen? Wie entzückt werden die Leute sein, wenn sie mich mit Strohhut und glänzenden Stiefeln in die Kirche gehen sehen!"

So sprach Dan mit sich selbst, während er nach seinem Interview mit dem Pflanzer, das wir im ersten Kapitel aufgezeichnet haben, durch den Wald zum Lager seines Vaters rannte. Sein Erstaunen war nahezu grenzenlos. Wie froh war er, jetzt, da er den Anweisungen seines Vaters gefolgt war und Davids Fallen in Ruhe gelassen hatte; und wie erstaunt und erfreut würde Godfrey sein, als er die Nachricht hörte!

Dan wusste genau, wohin er gehen musste, um seinen Vater zu finden. Er besetzte immer noch sein altes Lager – das, das er aufgeschlagen hatte, nachdem Don Gordons Hunde ihn von der Insel vertrieben hatten – und Dan eilte mit aller Geschwindigkeit, die er befehlen konnte, dorthin. Dennoch konnte er nicht halb so schnell fahren , wie es ihm passte. Es kam ihm so vor, als würde ihm die erstaunliche Information, die er gerade erhalten hatte, einen schrecklichen Schaden zufügen, wenn er sie nicht sofort seinem Vater mitteilte. Je näher er dem Lager kam, desto schneller rannte er; und als er schließlich in die Gegenwart seines Vaters platzte, der neben einem lodernden Feuer ausgestreckt lag und eine Pfeife voll Tabak aus dem Laden genoss, den Dan vor ein paar Tagen für ihn gekauft hatte, war er so erschöpft, dass er konnte kaum sprechen; aber nach vielen Fragen und einigen Drohungen des ungeduldigen Godfrey gelang es ihm, den Inhalt seiner Unterhaltung mit dem Pflanzer zu wiederholen. Sein Vater hörte mit offenem Mund und weit geöffneten Augen zu, und als er endlich begann, die Sache zu begreifen, sprang er auf und tanzte wie ein Verrückter umher.

„Hoppla!" schrie Godfrey so laut, dass der Wald erneut klingelte. „ Mehr als hundertsechzig Dollar! Kein Mühsal , keine Arbeit , keine Sklaverei mehr für mich. Mein Fort'n ist fertig.

„ Dein !" wiederholte Dan.

„Meins *und* „Dein , Dannie", antwortete Godfrey, ergriff die Hand seines Sohnes und schüttelte sie so fest, dass Dan sich vor Schmerz windete. „ Du bist ein guter Junge, Dannie. Das gefällt dir nicht , dieser gemeine, heimliche Dave, der sich eine Tasche voller Greenbacks schnappt und sie alle seiner Mutter und nichts seinem Vater gibt, aber du bist zu mir geblieben, und war ein tugendhafter Sohn, und jetzt wirst du sehen, was ich mit dir machen werde!"

„Was hast du vor , Pap?" fragte Dan.

„Ich werde ihnen die Greenbacks holen, bevor ich diese Nacht schlafe", war Godfreys entschiedene Antwort. „Das Geld gehört mir. Das ist nicht der Fall Sei bei Dave, auf keinen Fall, denn er hat keine Rechte im Gesetz. Ich bin sein Vater, und die Verwandten kümmern sich um ihn, bis er einundzwanzig Jahre alt ist, und niemand kann mir etwas sagen.

„Wenn ich nicht gewesen wäre, wüsstest du nichts von diesem Geld, Pap", sagte Dan, „und ich möchte nicht, dass du es vergisst ."

„Das werde ich nicht, Dannie", sagte Godfrey und schüttelte die Hand seines Sohnes noch einmal herzlich.

„Du hast doch gesagt, dass du mir die Hälfte geben würdest, schätze ich, nicht wahr, Pap?"

"Ich tat; Und zu dem, was ich sage, stehe ich allen gegenüber. Dein Zirkusgast, deine Angelrute, die du in Einzelteilen nimmst und unter deinem Arm trägst, deine glänzenden Stiefel und all die anderen schönen Dinge, die du dir schon so lange gewünscht hast, kommen jetzt Ihr jetzt. Wenn du sie bekommst , würde ich dich scherzhaft neben diesen blassgesichtigen Jugendlichen bis hin zum General sehen . Du bist um einiges schlauer und siehst besser aus , das sind sie auch nicht, Dannie. Du hörst mich?"

Dan grinste, und Godfrey, der beim Herumtanzen den ganzen Tabak aus seiner Pfeife verloren hatte, füllte sich wieder und setzte sich, um eine neue Zigarette zu rauchen. Seine Aufregung hatte nicht im Geringsten nachgelassen, und Dans auch nicht. Sie bauten Luftschlösser und schmiedeten Pläne für die Zukunft, bis der Nachmittag sich dem Ende zuneigte und Godfrey verkündete, dass es Zeit sei, sich auf das Geschäft vorzubereiten. Er deckte das Feuer zu, warf sein Pulverhorn und seine Patronentasche auf und ging, sein langes Gewehr auf die Schulter nehmend, durch den Wald zu seiner Hütte voran, dicht gefolgt von Dan, dessen helle Träume noch heller wurden als die Zeit ihrer Erfüllung näher rückte.

Als sie sich der Hütte näherten, hörten sie das Geräusch einer Axt, und als sie nahe genug kamen, um durch die Büsche zu spähen, sahen sie David im Hof Holz hacken. Als er mit seiner Arbeit fertig war, legte er die Axt weg und begann, das Holz in die Hütte zu tragen, und während er arbeitete, pfiff er fröhlich. Er war glücklich, und das hatte auch seinen Grund. Als das letzte Stück Holz neben dem Kamin abgelegt worden war und David zwei- oder dreimal um die Hütte herumgegangen war und scharf in alle Richtungen geschaut hatte, um sicherzustellen, dass Dan nicht herumlungerte und zum Spielen bereit war Nach seinem alten Lauschspiel ging der Boy Trapper hinein, schloss die Tür und verriegelte sie.

„Nun, Mutter", sagte er, „wo sollen wir diese Greenbacks verstecken? Ein Hund, der einem Hirsch auf der Spur ist, ist nicht schlauer als Dan, wenn er Geld wittert; und wenn er herausfindet, dass ich meinen Lohn erhalten habe, wird er wollen, dass ich mit ihm teile, und wenn ich es nicht tue, wird er so viel Aufhebens machen, dass wir nicht bei ihm im Haus bleiben können. Von Vater haben wir jetzt nichts mehr zu befürchten."

„Wir müssen sorgfältig darauf achten, dass Daniel nichts von unserem Geheimnis erfährt", sagte Mrs. Evans. „Ich verstehe nicht, wie er es herausfinden soll. Ich werde es ihm nicht sagen, und Sie auch nicht.

"Natürlich nicht; „Aber als Mr. Jones mir das Geld bezahlte, waren drei oder vier Männer im Laden", sagte David und nahm eine rostige Blechdose vom rauen Kaminsims. „Ich weiß nicht, wer sie waren, denn ich war zu aufgeregt, um jemanden zu kennen. Wenn sie nicht darüber sprechen, wird niemand erfahren, dass ich das Geld habe; Aber ich kann es mir nicht leisten, Risiken einzugehen. Ich muss es irgendwo verstecken, bis Don zurückkommt, und dann gebe ich es ihm, damit er es für mich behält. Es wird in seinen Händen sicher sein. Nun, Mutter, lass uns sehen, ob alles da ist. Ich habe es nicht gezählt, als Silas es mir gab."

David und seine Mutter hatten den größten Teil des Nachmittags damit verbracht, ihre Pläne zu besprechen und zu berechnen, wie lange ihr kleines Vermögen bei der geplanten Sparsamkeit ausreichen würde, um sie mit Kleidung und Proviant zu versorgen. In Davids Augen war es eine große Summe, aber Mrs. Evans wusste, dass sie nicht ewig reichen würde , und sie hatte hart daran gearbeitet, dem Jungen diese Tatsache einzuprägen.

David gab den Inhalt der Schachtel in den Schoß seiner Mutter, und da sie nicht an den Umgang mit Geld gewöhnt waren, brauchten sie beide fast eine Viertelstunde, um die Scheine zurechtzurücken und die verschiedenen Nennwerte so zusammenzufügen, dass sie es konnten leicht gezählt werden. Sie waren sehr an ihrer Arbeit interessiert und träumten kaum davon, dass während der meisten Zeit, in der sie damit beschäftigt waren, zwei vor Aufregung bleiche Gesichter dicht an einen der Risse in der Rückwand der Kabine gedrückt wurden und zwei Paar eifrig waren Augen beobachteten jede ihrer Bewegungen.

„Einhundertvierundsechzig Dollar und fünfzig Cent", sagte David, während er das Geld zusammenrollte, es in die Blechdose zurücklegte und den Deckel darauf legte. „Es ist alles hier, und was machen wir jetzt damit, bis Don nach Hause kommt? Überlege dir einen guten Ort, um es zu verstecken, Mutter."

In diesem Moment wurde eines der beiden eifrigen Augenpaare plötzlich aus dem Spalt zwischen den Baumstämmen zurückgezogen, eine große, hagere Gestalt bewegte sich mit schnellen und lautlosen Schritten um das Ende der Hütte herum und eine starke Hand wurde auf den Riegel gelegt. David und seine Mutter sprangen in großer Angst auf, und der Junge, der ahnte, dass sein Geld in Gefahr war, schob es hastig unter den Fuß des Bettes, in dem er schlief. Erneut wurde die Tür geöffnet und eine bekannte Stimme rief:

„ Shettin 'mich aus meinem eigenen Haus, nicht wahr? Was macht ihr denn , ich erschlage euch? "

„Es ist Vater", flüsterte David mit sinkendem Herzen; Und während seine Mutter dabei war, die Befestigungen der Tür zu lösen, schnappte er sich schnell wieder seine Kiste, hob einen der Steine, die den Herd bildeten, an, stellte die Kiste darunter und stellte sich darauf, um den Stein an seinen Platz zurückzudrängen .

Als die Verschlüsse gelöst waren, wurde die Tür aufgerissen und der Hausherr stolzierte blass und abgemagert ins Zimmer. Seine Frau hatte ihn schon einmal so gesehen, und zwar als er sich vor den Unionssoldaten versteckte.

„Warum, Godfrey!" rief Frau Evans aus. „Ich bin so froh, dass du zurückgekommen bist."

„Freut mich, seid ihr?" rief ihr Mann, drehte sich heftig zu ihr um und schüttelte die Hand ab, die sie auf seinen Arm gelegt hatte. „Das schätze ich. Ich habe all diese kalten Nächte ausgeschlafen, gefroren und gehungert , und ihr habt mir nie eine Decke zum Schlafen geschickt , noch einen Bissen Futter zum Essen. Freut mich, seid ihr? Sich reden geht nicht unter, alte Frau!"

„Warum, Vater, es gibt nur eine Decke im Haus", sagte Frau Evans.

„Warum hast du mir dann kein Essen geschickt?" forderte Godfrey wütend.

„Ich wusste nicht, wo ich dich finden kann", war die sanfte Antwort.

„Wal, du hättest mich jagen können, schätze ich, wenn du mich unbedingt sehen wolltest. Aber wenn ich ein Laie bin , bin ich hier immer noch der

Boss. Das ist mein Haus, und alles , was darin ist, und ich möchte nicht, dass niemand es vergisst ."

„Wir wissen, dass alles dir gehört, Vater", sagte Mrs. Evans. „Sie können die Decke haben, wenn Sie sie möchten. Ich komme ohne aus."

„Ich will es nicht, und ich will es nicht mehr haben", schrie Godfrey und warf wild die Arme um den Kopf. „Ich bin reich genug, um mehr und besseres zu kaufen. Dave, gib ihnen hundertsechzig Dollar und beeil dich. Du hörst mich?"

Auf diese Aufforderung folgte tiefes Schweigen. Weder David noch seine Mutter konnten darauf antworten, und während Godfrey darauf wartete, dass sie etwas sagten, zitterte er am ganzen Körper, als hätte ihn das Fieber gepackt. Seine Aufregung und Ungeduld waren so groß, dass er sich nicht stillhalten konnte.

„Dave, hörst du, wie dein Papa mit dir spricht ?" Godfrey hätte fast geschrien. „ Was sind die Greenbacks, ich Äxte ? Verteilen Sie sie hier schneller als einen Kettenblitz .

„Oh, Godfrey!" rief Frau Evans, die mit großer Anstrengung ihre Redefähigkeit wiedererlangte, „Sie würden David sicherlich nicht das Geld rauben, für das er so hart gearbeitet hat!" Es gehört ihm, denn er hat es sich verdient. Du hast keinen Anspruch darauf, denn du hast ihm nicht geholfen."

„Alte Frau!" rief Godfrey, „Dave ist schon einundzwanzig Jahre alt . Die Greenbacks sind in diesem Haus, ich habe sie erst vor einer Minute ausgesät , und ich werde sie haben, wenn ich das Schiffsgebäude zerstören muss . Dave, wenn du nicht willst, dass ich loslasse, gib sie hier raus."

„Ich werde zuerst sterben", war die feste Antwort des Jungen. „Wenn du etwas Geld willst , geh zur Arbeit und verdiene etwas, so wie ich es getan habe. Das ist der ehrliche Weg."

"Ehrlich!" schrie Godfrey, ergriff den „Shake Down" und hob ihn vom Boden auf. „Hoppla! Dass das Geld mir gehört, Kase Du bist mein Sohn und ich bin dein Papa. Auch hier bin ich der Chef, und das gibt mir das Recht, über jeden Cent zu verfügen, der ins Haus kommt. Wenn Ihr sie nicht friedlich austeilt, werde ich selbst nach ihnen suchen ; und im Shantee werdet ihr nicht viele Möbel finden Später komme ich mit dem Schauen klar , Nuther . Du hörst mich?"

„Verschwende keine Zeit mit der Bettwäsche, Paps", rief eine Stimme aus dem hinteren Teil der Kabine. „Schieb Dave von dem Stein und hau ihn hoch. Dann werdet ihr sie finden , damit ich sie dort hinbringen kann !"

Bis zu diesem Zeitpunkt hatte David regungslos auf dem Herdstein gestanden und in seinem Kopf tausend wilde Pläne getrieben, wie er sein Geld sparen könnte. Er beobachtete genau jede Bewegung seines Vaters und hoffte, dass dieser ans andere Ende der Hütte gehen und ihm Gelegenheit geben würde, den Stein anzuheben, die Kiste zu ergreifen und in die Dunkelheit hinauszulaufen. aber Godfrey, der wahrscheinlich eine solche Absicht von David vermutete, achtete sorgfältig darauf, zwischen ihm und der Tür zu bleiben. Es gab nur eine Hoffnung, an der der Junge festhalten konnte, und zwar, dass sein Vater das Geld vielleicht nicht finden würde. Die Kiste war in die weiche Erde gedrückt worden, und nun stellte David mit nicht geringer Befriedigung fest, dass der schwere Stein genauso fest und gleichmäßig an seinem Platz saß wie vor dem Anheben. Es ist möglich, dass Godfrey dieses Versteck bei seiner hektischen Suche übersehen hätte, wenn er nicht einen scharfsichtigen Verbündeten in der Nähe gehabt hätte.

Dan hielt sein Gesicht immer noch dicht an den Spalt in der Rückwand der Hütte gedrückt und sah, was David mit seinem Geld machte. Er wollte jedoch nichts dazu sagen, da er befürchtete, dass er sonst nie wieder die Hütte betreten dürfe. Er wollte nicht wie sein Vater ein Einsiedler werden. Es war Teil seiner Pläne, zu Hause zu leben und morgens Galoppfahrten auf seinem Zirkuspferd und abends Ausflüge über den See in seinem schönen Segelboot zu genießen. All die schönen Dinge, die er kaufen wollte, wären für ihn nutzlos, wenn er gezwungen wäre, im Wald zu leben, wie Godfrey es tat. Er wollte sich so verhalten, dass seine Mutter und David nicht vermuteten, dass er in irgendeiner Weise an dem Raub beteiligt war; Doch als er sah, dass sein Vater am falschen Ort nach dem Geld suchte, überwältigten ihn seine Aufregung und seine Ungeduld, und er schrie lauthals seinen Rat, bevor er es merkte.

„Schiebt Dave von diesem Stein und reißt ihn hoch", sagte er. „Dann werdet ihr sie finden , damit ich ihn dort hinbringen kann !"

Godfrey reagierte sofort auf den Vorschlag, und David nahm die Warnung ebenso schnell an. Mit einem wilden Schreckensschrei sprang der Junge vom Felsen und bückte sich schnell, um verzweifelt zu versuchen, seinen Schatz zu sichern. aber der Stein saß fest an seinem Platz und seine Finger schienen alle Kraft verloren zu haben. Sein erster Versuch scheiterte, und bevor er einen zweiten machen konnte, packte ihn sein Vater am Kragen und schleuderte ihn mit einem schnellen, kräftigen Ruck rückwärts fast bis zum anderen Ende der Hütte. Dann stieß Godfrey seine Frau, die ihn am Arm zu packen versuchte, heftig von sich ab, zog den Stein hoch, ergriff mit einem lauten Triumphschrei die Kiste, sprang durch die Tür und verschwand. Er rannte um das Ende der Hütte herum, wo sich Dan zu ihm gesellte, und die beiden flohen, als wären ihnen alle Polizeibeamten des Landkreises dicht auf den Fersen. Wie Gespenster glitten sie durch den Wald, ohne ein einziges Mal innezuhalten oder ein Wort miteinander zu sagen, bis sie das Lager erreichten. Dann atmeten sie leichter.

Godfrey machte sich sofort daran, die Kohlen zu fegen und das Feuer auszubessern, und Dan bemerkte, dass seine Hände heftig zitterten. „Wal, Pap, wir haben es geschafft, nicht wahr?" sagte der Junge, der als erster sprach.

„Ja, sar , das haben wir; und jetzt werde ich eine rauchen."

Während Godfrey seine Pfeife stopfte und anzündete, warf sich Dan neben dem Feuer auf den Boden und blickte unverwandt in die Flammen, offensichtlich sehr mit seinen eigenen Gedanken beschäftigt. Er war mit dem Ergebnis ihrer Expedition nicht so zufrieden, wie er erwartet hatte. Er konnte sich nicht vorstellen, wie er sein Geld genießen würde, jetzt, wo er es hatte. Trotz seiner festen Entschlossenheit, im Hintergrund zu bleiben und seinem Vater die ganze Arbeit überlassen und die ganze Schuld tragen zu lassen, hatte er sich bloßgestellt, und jetzt wussten seine Mutter und David, dass er genauso viel damit zu tun hatte Raub wie Godfrey selbst. Das tat Dan leid und er hätte fast alles gegeben, um das Unheil, das er angerichtet hatte, wiedergutmachen zu können. Aber schließlich besaß er einen größeren Stapel Greenbacks, als er jemals erwartet hatte, und darin fand er ein paar Körnchen Trost.

„Pap", sagte er plötzlich, „wir haben das Geld noch nicht gefunden, und meine Augen sehnen sich danach , es anzusehen!"

Ohne ein Wort zu sagen, zog Godfrey die Schachtel aus seiner Tasche, und Dan stand auf und nahm neben ihm Platz. Godfrey nahm die Hülle ab und legte Davids Schatz vor Dans Blick hin; Doch als dieser seine Hand ausstreckte, um die Geldscheine zu berühren, schnappte sich sein Vater hastig die Schachtel und hielt sie außerhalb seiner Reichweite.

„Warum hast du das getan?" fragte der Junge sehr erstaunt.

„„ Kase , ich bin dein Papa; Deshalb", lautete die zufriedenstellende Antwort.

„Wal, wenn ich nicht gewesen wäre, wüsstest du nichts über sie, die Greenbacks", sagte Dan wütend. „Ich habe dir alles über sie erzählt , und wenn ich nicht das Recht habe, sie zu testen , würde ich gerne wissen, was der Grund dafür ist."

„Du warst ein guter Junge, Dannie, und ich werde es gut mit dir machen. Mal sehen , ob ich es nicht tue.

„Du hast mir gesagt, dass du mir die Hälfte geben würdest, wenn wir sie hätten . "

„ Natürlich habe ich es dir gesagt, und ich stehe zu dem, was ich sage."

sie genauso gut jetzt auszählen wie jederzeit", sagte Dan, dem der Ton und die Art seines Vaters überhaupt nicht gefielen. „Dieses Feuer gibt ein gutes Licht, und ihr könnt es daran sehen. Wie viel muss ich zahlen , um einhundertsechzig Dollar von ihnen zu bekommen?"

„Bis zu neunzig Dollar, vielleicht . Ich kann es nicht genau sagen, aber ich habe es noch nicht herausgefunden."

„Sie könnten es doch genauso gut jetzt herausfinden, denke ich, nicht wahr? Warum machst du das?" rief Dan, als er sah, wie sein Vater den Deckel wieder anbrachte, und steckte die Schachtel wieder in seine Tasche.

„Das wird sicher sein, Dannie", war die Antwort.

„Aber ich bin auf mein eigenes Geld angewiesen ", hätte Dan fast geschrien; „Mir sind die Knöpfe weg, ich will es *jetzt* . Zählen Sie es hier aus, das sage ich Ihnen."

„Auf keinen Fall", antwortete Godfrey.

Dan war wie vom Blitz getroffen. Er konnte kaum glauben, dass seine Ohren ihn nicht täuschten. Er begann zu glauben, er könnte erkennen, was sein Vater beschlossen hatte. „ Willst du mir nicht meinen Anteil geben? " er schaffte es zu fragen.

„Nein, ich werde es dir nicht mehr geben, sonst habe ich es dir gegeben , und ich stehe zu dem, was ich sage. Die Hälfte dieses Geldes gehört bereits dir , aber du überlässt es am besten deinem armen alten Papa , Dannie."

„Hoppla!" schrie Dan, sprang auf und schlug die Fersen zusammen.

„Was weiß ein Junge wie du über Geld?" fuhr Godfrey fort. „ Dein Papa ist älter und weiß mehr als du; und es ist das Beste , dass er für euch darauf achten sollte. Ich bewahre es in meiner Kiste auf, dann ist es sicher."

Dans Wut war wunderbar anzusehen. War dies die Belohnung, die er für seine Dienste erhalten sollte? Er war als treuer Kundschafter für seinen Vater tätig und hielt ihn über alles, was in der Siedlung vor sich ging, auf dem Laufenden. Darüber hinaus hatte er, wie er glaubte, alle seine Chancen, wieder zu Hause zu leben, zunichte gemacht, und er hatte alles auf der Grundlage des Versprechens seines Vaters getan, dass er (Dan) die Hälfte haben sollte, wenn Davids Geld gesichert sei davon für sich. Darin verstand Dan, dass das Geld in seine eigenen Hände gelegt werden sollte und dass er damit machen durfte, was er wollte; Doch als er herausfand, dass sein Vater ihre Vereinbarung anders interpretierte, geriet er fast außer sich vor Wut. Er tanzte durch das Lager wie ein verrückter Junge, schlug die Fersen aneinander, klatschte in die Hände und schrie aus voller Kehle; und die ganze

Zeit saß Godfrey rauchend da, mit einem überaus provokativen Lächeln im Gesicht, behielt aber immer noch ein wachsames Auge auf die Bewegungen des Jungen, aus Angst, seine Wut könnte ihn dazu verleiten, etwas Unheil zu versuchen.

„Es hat keinen Sinn , diesen Weg zu gehen, Dannie", sagte sein Vater, sobald das wilde Geschrei des Jungen verstummt war, damit er sich Gehör verschaffen konnte. „Ich behaupte nicht , dass das Geld Ihnen gehört , oder?"

„Wenn es dann meins ist, warum verteilst du es dann nicht hier, wie es ein Mann tun sollte ? " rief Dan.

„ Haint, ich habe dir gesagt, dass es das Beste und Anständigste ist , was ich für dich beachten sollte?"

„Ich möchte nicht, dass du die Verantwortung für mich übernimmst, und das sollst du auch nicht tun. Es ist nichts weiter als ein Plan, den ihr euch ausgedacht habt Dein eigener Kopf, um den Kopf davon zu stehlen und mich um meinen Anteil zu betrügen; aber das sollt ihr nicht tun . Nun, Papa, ich sage dir, was die Evangeliumswahrheit über die Greenbacks ist: Wenn du mir jetzt nicht meine neunzig Dollar abzählst, werde ich – ich – –"

Dan hielt plötzlich inne und nahm seinen Platz auf der gegenüberliegenden Seite des Feuers ein. Wenn es Tageslicht gewesen wäre und sein Vater seine zusammengepressten Lippen und das Glitzern in seinen Augen hätte sehen können, wäre er vielleicht vorsichtiger gewesen, denn er hätte gewusst, dass Dan sich zu einer verzweifelten Vorgehensweise entschlossen hatte.

„Was wolltest du sagen, Junge?" fragte Godfrey mit der ärgerlichsten Kühle.

„Ich wollte gerade einen Scherz sagen, Paps", antwortete Dan, der sich kaum beherrschen konnte, „ich gebe dir eine Woche Bedenkzeit, und dann, wenn du mir nicht mein Geld gibst Teilen Sie hundertsechzig Dollar davon, das wird der größte Gewinn in dieser Siedlung sein, den es seit dem Krieg gibt !"

„Was wirst du tun, Dannie?"

„Ich werde etwas tun, das dir nicht gefällt. Hörst du mich?"

„Wal, ich werde darüber nachdenken", antwortete Godfrey, der sehr genau wusste, dass sein hoffnungsvoller Sohn alles meinte, was er sagte, „und wenn ich finde, dass du ein toller, guter Junge bist und weißt, wie man mit ihm umgeht . " Geld, ich gebe dir deinen Anteil, damit du ihn für dich behältst .

„Dann wird der Himmel einstürzen und wir Amseln fangen", sagte Dan bei sich. „Ich kenne dich, Pap, und du denkst, du kennst mich auch; aber ihr werdet schon vor dem Morgen herausfinden, dass das nicht der Fall ist."

Aber Dan sagte nichts laut. In mürrischem Schweigen ordnete er ein paar verwelkte Schleifen zu einem Bett zusammen, warf sich darauf nieder und bereitete sich mit seiner Mütze als Kissen zum Schlafen vor. Godfrey blieb noch ein oder zwei Stunden am Feuer, rauchte und meditierte, und als er schläfrig wurde , streckte er sich aus, wo er saß, und versank fast sofort in einen tiefen Schlaf.

Gegen Mitternacht begann das Feuer zu brennen, und Dan setzte sich schnaubend und erschrocken auf seinem Zweigbett auf und blickte sich um. Er streckte die Arme aus, gähnte laut und stand mit viel mehr Lärm, als nötig schien, auf, reparierte das Feuer und beobachtete dabei verstohlen seinen Vater aus dem Augenwinkel. „Es geht ihm gut", murmelte Dan mit großer Zufriedenheit. „Ich dachte , er wäre vielleicht ein Opossumin , aber wenn er seine Unterlippe auf diese Weise ein- und ausbläst, schläft er tief und fest."

Als Dan diese Gedanken durch den Kopf gingen, hörte er plötzlich auf, am Feuer zu arbeiten, näherte sich dem Schläfer mit verstohlenen Schritten, kniete sich neben ihn und zog sein Klappmesser hervor. Ihm war aufgefallen, dass es seinem Vater erst nach viel Mühe gelang, die Kiste mit Davids Geld in seine Tasche zu stecken, und dass es genauso schwer war, sie wieder herauszuholen, nachdem er sie hineingesteckt hatte. Dan hatte beschlossen, diese Kiste und ihren Inhalt zu besitzen, und da er wusste, dass er ein großes Risiko eingehen würde, wenn er versuchen würde, sie aus der Tasche seines Vaters zu reißen, kam er auf den einfacheren und sichereren Plan, sie herauszuschneiden. Dies tat er mit einem schnellen, vorsichtigen Hieb mit seinem Messer, und Godfrey wurde dadurch nicht klüger. Die Schachtel fiel in Dans Hand, und er verlor keine Zeit, sie in seine eigene Tasche zu stecken.

„Thar, du bist tot!" flüsterte Dan und zitterte am ganzen Körper vor Aufregung und Besorgnis. „Du wolltest mir meine neunzig Dollar nicht geben, hast aber versucht, mich vor ihnen zu betrügen, indem du gesagt hast , du wolltest sie für mich scharf machen . Ich übernehme es sofort , und ihr werdet keinen Dollar davon wiedersehen. Habe ich nicht gesagt, dass du vor dem Morgen herausfinden würdest, dass du mich nicht kennst?"

Mit diesen Worten schüttelte Dan dem bewusstlosen Godfrey die Faust, ging mit lautlosen Schritten auf die andere Seite des Feuers, nahm sein Gewehr und schlich sich in den Wald davon.

KAPITEL VI
BOB IST ERSTAUNLICH.

„JETZT Dave", sagte Don freundlich, „mach dich bereit und sei ein Mann. Nimm es dir nicht so sehr zu Herzen."

„Es ist leicht zu sagen ‚Mach dich bereit'", schluchzte David, „aber wie würdest du dich fühlen, wenn du an meiner Stelle wärst?"

„Ich weiß es nicht, denn du hast mir noch nicht genau gesagt, was los ist. Jetzt hören wir uns die ganze Geschichte von Anfang an an", sagte Don und setzte sich neben den weinenden Jungen auf den Kai.

David wischte sich die Tränen weg, unterdrückte mühsam sein Schluchzen und erzählte dann einen sehr unzusammenhängenden Bericht über die Vorfälle, die sich in der Nacht zuvor in der Hütte ereignet hatten. Dons Wange errötete, während er zuhörte. Wenn David ihn jetzt gefragt hätte, wie er sich fühlen würde, wenn er in der gleichen Situation wäre, hätte er eine prompte und entschiedene Antwort erhalten. Don hatte das Gefühl, als würde er Godfrey und Dan am liebsten den Kopf einschlagen.

„Mutter und ich haben letzte Nacht kein Auge zugetan", fuhr David fort. „Wir sind nicht einmal ins Bett gegangen. Wir konnten nur reden und weinen. Mutter sagt, wir können nichts dagegen tun, denn Vater hat das Recht, mir meinen gesamten Verdienst zu nehmen."

"Wütend!" pfiff Don. "Das ist Fakt." Allerdings hatte er bis zu diesem Moment noch nicht daran gedacht. Er hatte sich gesagt, dass er sofort verhaftet werden sollte, wenn es in der Grafschaft genug Beamte gäbe, um Godfrey zu finden; aber jetzt sah er, dass ihm Schwierigkeiten im Weg standen.

„Und ein weiterer Nachteil daran ist, dass ich Silas Jones eine Lebensmittelrechnung schulde und keinen Cent habe, um sie zu bezahlen", fügte David hinzu. „Ich hätte ihn bezahlen sollen, als er mir das Geld gab, aber ich habe nicht daran gedacht. Ich war zu ungeduldig, um nach Hause zu kommen und Mutter die Rolle Greenbacks zu zeigen, die du mir geholfen hattest, zu verdienen."

„Und wir helfen Ihnen, noch heute mehr zu verdienen", sagte Don fröhlich. „Lassen Sie sich von dieser Rechnung nicht beunruhigen. Ich habe zehn Dollar von deinem Geld in meinen Händen, weißt du, und da oben im Wald warten noch vierzig Dollar auf dich."

David konnte nur überrascht zusehen.

„Du weißt, dass du Interesse an dieser Bärenfalle auf Bruin's Island hast", fuhr Don fort, „Bert und ich waren gerade dort oben und haben drei Bären gefunden – einen alten und zwei Junge. Wir haben die Alte erschossen und werden sie als unseren Anteil an der Beute nehmen, und du sollst die Jungen haben. Silas Jones gibt Ihnen zwanzig Dollar pro Stück dafür. Wir werden sie wieder verfolgen, sobald wir Hilfe bekommen. Haben Sie Lust, mit uns zu gehen? Vielleicht würde es dich ein wenig beleben."

„Ich fürchte, das würde nicht der Fall sein", sagte David und begann erneut zu weinen. „Du warst sehr nett zu mir, aber mein Pech ist zu viel für uns alle. Ich habe es nicht übers Herz, etwas zu tun."

„Nun, das glaube ich nicht", sagte Don mitfühlend. „Gehen Sie nach Hause und machen Sie es sich so bequem wie möglich, und wir werden sehen, was für Sie getan werden kann. Dort! Auf Wiedersehen."

Nachdem David so abrupt entlassen worden war, stand er taumelnd auf und ging weg, während Don, nachdem er lange genug verweilt hatte, um seine Fäuste zu schwingen und andere Demonstrationen zu machen, die auf den Wunsch hindeuteten, jemanden zu schlagen, zum Haus rannte und seinen Bruder zurückließ, um das Segel zu machen. Boot bereit für ihre Fahrt den Bayou hinauf.

„Warum, Don", rief der General, als der Junge keuchend und fast atemlos in die Bibliothek stürmte, wo sein Vater mit seinen Papieren beschäftigt saß, „was ist passiert? Du scheinst von etwas sehr aufgeregt zu sein."

„Oh, Vater", rief Don, „hier ist ein schreckliches Durcheinander. Dave Evans erhielt für seine Wachteln einhundertvierundsechzigeinhalb Dollar, abzüglich aller Spesen, und gestern Abend kam sein Vater nach Hause und stahl jeden Cent davon."

Der General legte seinen Stift nieder und drehte seinen Stuhl um, sodass er Don ansehen konnte. „Wie hat Godfrey herausgefunden, dass David das Geld hatte?" er hat gefragt.

„Dan muss es ihm erzählt haben, denn er war dort und schaute durch einen Spalt zwischen den Baumstämmen; aber wie Dan es herausgefunden hat, ist ein Rätsel. Dave wollte mir das Geld geben, sobald ich nach Hause kam. Godfrey muss sich brutal verhalten haben. Er warf Dave quer durch den Raum und schubste seine Mutter auf eine Weise herum, die absolut beschämend war."

„Es ist sehr bedauerlich", sagte der General und bezog sich dabei sowohl auf den Zustand von Godfrey und seiner Familie als auch auf den Verlust von Davids Geld.

„Und das Schlimmste daran ist, dass David keine Wiedergutmachung hat", fuhr Don fort. „Er ist minderjährig und dieser faule Godfrey kann jeden Cent nehmen, den er verdient."

„Das wäre unter bestimmten Umständen wahr", antwortete der General mit einem Lächeln, „aber nehmen wir an, Sie und ich könnten zur Zufriedenheit von Richter Packard nachweisen, dass Godfrey nicht der richtige Mann ist, um sich um eine Familie zu kümmern, und dass er keinen Beitrag geleistet hat." Dollar für ihre Unterstützung seit Jahren; was dann?"

„Ich bin mir sicher, dass ich es nicht weiß", sagte Don, nachdem er einen Moment nachgedacht hatte. „Würde der Richter etwas dagegen unternehmen?"

„Sehr wahrscheinlich würde er es tun. Er würde einen Haftbefehl gegen ihn ausstellen; Und da es überhaupt kein Problem wäre, zu beweisen, dass David der Hauptsitz der Familie ist und dass er dieses Geld für den Lebensunterhalt für sich und seine Mutter benötigt, würde das Gericht Godfrey zwingen, es herauszugeben, und dann würde es das auch tun Lassen Sie ihm wahrscheinlich die Wahl zwischen Arbeit und Gefängnis."

"Gut!" rief Don aus. „David wird doch gut rauskommen."

„Ich denke schon", antwortete der General und lächelte über die Begeisterung des Jungen, „und jetzt ist genau der richtige Zeitpunkt, sich der Sache zu widmen." Das Gericht tagt gerade, wissen Sie, und ich werde sofort den Richter sprechen."

Don war begeistert; und nachdem er Davids Interessen in sichere Hände gelegt hatte, sprach er nun über seine eigenen Angelegenheiten.

„Das ist nicht alles, was ich Ihnen zu sagen habe ", sagte er. „Wir haben heute Morgen ein Junges in unserer Falle gefunden; Die Hunde haben einen anderen erlegt, und ich habe den alten Bären erschossen.

Der General, der damit beschäftigt war, seine Papiere wegzuräumen, drehte sich um und sah Don an.

„Sie war der größte Bär, den ich je lebend gesehen habe, und es brauchte eine Kugel und zwei Ladungen Schrot, um sie zur Ruhe zu bringen", fuhr der Junge fort.

„Ich hoffe, dass Sie bei Ihren Jagdausflügen nicht in Schwierigkeiten geraten", sagte der General, aber es war deutlich zu erkennen, dass er väterlichen Stolz auf Dons Heldentat empfand.

„Das Seltsame an der Geschichte ist, dass wir, als Bert und ich die Insel erreichten , Bob Owens und Lester Brigham dort fanden und der alte Bär sie beide auf einen Baum geworfen hatte."

„Soweit ich weiß, ist das das zweite Mal, dass sie auf einen Baumstamm gesetzt wurden."

"Herr?" sagte Don, der nichts von dem Anschlag wusste, der auf die Negerhütte verübt worden war.

„Fahren Sie mit Ihrer Geschichte fort", antwortete der General, „was machten Bob und Lester auf der Insel?"

Don zögerte einen Moment, dachte über die Worte seines Vaters nach und versuchte, ihre Bedeutung zu ergründen. Dann erzählte er hastig von den aufregenden Ereignissen, die sich an diesem Morgen auf der Insel ereignet hatten. Der General öffnete überrascht die Augen und antwortete auf Dons Bitte, er möge genug Hilfe haben, um die Jungen zu sichern und den alten Bären zu entfernen, sagte:

"Sicherlich. Gehen Sie zum Aufseher und sagen Sie ihm, dass Sie Jake und Cuff wollen. Sie werden Ihnen jede Hilfe geben, die Sie brauchen. Wenn du mir nicht gerade von Davids Unglück erzählt hättest, würde ich selbst mitgehen."

Don dankte seinem Vater und eilte aus dem Zimmer. Die beiden Neger arbeiteten auf dem Feld, und das Feld war eine halbe Meile vom Haus entfernt. Das war zu weit zum Laufen, vor allem für jemanden, der es so eilig hatte wie Don, also sprang er ohne Sattel und Zaumzeug auf sein Pony und galoppierte. Die Neger grinsten am ganzen Körper vor Freude, als der Aufseher ihnen sagte, was Don von ihnen wollte, und machten sich, ihre Äxte schulternd, sofort auf den Weg zum Haus, während Don vorausgaloppierte. Nachdem er sein Pony dem Stallknecht übergeben hatte, rannte er ins Haus, schnappte sich ein Mittagessen, das eine seiner Schwestern schnell für ihn bereitstellte, und er und Bert saßen im Boot und aßen es, während sie auf Jake und Cuff warteten. Bert atmete leichter auf, als er erfuhr, dass David doch Rechte hatte und dass das Gesetz stark genug war, um sie ihm zu gewähren. Ihre erste Sorge, sagte er, müsse darin bestehen, David die gute Nachricht zu überbringen; aber als die Neger sie zur Hütte hinaufgerudert hatten, fanden sie dort niemanden. Die Räumlichkeiten waren völlig verlassen.

In der nächsten Stunde gab es viel Aufregung und Sport sowie noch mehr harte Arbeit. Der alte Bär erwies sich als genauso schwer und unkontrollierbar, wie Don erwartet hatte, und nur mit zusätzlicher Anstrengung gelang es ihnen, ihn ins Boot zu bekommen. Die Jungen kreischten, bissen und kratzten sich, und bevor sie festgehalten wurden, hatte Don, der in der Schlacht an der Spitze stand,, wie er es ausdrückte, „ein hübsch aussehendes Paar Hände", während Berts Mantel nur einen Ärmel und einen Teil davon hatte das andere. Aber trotz der harten Beanspruchung hatten sie jede Menge Spaß.

Es war eine schwere Last, die das robuste kleine Segelboot den Bayou hinuntertragen musste, und ihre Dollborde befanden sich nicht mehr als drei Zoll über dem Wasser, aber sie trug sie sicher und wurde zu gegebener Zeit am Kai festgemacht. Einer der Neger wurde nach einer Spanne Maultiere und einem Wagen in die Scheune geschickt, und als er zurückkam, wurden alle Bären in das Fahrzeug geworfen und zum Haus geschleppt. Die alte Bärin wurde im Gras nahe der hinteren Veranda zurückgelassen, damit der General sie sehen konnte, wenn er nach Hause kam; und als sich die Mutter und die Schwestern der Jungen die Jungen genau angesehen hatten, wurde Jake zu seiner Arbeit auf dem Feld zurückgeschickt, und Don und Bert fuhren zum Treppenabsatz und nahmen Cuff mit. Sie wollten einen starken und treuen Verbündeten in der Nähe haben, für den Fall, dass es den Jungen gelang, sich aus den Seilen zu befreien, mit denen sie gefangen waren.

Die Jungs fanden Mr. Jones vor seinem Laden sitzend und die übliche Anzahl von Faulenzern leisteten ihm Gesellschaft. "Hier sind sie!" sagte Don, als er den Wagen am Rand des Bürgersteigs anhielt.

Der Lebensmittelhändler schien überrascht zu sein, stellte aber keine Fragen. Er stand auf und schaute in den Wagen, und dann war er überraschter denn je. Auch er schien begeistert zu sein. „Warte einen Moment", sagte er. „Lassen Sie sie dort, bis ich einen Platz für sie gefunden habe."

„Wie viel sind sie wert?" fragte Don.

„Zwanzig Dollar pro Stück, Barzahlung."

„Werden Sie sie behalten, Mr. Jones?" fragte Bert.

„ Ach , nein! Ich kaufe sie für einen Schausteller, der in Memphis lebt."

Hätte sich dieser Vorfall in einer Stadt ereignet, wäre Dons Wagen schnell von einer Menge neugieriger Menschen umzingelt worden; aber die Pflanzer um Rochdale hatten so viele junge Bären gesehen, dass sie sie nicht als Objekte von Interesse betrachteten. Die Mitläufer standen auf und warfen nur einen Blick auf sie, stellten den Jungen ein paar Fragen über die Art und Weise, wie ihre Gefangennahme erfolgt war , und machten sich dann an die Arbeit, um Silas bei der Vorbereitung einer Loge für ihren Empfang zu helfen. Die Arbeit war bald erledigt; Die Jungen wurden in ihr neues Quartier gebracht, und Don, mit vierzig Dollar in der Tasche, drehte die Maultiere um und fuhr nach Hause.

Wie erging es in der Zwischenzeit Lester und Bob, die wir in keinem angenehmen Gemütszustand im Rohrstock sitzen ließen, um Notizen zu vergleichen? Lester schien von seinem Sturz ziemlich erschöpft zu sein, und erst nach mehreren Versuchen gelang es ihm, wieder auf die Beine zu kommen; und selbst dann konnte er nicht gehen und sein Begleiter musste ihn zum Boot tragen. Aber seine Zunge war lebhaft genug, und er schloss sich aus tiefstem Herzen der Meinung von Bob an, dass er den Jungen anprangerte, der ihm das Leben gerettet hatte. Sie konnten sich nicht entscheiden, wen sie mehr hassten – Don Gordon, der ihnen den Kampf aus der Hand genommen und den Bären getötet hatte, oder David Evans, der vierzig Dollar mehr bekommen sollte, die zu der netten kleinen Summe hinzukamen den er für das Fangen der Wachteln erhalten hatte.

Nachdem er seinen hilflosen Begleiter in einer bequemen Position im Bug des Kanus platziert hatte, ging Bob zurück, um die Waffen und Lesters Hut zu holen, die auf dem Schlachtfeld zurückgelassen worden waren, dann nahm er eines der Paddel und stieß sich in den Bach ab .

„Das Glück ist gegen uns – das ist deutlich zu sehen“, sagte er. „Wir scheitern bei allem, was wir unternehmen, und wenn ich bei diesem Postgeschäft einen Fehler machen sollte, würde mich das überhaupt nicht überraschen. Don wird seine Heldentat in der ganzen Siedlung verbreiten, und das wird uns in eine äußerst lächerliche Lage bringen.“

„Aber können wir nicht so schnell reden wie er?“ fragte Lester. „Hier sind du und ich auf der einen Seite und Don und Bert auf der anderen. Unser Wort ist genauso gut wie ihres. Ich konnte nicht auf den Bären schießen, weil meine Waffe verschmutzt war“, fügte Lester hinzu, der gerade entdeckt hatte, dass die Mündung seiner Waffe mit Schlamm verstopft war. „Aber Sie haben auf sie geschossen, und die Wunde erwies sich als tödlich – nicht sofort, aber innerhalb weniger Minuten. Nachdem die Bärin tot war, kam dieser Don Gordon, feuerte eine Kugel und zwei Ladungen Schrot auf sie ab und behauptete, sie getötet zu haben, und entführte die alte Bärin und die beiden Jungen. Wie ist das?"

"Gut genug!" rief Bob aus, der sofort erkannte, worauf sein Begleiter hinauswollte. „Um der Geschichte mehr Gewicht zu verleihen: Ich habe an einem Dutzend Bärenkämpfen teilgenommen, und Don war heute noch nie an einem beteiligt.“

„Aber ich weiß nicht, wie ich meine Verletzungen erklären soll“, sagte Lester, ergriff sein linkes Bein mit beiden Händen und brachte es in eine etwas leichtere Position.

„Das tue ich“, sagte Bob. „Welcher Teil von dir tut am meisten weh?“

„Meine linke Hüfte.“

"In Ordnung. Da hat dich die Bärin mit der Pfote geschlagen, als sie zum ersten Mal aus dem Stock kam."

„Aber wie habe ich meine lahme Schulter bekommen?"

„Sie hat dich gegen einen Baum gestoßen."

„ Das hat sie getan", rief Lester aus. „Und während der Bär mich umwarf, hast du auf sie geschossen. Behalten Sie jetzt all diese kleinen Dinge im Hinterkopf, damit unsere Geschichten übereinstimmen."

„Wirst du das deinem Vater erzählen?"

„Genau das ist es."

„Glauben Sie nicht, dass es dem Anleihengeschäft ein wenig helfen wird? Ich habe dir das Leben gerettet, weißt du? denn natürlich hätte dich der Bär getötet, wenn ich dir nicht zur Seite gestanden hätte."

„Ich sage es, wenn du willst, aber es wird nicht notwendig sein. Um diese Anleihen brauchen Sie sich keine Sorgen zu machen, denn ich versichere Ihnen, dass sie in Ordnung sind. Vater tut fast alles, was ich von ihm verlange."

Durch diese Worte sehr ermutigt, machte sich Bob mit doppelter Energie an die Arbeit, und das kleine Kanu schoss schnell den Bayou hinunter. Er landete vor der Hütte von Godfrey Evans, ließ seinen Begleiter dort zurück und machte sich auf den Weg nach Hause, einem Pferd und einem Wagen folgend; denn Lester erklärte, dass er unmöglich reiten könne. Nach einer Stunde kehrte Bob zurück, setzte seinen Freund bequem auf einen Strohhaufen am Boden des Wagens, stieg auf den Sitz und fuhr los. Er war gezwungen, sehr langsam zu fahren, und es verging eine weitere Stunde, bevor er in die Fahrbahn einbog, die zu Mr. Brighams Wohnsitz führte.

Die Bestürzung in diesem Haus war groß, als Lester schlaff und hilflos die Stufen hinaufgetragen wurde, die zur Veranda führten. Die Überraschung war auf allen Gesichtern zu sehen, als bekannt wurde, dass die beiden Jungen den verzweifeltsten Bärenkampf überstanden hatten, von dem man je gehört hatte, und es gab viele lobende Worte, die Bob für den Mut erhielt, den er bei der Rettung des Bären gezeigt hatte Leben seines Freundes. Frau Brigham, die jedes Wort der lächerlichen Geschichte glaubte, versicherte ihm, dass sein heldenhaftes Verhalten nicht vergessen werden dürfe, und Bob, sehr erfreut über diesen kleinen Schachzug, stieg in seinen Wagen und fuhr nach Hause. Als er das Pferd abgegurtet hatte, ging er ins Haus und fand die Familie gerade beim späten Abendessen sitzen.

„Warum, Bob“, sagte Mr. Owens, als sein Blick auf die zerrissene und schmutzige Kleidung des Jungen fiel, „Sie sehen aus, als ob Sie irgendwo gewesen wären.“

„Ich sollte sagen, ich war irgendwo“, antwortete Bob. „Wenn ich heute Morgen keine Zeit hätte! Wütend! es lässt mich zittern, wenn ich daran denke. Ich werde dir in ein paar Minuten alles darüber erzählen.“

Bob ging in sein Zimmer, um sich für das Abendessen umzuziehen, und als er zurückkam und am Tisch Platz genommen hatte, begann er und erzählte die Einzelheiten des Schreckens auf Bruins Insel, genau wie er und Lester vereinbart hatten. Mr. Owens sah ungläubig aus und starrte Bob so starr an, dass der Junge gezwungen war, den Blick zu senken und auf seinen Teller zu blicken. „Das ist eine Tatsache“, sagte er entschieden. „Fragen Sie Lester einfach, wenn Sie ihn das nächste Mal sehen. Er ist völlig angeschlagen und hat blaue Flecken, und ich habe gerade dabei geholfen, ihn ins Bett zu bringen.“

Herr Owens gab keine Antwort. Er aß weiter zu Abend, und nachdem Bob sich ein paar Minuten Zeit genommen hatte, um seine Fassung wiederzugewinnen (denn die scharfen Blicke seines Vaters verrieten ihm, dass seine Geschichte nicht geglaubt wurde), fragte er:

„Hast du etwas gegen dieses Postgeschäft unternommen, Vater?“

„Ich habe heute Vormittag alles getan, was ich konnte, und werde heute Nachmittag wieder arbeiten. „Gordon hat sein Angebot bereits abgeschickt, und das Schlimmste ist, dass er die besten Männer hier hat, die ihn unterstützen – das heißt alle, die sich selbst für die Besten halten“, fügte *Mr.* Owens höhnisch hinzu . „Aber daraus folgt nicht, dass ein Mann besser ist als ein anderer, weil er in einem größeren Haus lebt und mehr Geld hat. Ich werde nach dem Abendessen ein paar Pflanzer in der Siedlung aufsuchen und dann rüberreiten und Brigham wegen dieser Anleihen sprechen.“

„Du wirst sie sicher bekommen“, sagte Bob zuversichtlich. „Lester hat es gesagt.“

„Ich werde mein Gebot mit fünfundzwanzig Dollar abgeben“, fuhr Herr Owens fort.

„Das wäre ein Verlust von fünf Dollar pro Monat oder sechzig Dollar pro Jahr“, sagte Bob nachdenklich. „Es ist eine Menge Geld, Vater.“

„Aber wenn Sie mit dem Verlust von sechzig Dollar im Jahr dreihundert verdienen könnten, wäre das dann nicht eine gute Investition?“

Bob sagte, er hätte gedacht, dass es so wäre; aber er sagte sich, dass er genauso berechtigt sei, dreißig Dollar im Monat für den Posttransport zu verlangen, wie Dave Evans. Mit 60 Dollar könnte man viele Dinge kaufen, die ihm nützlich wären. Dieser Ragamuffin war ihm immer im Weg.

Nachdem Bob sein Abendessen beendet hatte, ging er hinaus und schlenderte herum, bis er sah, wie sein Vater auf sein Pferd stieg und davonritt, und dann ging er den Weg hinunter. Er wollte allein weg, um über seine Zukunftsaussichten nachzudenken. Er wanderte ziellos umher und baute Luftschlösser, bis es dunkel wurde, und dann wandte er sein Gesicht nach Hause, wo er gerade rechtzeitig ankam, um Mr. Owens am Tor absteigen zu sehen.

"Was für ein Glück?" fragte Bob, der jetzt höchst gespannt war, denn er wusste, dass sein Schicksal von den ersten Worten abhing, die über die Lippen seines Vaters kamen.

Herr Owens antwortete nicht sofort. Mit der herausforderndsten Überlegung spannte er sein Pferd an den Zaun, drehte sich dann um, steckte die Hände in die Taschen und blickte seinen Sohn an. „Bob“, sagte er in einem Tonfall, der dem Jungen das Herz schwer machen ließ, „du erinnerst dich an die Nacht, als du und Lester auf Waschbärjagd gingen, nicht wahr?“

Bob zuckte zusammen, versuchte aber, unschuldig zu wirken. Er richtete seinen Blick nachdenklich auf den Boden, als würde er sich angestrengt an die Nacht erinnern, von der sein Vater sprach, und sagte langsam:

„Das kann ich nicht sagen. Wir waren schon viele Male auf der Jagd nach Waschbären, wissen Sie?

„Aber ich denke an eine bestimmte Nacht, in der etwas geschah, an das Sie sich den längsten Tag Ihres Lebens erinnern werden.“

Bob schaute wieder auf den Boden und begann zu zittern. Da er wusste, was auf ihn zukam, wich er gegen den Zaun zurück, als fürchtete er, dass die nächsten Worte seines Vaters ihn umwerfen würden. Und sie kamen dem ziemlich nahe.

„Nun, Bob“, sagte Mr. Owens, „ich werde Ihnen zu Ihrer Zufriedenheit sagen, dass Sie alle Ihre Chancen, in diesem Landkreis Postbote zu werden, zunichte gemacht haben. Herr Brigham sagte, er könne nicht dazu beitragen, einen potenziellen Dieb in eine so verantwortungsvolle Position zu bringen.“

"Ein Dieb!" keuchte Bob.

"Ja. Ohne Don Gordons Hunde wären Sie und Lester in eine der Negerhütten des Generals eingebrochen. Dort waren Sie in der Nacht, als Sie sagten, Sie seien auf Waschbärjagd gegangen. Wussten Sie, worum es ging? Wenn Sie Erfolg gehabt hätten, hätte das Gesetz Sie erfasst.“

„Ich habe es nicht getan", rief Bob, sobald er sprechen konnte. „Da ist kein Wort der Wahrheit drin."

„Oh, du kannst es nicht ertragen, und es hat keinen Sinn, es zu versuchen. Die Geschichte ist überall in der Siedlung verbreitet, und als Mr. Brigham sie heute Nachmittag zu Ohren bekam, zwang er Lester zu einem Geständnis."

Das war der schlimmste Schlag von allen. Lester hatte gestanden! Und wo hatte er aufgehört, seit er angefangen hatte? Hatte er über die Abenteuer des Morgens die Wahrheit gesagt? Hatte er – und hier schien Bobs Herz aufgehört zu schlagen – von dem Brand von Don Gordons Schießbüchse erzählt ? Als Bob diese Gedanken durch den Kopf gingen, überwältigte ihn für einen Moment die Wut. „Der Feigling!" er rief aus. „Und ich habe ihm auch das Leben gerettet."

„Nun, je weniger du darüber sagst, Bob, desto besser", antwortete Mr. Owens. „Lester erlitt seine blauen Flecken, als er von einem Baum fiel."

"Woher weißt du das?" Bob schaffte es zu fragen.

„Er hat es gesagt."

Bob konnte es nicht ertragen, ein weiteres Wort zu hören. Es gab nur noch eine Sache, die Lester noch gestehen musste, und Bob dachte, er könnte nicht überleben, wenn sein Vater ihm davon erzählen würde. Als er sich umdrehte und die Gasse hinuntereilte, rief Mr. Owens:

„Da ist noch etwas anderes, Bob. Während er dabei war, hat Lester alles klargestellt."

Der Junge beschleunigte seinen Schritt, konnte sich aber der Stimme seines Vaters nicht entziehen.

„Brigham und ich werden morgen früh den General wegen des Brandes dieser kleinen Hütte drüben am Seeufer aufsuchen", sagte Mr. Owens. „Wir wollen keinen Ärger damit haben, wenn wir etwas dagegen tun können."

Bobs Wut- und Angstgefühle waren so intensiv, dass er kaum atmen konnte. Er stieß einen lauten Schrei aus, den er nicht hätte unterdrücken können, um sein Leben zu retten, begann zu rennen und rannte mit Höchstgeschwindigkeit die Fahrbahn entlang. Aber so schnell er auch ging, seine Ängste hielten mit ihm Schritt, und irgendwie konnte er nicht umhin, sich an den Text zu erinnern, aus dem er den Pfarrer ein paar Sonntage zuvor predigen gehört hatte: „Sei gewiss, dass deine Sünde dich finden wird!"

Wenn Bob das noch nie zuvor geglaubt hatte, dann glaubte er es jetzt.

KAPITEL VII
BOBS PLÄNE.

BOB wusste kaum, was er mit sich anfangen sollte. Er rannte mit Höchstgeschwindigkeit den Weg entlang, bis er außer Atem war, und setzte sich dann auf einen Baumstamm in einer Zaunecke, um über seine Situation nachzudenken. Alle seine strahlenden Träume waren wie die Nebel des Morgens verschwunden. Sein Freund Lester hatte durch das Geständnis, das er gemacht hatte, alle seine Luftschlösser zunichte gemacht, und schlimmer noch, er hatte Bob in eine missliche Lage gebracht, in die noch kein Junge zuvor geraten war.

„Solange ich lebe, werde ich nie wieder mit ihm sprechen", sagte Bob und schüttelte seine Faust gegen einen imaginären Gegenstand. „Die dreihundertsechzig Dollar im Jahr, die ich zu verdienen gehofft hatte, werden ganz sicher in die Taschen dieses Dave Evans fließen, denn jetzt, da ich nicht mehr auf der Rennstrecke bin, gibt es niemanden mehr, der gegen ihn antreten kann. Und während er durch das Land reitet, den Kopf hoch in die Luft streckt und seine feinen Kleider und seine Jagd- und Angelausrüstung trägt (Bob dachte, David würde das Geld, das er verdiente, genauso ausgeben, wie er es selbst ausgegeben hätte, wenn er das Glück gehabt hätte die Position des Postboten sichern), was werde ich tun? Ich könnte genauso gut mit Godfrey im Sumpf sein, denn ich werde es nie wieder wagen, jemandem ins Gesicht zu sehen. Und Lester hat versprochen, auch mir treu zur Seite zu stehen."

Eine Lektion musste Bob noch lernen: Wenn er einen Freund wollte, der ihm in jedem Notfall zur Seite stand, durfte er ihn nicht unter Jungen wie Lester Brigham suchen.

„Meine dreißig Dollar im Monat sind in Rauch aufgegangen", fuhr Bob fort, der wütender war, als er an seine Niederlage dachte, als wenn er an die schädlichen Enthüllungen dachte, die Lester gemacht hatte, „und was mich schmerzt, ist die Erkenntnis, dass Dave werde sie bekommen. Ich hoffe, jemand wird ihn ausrauben, wenn er zum ersten Mal mit dieser Posttasche ausfährt. Wenn ich eine gute Chance bekomme , mache ich es selbst."

Hätte Bob es nur gewusst, er befand sich allmählich in einer sehr gefährlichen Stimmung. Die Gefühle, die er zum Ausdruck gebracht hatte, glichen denen, die Clarence Gordon und Dan Evans in so große Schwierigkeiten gebracht hatten. Wenn Bob in der Lage gewesen wäre, weit genug in die Zukunft zu blicken, um die Schwierigkeiten zu erkennen, in die sie ihn bringen sollten, hätte er sie mit aller möglichen Eile verbannt, wütend und rücksichtslos, wie er in diesem Moment war. Er blieb zwei Stunden lang auf seinem Baumstamm sitzen und wurde jedes Mal beunruhigter, wenn er sich an die Vorfälle erinnerte, die mit dem Abbrennen der Schießbude und dem Versuch, die Negerhütte auszurauben, zusammenhingen, und wütend, wann immer er an die Feigheit seines treuen Freundes dachte; und als er die Sache überlegt hatte, ohne sich zu irgendetwas entschieden zu haben, stand er auf und ging auf das Haus zu.

„Ich muss irgendwann nach Hause gehen, und ich könnte genauso gut jetzt gehen wie eine Stunde später", dachte er. „ Natürlich weiß die Familie Bescheid, und ich würde lieber ausgepeitscht werden, als meine Mutter zu sehen, aber daran lässt sich nichts ändern. Ich wünschte, einer dieser Bären oben in Michigan hätte diesem feigen Yankee ein Ende gemacht, bevor er jemals hierher kam, um mich in diesen Schlamassel zu bringen. Ich glaube nicht, dass er Michigan jemals gesehen hat. Ich weiß, dass er bis heute Morgen noch nie einen wilden Bären gesehen hat."

Mit der hartnäckigen Entschlossenheit, sich den Konsequenzen seiner Missetaten zu stellen, was auch immer sie sein mochten, setzte Bob seinen Hut fest auf den Kopf, ballte die Hände und ging schnell die Gasse entlang, bis er das Haus erreichte. Er schlug das Tor hinter sich zu, rannte die Stufen hinauf, die zur Veranda führten, und nachdem er seinen Hut an einen Nagel im Flur gehängt hatte, öffnete er die Tür, die ins Wohnzimmer führte. Der einzige Bewohner war sein Vater, der am Feuer saß und eine Zeitung las.

"Ah! „Bob, ich wollte dir noch etwas sagen ", sagte dieser in einem Tonfall, der einen Fremden glauben lassen hätte, dass er und Bob sich gerade über ein angenehmes Thema unterhalten hätten. Herr Owens hegte nie einen Groll gegen seinen Sohn, wie es viele Väter tun. Als er gesagt hatte, was er zu Bobs Missetaten zu sagen hatte, war die Sache erledigt.

„Ich habe einmal gehört, dass Sie eine Bemerkung gemacht haben, die mich glauben lässt, dass die Neuigkeiten, die ich zu erzählen habe, Ihnen gefallen werden", fügte Herr Owens hinzu.

„Das hoffe ich", antwortete Bob. „Nach all den harten Dingen, die ich heute Abend gehört habe, sollte ich etwas Angenehmes hören."

„Nun, Sie haben genug Verstand, um zu wissen, dass Sie allein die Schuld tragen. Es tut mir leid, dass Sie sich abführen ließen, aber daran lässt sich jetzt nichts ändern. Ihr Wunsch wurde erfüllt. David Evans hat jeden Cent des Geldes verloren, das er für seine Wachteln erhalten hat."

Bob, der auf der anderen Seite des Kamins saß und den Blick auf den Boden gerichtet hatte, fuhr auf und erregte alle Aufmerksamkeit, als diese Worte an sein Ohr drangen. Er sah einen Moment lang überrascht aus und lehnte sich dann mit einem Seufzer, der größte Zufriedenheit verriet, in seinem Stuhl zurück. „Warum, wie hat er es verloren?" fragte er, sobald er sprechen konnte.

„Sein Vater hat es ihm weggenommen", war die Antwort.

"Gut!" rief Bob.

„Es scheint, dass sowohl er als auch Dan von der Angelegenheit betroffen waren", fuhr Herr Owens fort. „Godfrey versteckt sich irgendwo im Sumpf, wissen Sie, und Dan fungierte als eine Art Späher zwischen seinem Lager und dem Dorf und hielt ihn über alles, was vor sich ging, auf dem Laufenden."

„Ich wünschte, ich hätte es gewusst", sagte Bob. „Ich hätte Dan mehr als einen Hinweis gegeben."

Was hätte Bob gedacht, wenn er gewusst hätte, dass Dan derjenige war, der Don Gordons Hunde auf ihn hetzte und den Versuch, in die Hütte einzubrechen und Davids Wachteln zu befreien, zunichte machte? Er hätte ihm höchstwahrscheinlich etwas anderes als nur Hinweise gegeben.

„Dan hat ohne die Hilfe von irgendjemandem genug herausgefunden", erwiderte Mr. Owens. „Wie er das gemacht hat, weiß ich nicht; Aber er meisterte die Sache so geschickt , dass Godfrey genau zu dem Zeitpunkt auf die Hütte fiel, als er das Geld hätte beschaffen können. Wenn er bis zum nächsten Morgen gewartet hätte, wären die Greenbacks sicher in den Händen von Don Gordon gewesen, der, wie ich glaube, als Davids Bankier fungiert, und Godfrey hätte für sie gepfiffen."

„Ich bin froh darüber", rief Bob. „Ich bin froh darüber", wiederholte er, während er sich die Verzweiflung vorstellte, die den Boy Trapper ergriffen haben musste, als er sah, wie ihm sein harter Verdienst unerwartet entrissen wurde. „Es dient ihm genau richtig; Denn wenn er nicht gewesen wäre, hätte ich in ein paar Tagen einen hübschen kleinen Hinterlader an den Haken in meinem Zimmer hängen gehabt. Ich hoffe, dass ihm jedes Mal auf die gleiche Weise gedient wird, wenn er seinen Platz verlässt und versucht, sich unter den Weißen durchzusetzen. Ich hoffe auch, dass sie Godfrey nicht fangen."

„Sie brauchen sich darüber keine Sorgen zu machen", sagte Mr. Owens mit einem Lächeln. „Godfrey kennt jeden Winkel des Sumpfes und alle Polizisten im Landkreis konnten ihn nicht finden. Außerdem, was könnten sie mit ihm machen, wenn sie ihn finden würden?"

„Konnten sie nichts mit ihm machen?" fragte Bob.

"Natürlich nicht. Er ist Davids Vater, und das Gesetz gibt ihm das Recht, jeden Penny zu nehmen, den der Junge bis zu seinem einundzwanzigsten Lebensjahr verdient."

„Schon wieder gut", rief Bob. „Das sind die besten Neuigkeiten, die ich je gehört habe, und sie werden mir die beste Nachtruhe bescheren, die ich seit drei Wochen hatte. Gute Nacht, Vater."

Mr. Owens nahm seine Zeitung wieder auf, und Bob ging in sein Zimmer und fiel ins Bett.

„Ich sage Ihnen, es macht mich leichter zu wissen, dass dieser Lumpen niemals Freude an dem Geld haben wird, um das er mich betrogen hat", dachte Bob, der in der Genugtuung, die er über Davids Verlust empfand, den Schaden, den Lester Brigham ihm zugefügt hatte, völlig vergaß sein Geständnis, „aber gleichzeitig tut es mir leid zu hören, dass dieser wertlose Godfrey in den Besitz davon gekommen ist. Ich sollte es haben – alles, jetzt, wo Lester es mir übel genommen hat, und wenn mir irgendeine Möglichkeit einfiele, Godfrey zu überlisten und es in die Hände zu bekommen – um Himmels willen!" rief Bob voller Aufregung aus, „das ist eine tolle Idee!"

Bob legte seinen Kopf in eine bequeme Position auf seinem Kissen und dachte lange über etwas nach, was sein Vater während ihres letzten Gesprächs gesagt hatte. Mr. Owens hatte bemerkt, dass Godfrey jeden Winkel und jede Ecke der Sümpfe kannte und dass ihn nicht alle Polizisten in der Grafschaft finden konnten. Bob sagte sich, dass er auch jeden Zentimeter der Sümpfe kannte und dass er derjenige war, der Godfrey bis zu seinem Versteck zurückverfolgen konnte. Aber er glaubte nicht, dass der Flüchtling im Sumpf war. Er glaubte, dass Godfreys Lager nicht sehr weit entfernt sein konnte – tatsächlich musste ihre Plantage näher daran liegen als jede andere, sonst wäre der Mann nicht zu Mr. Owens' Räucherei gekommen, um Speck zu stehlen. Nachdem Bob eine Weile so überlegt hatte, musste er zu einigen Schlussfolgerungen gelangt sein, die ihn erfreuten, denn plötzlich richtete er sich im Bett auf und schlug mit der geballten Hand auf seine offene Handfläche.

„Vielleicht können ihn nicht alle Polizisten im Kreis finden", sagte er sich, „aber ich glaube, ich kann es. Auf jeden Fall mache ich mich morgens auf die Suche nach seinem Lager, sobald ich mein Frühstück gegessen habe, und wenn ich es finde, werde ich einen Weg finden, an das Geld zu kommen, sonst heiße ich nicht Owens. "

Bob legte sich wieder hin und drehte sich um, um darüber nachzudenken; und er dachte stundenlang darüber nach. Je länger er über die Sache nachdachte, desto aufgeregter wurde er; und obwohl er seinem Vater gesagt hatte, dass er die beste Nachtruhe seit drei Wochen genießen könne, schlief er erst etwa zwei Stunden bevor er zum Frühstück gerufen wurde, ein. Das erste, woran er dachte, nachdem er die Augen geöffnet hatte, waren die hundertsechzig Dollar, die Godfrey besaß, und die Pläne, die er in die Tat umsetzen wollte, um sie selbst in die Hand zu nehmen. Es kam ihm damals nie in den Sinn, dass er die Rolle eines Diebes spielen würde, denn er war so sehr damit beschäftigt, über die schöne Jagd- und Angelausrüstung nachzudenken, die er mit dem Geld kaufen wollte, wenn er es bekam, dass er es könnte an nichts anderes denken. Seine Erfolgsaussichten schienen so groß, dass er aufgeregt wurde, während er darüber nachdachte, aber es gelang ihm, sich so zu beherrschen, dass die Familienmitglieder es nicht bemerkten; und als er ein herzhaftes Frühstück gegessen und ein großzügiges Mittagessen in seine Wildtasche gesteckt hatte, schulterte er das Gewehr seines Vaters und verließ das Haus.

Seine Jagdtasche war kein sehr schöner oder teurer Gegenstand. Es bestand aus einem Stück dickem Stoff, war quadratisch zugeschnitten und an drei Seiten zusammengenäht und wurde mit einem Lederriemen über seine Schulter gehängt. Dieser Riemen war an der Stelle, an der er seine Brust kreuzte, zu einer groben Scheide geformt, in der Bob sein Jagdmesser trug. Die Tasche erfüllte den Zweck, für den sie gedacht war – nämlich die Eichhörnchen, Wachteln und anderes Kleinwild zu transportieren, das Bobs Gewehr zum Opfer fiel –, aber sie gefiel dem Jungen nicht. Er wollte etwas Besseres und war jedes Mal wütend, wenn er es ansah.

„In wenigen Tagen werde ich so einen wie den von Don Gordon haben (irgendwie beneideten ihn alle Jungen in der Siedlung, die Don nicht mochten, und wollten genau wie seine), mit einem Netz für das Wild und Ledertaschen für mein Messer, „Patronen und Streichhölzer rein“, sagte Bob zu sich selbst, während er sein Mittagessen in die Tüte steckte. „Ich werde auch einen Hinterlader haben, genauso gut wie sein eigener; und wenn ich es habe, werde ich mir Mühe geben, ihn irgendwo zu treffen, um ihm zu zeigen, dass es in der Siedlung Jungs gibt, denen es genauso gut geht wie ihm und die genauso fähig sind, Stil zu zeigen. Passen Sie jetzt auf sich auf, Godfrey Evans! Ich bin diesen Greenbacks auf der Spur!“

Bob ging in die Richtung, in die Godfrey in der Nacht, in der er in der Räucherei entdeckt wurde, geflohen war, und nachdem er ein weitläufiges Maisfeld überquert hatte, stürzte er sich in den Wald und wandte sein Gesicht einem bestimmten Ort zu, von dem er glaubte, dass er einer dieser Orte sei Orte, an denen Godfrey am wahrscheinlichsten sein Lager aufschlagen würde. Bob wusste, dass Godfrey ein Versteck auf Bruin's Island hatte, in dem er sich versteckt hatte, während die Streitkräfte der Union durch diesen Teil des Staates zogen, und er wusste auch, wie alle anderen in der Siedlung, dass er verschwunden war dorthin, sobald seine Verbindung mit der Affäre um den vergrabenen Schatz bekannt wurde. Auch in der Siedlung hörte man, dass der Flüchtling von Don Gordons Hunden von der Insel vertrieben worden sei, und alle fragten sich, wo er jetzt sei. Bob dachte, er wüsste es. Am Hauptufer in der Nähe von Bruins Insel gab es zahlreiche Hügel und

Schluchten, und in einer dieser Schluchten erwartete er, den Mann zu finden, nach dem er suchte.

Als Bob den Wald betrat, warf er sein Gewehr in die Armbeuge und verlangsamte seinen Schritt zu einem sehr langsamen und heimlichen Gehen. Seine Erfahrung hatte ihn gelehrt, dass Jäger manchmal auf das Wild stoßen, nach dem sie suchen, bevor sie es bemerken; und obwohl er glaubte, Godfreys Lager sei fünf Meilen und mehr entfernt, war er so vorsichtig, als erwartete er, es gleich im nächsten Dickicht zu finden. Das Geräusch von raschelnden Ästen und fallenden Nüssen, begleitet von einem gelegentlichen alarmierten Kreischen, verriet ihm, dass die Eichhörnchen auf allen Seiten um ihn herum am Werk waren; aber Bob schenkte ihnen keine Beachtung. Er war auf der Suche nach einem größeren und profitableren Spiel. Er ging langsam durch den Wald, blieb ab und zu hinter einem Baum oder Gebüsch stehen, um zu lauschen und sich umzusehen, und um ein Uhr stand er am Ufer des Bayou.

Die Bank war zu diesem Zeitpunkt in Wirklichkeit eine Klippe und erreichte eine Höhe von hundert Fuß oder mehr. Auf beiden Seiten befand sich eine dicht bewaldete Schlucht, von der sich eine bis in den Wald hinein erstreckte und die andere, nachdem sie eine kurze Strecke parallel zum Bayou verlief, plötzlich nach links abbog und schließlich im Sumpf verloren ging. Sie waren beide ausgezeichnete Verstecke, und während Bob, auf sein Gewehr gestützt, dastand und überlegte, welches er zuerst erkunden sollte, sah er eine dünne, blaue Wolke aus den Büschen aufsteigen, die den Grund der Schlucht zu seiner Rechten bedeckten. Den meisten Jungen wäre es nicht aufgefallen; Aber Bob hielt nach einem solchen Zeichen Ausschau und wusste sofort, dass es sich um den Rauch eines Lagerfeuers handelte.

„Da ist er", sagte er zu sich selbst und blickte hastig über den Bergrücken, in der Hoffnung, einen Weg zu finden, der in die Schlucht führte. „Es muss Godfrey sein, denn sonst würde niemand an einem solchen Ort ein Lager aufschlagen. Wenn er nun zu Hause ist, muss ich ihn finden, bevor er es merkt, denn wenn er mich hört, rennt er weg, und das würde mir überhaupt nicht passen."

Da er den Weg, den er suchte, nicht finden konnte, wählte Bob eine Stelle, an der die Büsche am dünnsten wuchsen, und warf sich auf Hände und Knie, kroch schnell, aber lautlos den Hügelkamm hinunter und schob dabei sein Gewehr vor sich her . Bevor er anfing, prägte er sich die Richtung des Lagerfeuers ein, sodass er nicht anhalten und sich orientieren musste. Er ging geradeaus weiter, arbeitete sich so vorsichtig vor, dass er kaum ein Blatt zum Rascheln brachte, und als er schließlich seinen Kopf über einen riesigen Baumstamm hob, hinter dem er sich versteckt hatte, sah er das Lagerfeuer dicht vor sich. Godfrey war auch zu Hause. Er lag auf einem Astbett neben dem Feuer, den Kopf auf die Hand gestützt, den Pfeifenstiel fest zwischen die Zähne geklemmt und den Blick auf die glühenden Kohlen gerichtet. Der Junge sah ihn überrascht an. Godfrey war nie für sein gepflegtes Aussehen aufgefallen, zumindest seit Bob ihn kennengelernt hatte, aber der junge Jäger hatte ihn noch nie so gesehen wie jetzt. Seine Kleidung war völlig zerfetzt, sein Haar, das nicht von einem Hut verdeckt wurde, war zerzaust und sein Gesicht war sehr blass und hager.

„Für all das Geld, das es in Mississippi gibt, wäre ich nicht an seiner Stelle", sagte sich Bob, während er sich hinter den Baumstamm zurückzog, um zu überlegen, was er als nächstes tun sollte. „Es wird nicht mehr lange dauern, bis der kalte Winterregen einsetzt, und was wird er dann mit sich selbst anfangen? Er wird erfrieren."

Bob lag ein oder zwei Minuten lang still hinter dem Baumstamm, dann erhob er sich plötzlich aus seinem Versteck und zeigte sich dem erstaunten Godfrey, der seine Pfeife aus dem Mund fallen ließ und in großer Angst aufsprang. Bob war so nah bei ihm, dass der Flug nutzlos war. Er wurde entdeckt und es gab keine Hilfe.

„Warum, Godfrey, bist du das?" rief der Junge, als wäre die Begegnung reiner Zufall. „Haben Sie vor etwa einer halben Stunde einen Stachelbock hierher laufen sehen?"

Godfrey erhob sich langsam und fast unter Schmerzen und hob sein Gewehr mit, und der Junge hörte, wie das Schloss klickte, als der Hammer zurückgezogen wurde. Er sah gefährlich aus, und Bob begann zu befürchten, dass er eine sehr tollkühne Tat begangen hatte, indem er einem so verzweifelten Mann wie Godfrey nachgegangen war, als er erregt war. "Hallo!" er weinte. "Was ist los mit dir?"

meine Augen nicht mit deinem Stachelbock verschließen ", antwortete Godfrey in wildem Ton. „ Du bist mir auf der Spur."

„Auf Ihrer Spur?" wiederholte Bob unschuldig.

„Ja, und ich weiß es. Du bist ein Anhänger von mir; Aber es wird mehr als einen *Mann brauchen* , um mich zum Calaboose zu tragen. Hörst du mich reden ?"

„Warum, ich verstehe dich nicht."

„Wal, ich schätze, du weißt, dass es in der Siedlung einen Pelz gab , und dass sie mich dafür verantwortlich gemacht haben, nicht wahr?" forderte Godfrey ungeduldig.

„Oh, ist es das, was du meinst?" rief Bob aus. Er lehnte seine Waffe gegen den Baumstamm und wärmte seine Hände an den Kohlen, als er zum Feuer ging. Godfrey sah ihn einen Moment lang scharf an und ließ dann den Kolben seines Gewehrs zu Boden fallen. „Nein", fuhr Bob fort, „ich habe nichts von Aufregung um die Einigung gehört. Ich wusste, dass Sie und dieser Stadtmensch, Clarence Gordon, Don einen guten Scherz gespielt und ihn die ganze Nacht in Ihrem Kartoffelkeller gefesselt haben; Aber das kann doch nicht der Grund sein, warum du hier draußen im Wald bleibst? Mittlerweile ist alles vorbei. Niemand spricht jemals darüber."

Godfrey sah Bob misstrauisch an, und dann hellte sich sein Gesicht auf. Vielleicht war es doch gar nicht so schlimm, sagte er sich. Seine Stirn verfinsterte sich jedoch einen Moment später wieder, als er an den Straßenraub dachte, dessen er sich schuldig gemacht hatte. Aber er hätte sich in dieser Hinsicht vielleicht beruhigen können, denn es gab niemanden in der Siedlung, der etwas darüber wusste, nicht einmal der General; denn sein Bruder hatte den Umstand in seinen Briefen nie erwähnt.

„Ist das alles, was Sie über mich gehört haben ?" fragte Godfrey.

„Naja, nein", antwortete Bob. „Ich habe gehört, dass du vorgestern Abend nach Hause gegangen bist und die hundertsechzig Dollar genommen hast , die Dave mit dem Fangen von Wachteln verdient hat."

„Wal, meine Knöpfe sind verdammt weg, waren das nicht meine?" schrie Godfrey, sprang auf und schlug die Fersen zusammen. „ Haint er, mein Sohn, und haint Ich sein Pap? Ich bin älter, und weiß ich nicht mehr als er, und halte ich es für das Richtige , dass ich die Verwaltung all des Geldes haben sollte , das in die Familie kommt? Hoppla! Gibt mir das Gesetz nicht alle Airnins meiner Strolche, bis sie einundzwanzig Jahre alt sind?"

„Warte mal", rief Bob, der, obwohl ihn Godfreys Temperamentsausdruck nicht wenig erschreckte, versuchte, völlig unbesorgt zu wirken. „Zerschmettere keine Dinge. Jeder weiß, dass es Ihr Geld war und dass Sie ein vollkommenes Recht hatten, es zu nehmen."

„Das ist ein Scherz , der mich so wild macht", schrie Godfrey, warf sein Gewehr weg, vergrub beide Hände in seinen Haaren und schritt wie ein Verrückter auf und ab. „Es gehört mir, und ich hätte es haben sollen ; aber verdammt noch mal, jetzt habe ich es nicht mehr verstanden .

Das letzte Wort wurde mit einem wilden Schrei ausgesprochen, der die Worte erneut erklingen ließ. Bob sah und lauschte voller Staunen und trat ein oder zwei Schritte zurück.

„Seht nur mal her ", schrie Godfrey, steckte seine Hand in die Tasche und zog sie durch das Loch heraus, das Dan mit seinem Messer geschnitten hatte. „Ich gebe diesem gemeinen Dan von mir die Hälfte des Geldes, aber er wurde wütend, weil ich es ihm nur antun wollte ; Als ich schlief, schnitt er also die Kiste und das Tuk heraus selbst ab in den Sumpf!"

Hier geriet Godfrey erneut in einen wilden Wutanfall, und Bob setzte sich auf den Baumstamm und sah ihn an.

KAPITEL VIII
Bob in einer Zwickmühle.

„Ja, klar, das ist der Scherz, den Dan von mir gemacht hat", schrie Godfrey und schwang die Arme um den Kopf. „Ich habe es erst heute Morgen herausgefunden , und dann habe ich einen großen Hickoryholzschnitt und einen Tuk gemacht Arter ihm mächtige Birne, sage ich euch; aber irgendwie konnte ich die Spur nicht erkennen. Ich werde ihn morgen früh mitnehmen , wie auch immer, und ich werde ihn holen , wenn ich über den ganzen Staat Mississippi hinweghuschen muss . Ich komme nur hierher zurück, um mich ein wenig auszuruhen und meine Bewegungen besser zu planen, wie es die Generäle vor einer Schlacht tun, wissen Sie?"

Dies war nicht der wahre Grund, warum Godfrey in sein altes Lager zurückkehrte. Er glaubte, dass Dan sich irgendwo im Sumpf versteckte; Und da sich dies über einen großen Teil des Landes erstreckte, in dem es nur wenige Plantagen gab, hielt Godfrey es für einen guten Plan, seinen Rucksack aufzufüllen, bevor er sich auf die Suche nach seinem unbarmherzigen Sohn machte. Der Speck und das Mehl, die er aus Mr. Owens' Räucherei gestohlen hatte (Godfrey fragte sich, warum Bob ihm nichts von dieser Angelegenheit erzählt hatte), waren alle aufgegessen oder verschwendet worden, und als die Nacht hereinbrach, hatte Godfrey vor, sich auf eine weitere Futtersuche zu begeben. Er kannte sich in der Siedlung gut aus, alle Hunde kannten ihn, und es wäre für ihn viel einfacher und sicherer, dort in eine Räucherei einzubrechen, als in einer fremden Nachbarschaft.

Bob war sehr erstaunt über das, was er hörte. Er wusste, dass Godfrey nichts als die Wahrheit gesagt hatte, und sagte sich, dass er die Situation vollkommen verstand. Godfrey wurde als der gemeinste Mann in der Siedlung bezeichnet, was das Geld anging. Es war bekannt, dass er in den Laden ging und um Kredit bettelte, wenn er genug Bargeld in der Tasche hatte, um die gewünschten Waren zu bezahlen. Er hielt an einem Dollar fest, solange er konnte, und ließ ihn erst los, wenn er feststellte, dass er nicht anders konnte. Es war nicht anzunehmen, dass er Dan bereitwillig die Hälfte der hundertsechzig Dollar geben würde, egal wie feierlich die Versprechen waren, die er ihm gemacht hatte. Die Bitte, dass er sich um Dans Anteil kümmern wollte, amüsierte Bob, der wusste, dass es nur eine Ausrede von Godfreys Seite war, alles zu behalten; und der Junge dachte, dass Dan klug war, indem er das tat, was er tat. Er wunderte sich auch darüber. Er glaubte nicht, dass Dan halb so schlau war.

„Nun, Godfrey", sagte Bob, erhob sich von seinem Baumstamm und hob sein Gewehr auf, „wenn mir jemand einen solchen Streich zeigen würde, wissen Sie, was ich tun würde? Ich würde ihn Tag und Nacht jagen, bis ich ihn fand."

„ Du hast völlig recht, das werde ich", schrie Godfrey. „Hörst du mich? Und wenn ich ihn kecke, mache ich eine Hickory-Pfeife um seine Ohren, bis er denkt, es sei ein Zuckerrohr Ich gehe durch den Wald. Jetzt rufe ich euch an!"

„Nun, auf Wiedersehen, Godfrey", rief Bob, der, als er sah, dass der Mann Anzeichen für einen erneuten Aufruhr zeigte, es für das Beste hielt, der Gefahr aus dem Weg zu gehen. „Viel Erfolg für dich."

„Ich sage, Mister Bob", rief Godfrey und beruhigte sich plötzlich, „ Sie sind ein monströser, feiner Junge, Bob, und ich und meine alte Frau haben Sie wirklich unglaublich gern gehabt , und Sie haben so einen Haufen Vorräte gehabt." . Sie werden doch niemandem etwas davon sagen, mich hier draußen in der Bresche zu sehen , oder, Mister Bob?"

"Kein Wort. Sie können sich auf mich verlassen, Godfrey. Wenn sie dich nicht finden, bis ich ihnen sage, wo du bist, wirst du nie gefunden. Jetzt kann es losgehen", dachte Bob, als er sein Gewehr zu einem Pfad brachte und sich langsam die steile Böschung zur Spitze des Bergrückens hinaufkämpfte, „und die Frage ist, wer wird Dan zuerst fangen, Godfrey oder ich?" Ich sollte keine Angst haben zu sagen, dass ich der Erfolgreiche sein werde, denn Godfrey wird an der falschen Stelle suchen. Er glaubt, Dan sei im Sumpf, aber ich glaube nicht. Er hat sich als schlauer Fuchs erwiesen, und er wäre nicht dumm genug, dorthin zu gehen und sich in diesem dichten Rohrstock zu verirren. Es gibt zu viele Bären und Wildkatzen darin. Dan ist irgendwo zwischen diesen Hügeln versteckt und so nah an der Siedlung, dass er jedes Boot hören kann, das an der Anlegestelle pfeift."

Bob war sehr ermutigt durch das, was er während seines Interviews mit Godfrey gehört hatte. Er hielt es für ein großes Glück, dass Dan das Geld gestohlen hatte, denn es erleichterte ihm die Erfüllung der Aufgabe, die er sich gestellt hatte. Er hatte ernsthafte Zweifel an seiner Fähigkeit gehabt, Godfrey zu überlisten, aber er sagte sich, wenn er nicht schlau genug wäre, Dan irgendwie zu besiegen, sollte er sein Leben lang auf einen Hinterlader verzichten . Wie er es angehen würde, hatte er noch nicht entschieden. Seine erste harte Arbeit muss sein, Dan zu finden. Das war die größte Schwierigkeit, die es zu überwinden galt. Die anderen waren im Vergleich klein.

Als Bob endlich die Spitze des Bergrückens erreichte, setzte er sich für ein paar Minuten hin, um wieder zu Atem zu kommen und sein Mittagessen zu essen, und machte sich dann in schnellem Spaziergang auf den Weg durch den Wald. Jetzt bestand kein Grund zur Vorsicht, denn es war überhaupt nicht wahrscheinlich, dass Dan irgendwo in Sichtweite des Rauchs des Lagerfeuers seines Vaters gefunden werden würde. Bob schien zu wissen, wohin er ging, denn er hielt einen geraden Kurs und bog weder für eine Schlucht noch für einen Hügel ab, bis er schließlich einen hohen Bergrücken erreichte, der auf beiden Seiten von einer tiefen und dicht bewaldeten Schlucht begrenzt wurde, ähnlich der eine, in der er Godfrey entdeckt hatte. Wenn Dan irgendwo in den Hügeln gefunden werden sollte, dann war dies der Ort, an dem Bob nach ihm suchen sollte. Er untersuchte beide Schluchten, so gut er konnte, während er schnell entlangging, aber nichts wie der Rauch eines Lagerfeuers war zu sehen . Als er am Ende des Bergrückens ankam , wäre er gerne zurückgekehrt und hätte den Teil davon überquert, den er noch nicht überblickt hatte; doch die untergehende Sonne ermahnte ihn, dass es für ihn an der Zeit sei, den Kopf nach Hause zu wenden, und er tat dies widerstrebend.

„Ich hatte gehofft, dass ich dieses Geld in meinem Besitz haben würde, bevor ich heute Abend zu Bett ging", dachte Bob, als er sein Gewehr schulterte und geradewegs auf die Plantage seines Vaters zusteuerte. „Aber ich werde es morgen Abend haben, es sei denn, das Glück geht gegen mich. Ich bin sicher, dass er sich in einer dieser beiden Schluchten befindet; und ich werde am nächsten Morgen draußen sein, ungefähr zu der Zeit, zu der er sein Frühstück kocht, und dann werde ich den Rauch seines Feuers sehen. Hallo! Sei-he-he!"

Das ist so nah wie möglich an der Buchstabierung des Lautes, den Bob aussprach, kurz nachdem er sein Monolog beendet hatte. Es war eine perfekte Nachahmung des Blökens eines Rehkitzes. Während er weitereilte, darauf bedacht, vor Einbruch der Dunkelheit nach Hause zu kommen, und eifrig an Dan Evans dachte, „sprang" er einen riesigen Bock von der Spitze eines umgestürzten Baumes direkt vor sich. Der Bock rannte, wie es nur ein verängstigtes Reh kann, aber bevor er viele Sprünge gemacht hatte, hörte er Bobs Ruf und blieb stehen. Er hielt nur einen Moment inne, aber dieser Moment war für ihn tödlich. Als er seinen stattlichen Kopf drehte, durchbohrte die Kugel aus Bobs Gewehr seinen Hals, er stürzte und starb fast kampflos. Bob rannte schnell an seine Seite, und in sehr kurzer Zeit, wenn man bedenkt, wie viel Arbeit geleistet wurde, war das Reh gereinigt und an den Zweigen eines kleinen Baumes aufgehängt, außerhalb der Reichweite der Wölfe und der Jungen Hunter war wieder einmal auf dem Heimweg. Kurz nach Einbruch der Dunkelheit erreichte er das Haus und fand die Familie gerade beim Abendessen sitzend vor.

Bob schlief in dieser Nacht ein, während er seine Pläne für den nächsten Tag schmiedete, und da er von seinem langen Trampeln müde war, schlief er tief und fest; aber er war schon auf den Beinen, als im Osten die ersten grauen Streifen der Morgendämmerung zu sehen waren, und machte sich in

Begleitung eines heruntergekommenen alten Negers, der ein Maultier führte, das genauso alt und gebrechlich war wie er selbst, auf den Weg zu einem weiteren Tag im Wald.

„Herr Bob", sagte der Neger, als sie über das Maisfeld gingen, „wissen Sie , dass jemand ein Versuchskaninchen war , die Hühner morgens zu stehlen ?"

„Nein", antwortete Bob. „Ich wusste es nicht."

„Ja, sar , das war es. Am nächsten Morgen hörte ich ein Fell rauschen und sagte mir: „ Bijah , da ist eine Eule , die den Hühnern Fell treibt ." Also stehe ich auf und gehe zum Fell, um ihn zu verscheuchen, und da sehe ich jemanden auf dem Baum, wo die Hühner einen Schlafplatz hatten . Also gehe ich sehr still und still hinauf, und er sieht und hört mich nicht, bis ich direkt unter dem Baum bin; dann legt er sich hin und ich würge ihn. Aber ich bin nicht mehr so rüstig wie in meinen jungen Tagen – nein, das bin ich nicht – und ich muss ihn nicht erwischen ; aber ich habe ihn ganz schön gepeitscht , und ihr wollt nur sehen, wie der Kerl sich bumst ."

„Er ist schnell gerannt, oder?"

„O ja, sar ."

„Hat er Hühner mitgenommen?"

„Nein, Herr . Ich habe ihn dazu gebracht, sie abzuhängen ."

„Wissen Sie, wer er war?"

„O ja, sar ; Der größte Ebans- Junge – Dan Ebans . Ja, Sar , das war er. Mister Bob, mir scheint, dass der Gesetzgeber etwas von dem weißen Müll ergattern sollte, Kase Sie sind ein Haufen Leute , die den Niggern was Stehlen antun . Ja, Schatz , das ist so."

„Oh, es hat keinen Sinn, etwas darüber zu sagen, Bijah . Er hat keines der Hühner bekommen?"

„Nein, Sar , aber er hat sich große Mühe gegeben."

„Es wäre mir egal, wenn er jedes Huhn auf der Plantage hätte", sagte Bob zu sich selbst, „denn jetzt weiß ich, dass ich auf dem richtigen Weg bin. Dan lagert näher an unserem Haus als an jedem anderen, sonst wäre er nicht zu unserem Hühnerstall gekommen, um Hühner zu stehlen. Er ist mit den Wäldern gut genug vertraut, um zu wissen, dass das beste Versteck, das er finden kann, in einer dieser beiden Schluchten liegt, und genau dort werde ich nach ihm suchen."

Bob fand den Bock, den er in der Nacht zuvor getötet hatte, genau so, wie er ihn zurückgelassen hatte, und als er ihn auf den Rücken des Maultiers gelegt hatte, machte sich der alte Bijah auf den Weg zurück zur Plantage. Sobald er außer Sicht zwischen den Bäumen war, wandte Bob sein Gesicht dem Bergrücken zu, den er am Vortag erkundet hatte, und bewegte sich so langsam und verstohlen, dass er kaum ein Blatt zum Rascheln gebracht hatte. Als er die Anhöhe erreichte, wurde er in seinen Bewegungen noch vorsichtiger, und ab und zu blieb er stehen, lauschte und blickte scharf in alle Richtungen.

Hätte ein Stadtjugendlicher an Bobs Seite oben auf dem Bergrücken gestanden, hätte er gedacht, dass der junge Jäger eine hoffnungslose Aufgabe übernommen hatte. Die Schluchten, die auf beiden Seiten verliefen, waren so dicht mit Büschen bedeckt, dass eine Armee darin ein Versteck hätte finden können. Darüber hinaus waren sie unten zwei- bis dreihundert Meter breit und mehr als fünf Meilen lang; und wie konnte Bob hoffen, in dieser Wildnis einen einzigen Jungen zu entdecken? Durch dasselbe verräterische Zeichen, das ihm Godfreys Anwesenheit verraten hatte – den Rauch eines Lagerfeuers. Er entdeckte es, bevor er eine halbe Meile gegangen war. Es stieg in einer dichten Wolke aus einem Büschel auf der Seite des gegenüberliegenden Bergrückens auf, und Bob sagte sich, dass Dan gerade sein Feuer angezündet hatte und sich darauf vorbereitete, sein Frühstück zu kochen.

„Er wird kein gegrilltes Hühnchen haben, das ist sicher", sagte er, während er sich flach auf den Boden warf und begann, sich den Hügel hinunter in Richtung Dans Lager vorzuarbeiten. „Er ging ein erhebliches Risiko ein, als er versuchte, unseren Hühnerstall auszurauben, und ich verstehe nicht, was ihn dazu bewogen hat, da es so viel Wild gibt. Wahrscheinlich wollte er eine Veränderung."

Bob kroch überraschend schnell durch die Büsche und war nach einer halben Stunde nahe genug an Dans Lager herangekommen, um einen guten Überblick darüber zu gewinnen. Dan war zu Hause und ging einer höchst erfreulichen Beschäftigung nach, wenn man dem Lächeln nach urteilen konnte, das sich ab und zu über sein Gesicht verbreitete. Er saß auf einem Baumstamm, den er vor dem Feuer zusammengerollt hatte, und hielt in einer Hand eine kleine Blechdose und in der anderen ein Päckchen Greenbacks. Er hielt die Geldscheine in allen möglichen Positionen, so dass er jede Seite davon sehen konnte. Er ließ seine Finger liebkosend darüber gleiten, breitete sie auf seinem Knie aus, hielt sie dann auf Armeslänge von sich, drehte den Kopf zur Seite und betrachtete sie liebevoll. Bob, der alles von seinem Versteck aus beobachtete, war ebenso interessiert. Er hatte noch nie zuvor ein so großes Paket Greenbacks gesehen, und seine Augen glänzten, als er sie ansah.

„Ich hatte keine Ahnung, dass einhundertsechzig Dollar ein so großes Bündel ergeben würden", dachte Bob. „Es muss alles in kleinen Scheinen sein. Dieser Bettler sieht nett aus, so viel Geld in seinem Besitz, nicht wahr? Aber er wird es nicht mehr lange haben, denn es gehört mir. Ich hätte es verdienen können, wenn Don Gordon nicht gewesen wäre, und ich werde es haben, wenn ich Dan niederschlagen müsste, um es zu bekommen."

Glücklicherweise blieb Bob die Mühe erspart, diesen verzweifelten Entschluss in die Tat umzusetzen, denn in diesem Moment kletterte ein graues Eichhörnchen schnell in die Zweige eines Hickorybaums ein paar Ruten entfernt und ließ ein schrilles Bellen hören. Dan hörte ihn und Bob schloss anhand seiner Taten, dass er noch nicht gefrühstückt hatte. Das war eine Tatsache. Dan war so begeistert von dem Erfolg, den er mit seinen Plänen zur Sicherung von Davids gesamtem Geld erzielt hatte, und er war so darauf bedacht, der Reichweite seines Vaters sicher zu entkommen und ein sicheres Versteck zu finden, dass er sich dafür keine Zeit nehmen konnte Suche nach etwas Essbarem. Er hatte in den letzten vierundzwanzig Stunden keinen Bissen mehr getrunken. Er wusste nicht einmal, dass er hungrig war; Aber er hatte es in der Nacht zuvor herausgefunden und seinen Überfall auf Mr. Owens' Hühnerstall unternommen, weil er glaubte, er könne unmöglich ohne etwas zu essen auskommen, bis der Tag anbrach und die Eichhörnchen begannen, sich zu bewegen.

Als Dan das Bellen des Eichhörnchens hörte, legte er das Geld schnell in die Kiste, deckte es zu, schob es unter den Baumstamm, auf dem er saß, und zog hastig ein paar Blätter darüber, um es zu verbergen. Nachdem er dies getan hatte, nahm er sein Gewehr, das neben ihm auf dem Boden lag, erhob sich von seinem Sitz und schlich mit geräuschlosen Schritten durch die Büsche in die Richtung, aus der das Bellen des Eichhörnchens ertönte . Nach ein paar Sekunden war er außer Sichtweite, und jetzt war es an der Zeit für Bob, der schnell aus seinem Versteck kroch, einen weiten Bogen um das Lager machte und hinter den Baumstamm gelangte, auf dem Dan gesessen hatte. Dort hielt er einen Moment inne und lauschte, um sich zu vergewissern, dass Dan sich immer noch auf das Eichhörnchen zubewegte, und dann griff er über den Baumstamm und fuhr mit der Hand durch die Blätter, die der Wind dagegen gehäuft hatte, bis seine Finger das Eichhörnchen berührten Kasten. Mit eifriger Eile ergriff er es, und als er es fest in seiner Hand spürte, schien ihm das Herz aufgehört zu schlagen, so begeistert und aufgeregt war er. Er hielt es mit festem Griff, als fürchtete er, es könnte ihm irgendwie entkommen, sprang schnell auf, drehte dem Lager den Rücken zu und machte sich auf den Weg. Einige Minuten lang war er in seinen Bewegungen sehr vorsichtig; Und dann begann er zu rennen, weil er glaubte, dass Dan zu weit weg war, um irgendein Geräusch zu hören. Er lief in Höchstgeschwindigkeit und hielt geradeaus Kurs auf sein Zuhause, bis der

Knall eines Gewehrs, der hinter ihm durch den Wald hallte, ihn dazu veranlasste, sein Tempo zu einem schnellen Schritt zu verlangsamen.

„Dan hat seinen Verlust noch nicht bemerkt", sagte Bob, „denn er hat das Eichhörnchen gerade erst erschossen." Während er sprach, hielt er die Schachtel auf Armeslänge von sich weg, und nachdem er sie einige Sekunden lang liebevoll betrachtet hatte, steckte er sie in seine Jagdtasche. „Dan wird in ein paar Minuten wieder in seinem Lager sein und ich würde gerne wissen, wie er sich verhalten wird, wenn er feststellt, dass sein Geld weg ist. Sein Geld! Es gehört von Rechts wegen mir, und jetzt, wo ich es habe, werde ich daran festhalten. Trotz Don Gordon und Dave Evans werde ich jetzt eine neue Schrotflinte und eine Angel mit Gelenk haben.

Bob kam rechtzeitig zu Hause an und sein Erscheinen dort überraschte die Familie, die wissen wollte, warum er so früh zurückgekehrt sei und wo sein Spiel sei. Bob antwortete, dass er unter anderem deshalb nach Hause gekommen sei, weil er hungrig sei und an diesem Morgen kein Frühstück gegessen habe; und ein weiterer Grund war, dass er außer Eichhörnchen kein Wild gesehen hatte, das er schießen konnte, und dass er der Jagd überdrüssig geworden war. Seine Mutter bereitete ein Frühstück für ihn vor, aber wenn er hungrig war, merkte man es ihm nicht an. Er konnte kaum einen Bissen hinunterschlucken; und sobald er dies tun konnte, ohne Gefahr zu laufen, befragt zu werden, stand er vom Tisch auf und verließ das Haus. Um dies zu tun , musste er seine Chance nutzen und sich davonschleichen, solange niemand im Raum war; denn die Blechdose, die er vorsichtshalber aus seiner Wildtasche in die Hosentasche gesteckt hatte, ragte so heraus, dass niemand sie bemerken konnte, wenn er aufrecht stand. Es gelang ihm, das Haus zu verlassen, ohne die Aufmerksamkeit anderer auf sich zu ziehen. Er wich seinem Vater aus, der vor dem Schuppen stand und sein Pferd sattelte, und strebte den Weg entlang. An der Ecke des Zauns, etwa eine halbe Meile vom Haus entfernt, lag ein Baumstamm, auf dem er viele Stunden lang gesessen und geträumt hatte, seit er die Anzeige in „ Rod *and Gun*" gelesen hatte, und dort blieb Bob stehen, um sich daran zu erfreuen Sehen Sie sich den Inhalt der Schachtel an und überlegen Sie, wofür er sie ausgeben möchte.

„Die Waffe wird mich fünfundsiebzig Dollar kosten", sagte er, während er sich auf den Baumstamm setzte, sein Bein ausstreckte und begann, die Schachtel aus seiner Tasche zu ziehen. „Dazu gehören Patronenhülsen, Wischstangen, Ladewerkzeuge und solche Dinge. Die Zündhütchen und Munition werden mindestens fünf Dollar mehr kosten. Eine schöne Lancewood-Bassrute kostet acht Dollar, eine Rolle fünf Dollar und Haken, Leinen, Sinker und Bobber – sagen wir mal zwei Dollar mehr. Das macht fünfundneunzig Dollar. Dann brauche ich eine schöne Wildtasche wie die von Don Gordon, einen Fischkorb und ein Jagdmesser, und wenn sie nicht mehr als fünf Dollar kosten, sind sie billiger, als ich denke. Sagen wir, sie kosten zehn; das macht einhundertfünf. Was soll ich nun mit den anderen fünfundfünfzig machen? Vielleicht sollte ich besser einen neuen Sattel und ein neues Zaumzeug kaufen. Wenn Lester sich nur wie ein weißer Junge verhalten hätte, hätte ich ein paar Lockvögel gekauft, und er und ich hätten diesen Winter schöne Stunden beim Enten- und Gänseschießen verbringen können. Aber ich garantiere, dass ich eine Möglichkeit finde, das Geld auszugeben."

Nachdem es Bob mittlerweile gelungen war, die Schachtel aus seiner Tasche zu ziehen, entfernte er den Deckel, und nachdem er die Gasse auf und ab sowie vor und hinter sich geschaut hatte, um sich zu vergewissern, dass niemand in Sicht war, nahm er die Geldscheine heraus und zählte sie. Sie waren alle da, und nachdem Bob sich mit diesem Punkt zufrieden gegeben hatte, legte er sie zurück, brachte den Deckel wieder an und legte die Kiste neben sich auf den Baumstamm.

„Wohin soll ich nun mein Geld legen?" dachte er. „Ich muss es irgendwo verstecken, denn natürlich wäre es gefährlich, es irgendjemandem zu überlassen weiß , dass ich es habe. Was würde Vater zu mir sagen, wenn er es herausfinden würde?"

Bob hielt plötzlich inne und ein Ausdruck, der schwer zu beschreiben wäre, breitete sich auf seinem Gesicht aus. Der Gedanke, der ihm gerade durch den Kopf gegangen war, rief einen anderen hervor: Wenn es gefährlich wäre, seinem Vater mitzuteilen, dass er hundertsechzig Dollar in seinem Besitz habe, wäre es dann nicht ebenso gefährlich, ihn die neue Schrotflinte sehen zu lassen? , Angelruten und andere schöne Dinge, die er von dem Geld kaufen wollte? Wenn Mr. Owens neugierig wäre zu erfahren, wie Bob plötzlich so großen Reichtum erlangt hatte, wäre er dann nicht ebenso daran interessiert zu wissen, woher das Gewehr und die Angelrute kamen?

„Ich erkläre, dass mir das noch nie in den Sinn gekommen ist", sagte Bob, stützte seinen Kopf auf seine Hände und blickte nachdenklich zu Boden. „Mir geht es jetzt nicht besser als damals, als ich keinen Cent in der Tasche hatte. Ich kann das Geld jetzt, wo ich es habe, nicht genießen. Was in aller Welt soll ich tun?"

Wenn es jemals einen Jungen gab, der in einer Zwickmühle steckte, dann war es Bob Owens.

KAPITEL IX
DER AUSRÜCKENDE.

„Ich erkläre, daran habe ich noch nie gedacht", wiederholte Bob, nachdem er eine Viertelstunde damit verbracht hatte, über die Sache nachzudenken. Wie es normalerweise der Fall war, wenn er in Schwierigkeiten geriet, begann er, sein Glück zu missbrauchen, das ihm nicht zum Besseren verholfen hatte. „Ich kann dieses Geld nicht genießen, jetzt wo ich es habe", sagte er. „Mein Hinterlader und meine Angelrute sind genauso weit außerhalb meiner Reichweite wie vor einer Woche. Wenn ich sie bekäme, würde Vater tausend und eine Frage stellen: „Bob, wie bist du an die neue Waffe gekommen ?" 'Ich kaufte es.' „Woher hast du das Geld?" Das würde er mich sicher fragen, und was könnte ich dazu sagen?"

Hätte sich Bob, während er ruhelos auf seinem Bett hin und her wälzte und seine Pläne schmiedete, um sich die hundertsechzig Dollar zu sichern, nur ein wenig Zeit für ein paar ernsthafte Überlegungen genommen, er hätte festgestellt, dass er nicht umhin konnte, sich genau darauf einzulassen ein Dilemma wie dieses; Aber die Wahrheit war, dass er so sehr darauf bedacht war, an das Geld zu kommen, dass ihm nichts anderes einfiel. Seine Bemühungen waren zwar erfolgreich, aber das Geld nützte ihm genauso wenig wie Dan Evans. Gewiss, eines konnte er damit machen, nämlich es seinem rechtmäßigen Besitzer zurückzugeben. Dieser Gedanke kam Bob zwar, aber er verwarf ihn sofort.

„Das werde ich nie auf der Welt tun", sagte er fast grimmig. „Wenn Dave und seine Freunde nicht gewesen wären, hätte ich zu diesem Zeitpunkt vielleicht mein eigenes Geld gehabt, und ich hätte es auch so bekommen, dass ich keine Angst haben müsste, es allen mitzuteilen Es. Aber Dave hat mich um diese Chance gebracht, und bevor ich ihm das Geld gebe, werde ich einen Stein daran befestigen und ihn mitten im See versenken. Gibt es nun eine Möglichkeit, wie ich davon profitieren kann? Das ist die Frage."

Und es war eine Frage, die Bob lange Zeit nicht beantworten konnte, denn er war ziemlich am Ende seiner Weisheit. Wenn er seine Gefühle ausgelebt hätte, wäre er aufgesprungen und hätte geschrien und an den Haaren gezogen, genau wie Godfrey, als er erzählte, wie Dan seine Tasche aufgeschnitten und die Blechdose gestohlen hatte. Er hatte genau das Gefühl; aber da er wusste, dass er die Dinge auf diese Weise nicht bessern konnte, beherrschte er sich so gut er konnte, setzte sich auf seinen Baumstamm und dachte darüber nach. Er verzichtete auf sein Abendessen und blieb dort, bis es anfing dunkel zu werden. Zu diesem Zeitpunkt hatte er sich schon fast zu etwas entschlossen.

„Wenn ich mein Geld hier nicht genießen kann, kann ich es woanders genießen", sagte sich Bob, als er aufstand und langsam auf das Haus zuging, nachdem er die Kiste unter dem Baumstamm versteckt hatte, auf der er gesessen hatte.

„Rochdale ist nicht der einzige Ort auf der Welt. Ich wollte schon immer in die Ebene hinaus, und ich weiß nicht, dass ich jemals eine bessere Chance haben werde als jetzt. Ich werde mir auf jeden Fall Zeit nehmen, darüber nachzudenken."

Dieses Monolog wird dazu dienen, den Gedankengang aufzuzeigen, dem Bob den ganzen Nachmittag über gefolgt war. Wie viele dumme Jungen hatte er sich oft vorgestellt, dass er viel glücklicher wäre, als er war, wenn er nur von den Zwängen seines Zuhauses befreit wäre. Er sehnte sich danach, sein eigener Herr zu sein. Er hatte mehr als einen Versuch unternommen, seinen Vater dazu zu bewegen, ihm zu erlauben, in die Welt hinauszugehen, um sein Glück zu suchen, aber Mr. Owens hatte sich immer geweigert; und Bob hatte sich in einer seiner wütenden Stimmungen gesagt, dass er eines Tages gehen würde , egal ob sein Vater dazu bereit war oder nicht. Er hatte wundervolle Geschichten über das Leben in der Ebene gelesen; von Jungenjägern, Fallenstellern und Indianerkämpfern, die sich durch ihre Heldentaten einen Namen gemacht hatten, und Bob, der jedes Wort davon glaubte, sehnte sich danach, bei ihnen zu sein und an ihren aufregenden Abenteuern teilzunehmen. Seit einem Jahr hegte er die große Hoffnung, eines Tages dieses wilde Land und die tapferen jungen Grenzbewohner , die dort leben sollten, zu sehen; und wenn er begann, davon zu träumen, was er oft tat, wurde er so völlig von seiner Fantasie mitgerissen, dass er sich einbildete, bereits dort zu sein und an den aufregenden Szenen teilzunehmen, die in seinen Lieblingsbüchern mit gelbem Einband so anschaulich beschrieben wurden. Wenn er wieder zu sich kam, würde ihm sein Zuhause noch abscheulicher vorkommen und das Leben, das er dort führte, würde fast unerträglich werden. Und doch ist es schwer zu sagen, warum Bob mit seinem Schicksal so unzufrieden war. Er hatte fast alles, was sich ein vernünftiger Junge wünschen konnte; Sein Vater und seine Mutter hätten nicht freundlicher sein können, und Bob musste jedes Jahr nur sechs Monate zur Schule gehen und durfte in der restlichen Zeit fast tun, was er wollte. Vielleicht wäre es für ihn besser gewesen, wenn man ihm nicht so viele Leerlaufstunden gönnte, denn dann hätte er weniger Gelegenheit gehabt, sich Tagträumen hinzugeben.

Bob war, wie gesagt, voller großartiger Ideen, und dies war eine seiner Lieblingsideen. Er erlaubte sich nie, darüber nachzudenken, ohne in große Aufregung zu geraten. Er war jetzt genauso aufgeregt wie damals, als er das Geld von David Evans zum ersten Mal in seinen Händen spürte. Plötzlich hatte er eine heftige Leidenschaft für das wilde, freie Leben eines Jägers entwickelt und eine entsprechende Abneigung gegen die ruhigen Annehmlichkeiten und Freuden seines Zuhauses. Was hatte es mit seiner Heimat auf sich, fragte er sich, das in ihm den Wunsch wecken sollte, dort zu bleiben? Es gab niemanden mehr, mit dem er in Kontakt treten konnte, jetzt, da er und Lester sich mit den Schwertern auseinandersetzten, und die einzige Möglichkeit, sich die Zeit zu vertreiben, bestand darin, im Haus herumzulungern, ohne etwas auf der Welt zu tun zu haben. Wenn er zum Treppenabsatz hinunterginge, würde er dort mit Sicherheit jemanden treffen , der alles über den Bärenkampf und den Brand der Schießbüchse wusste. Darüber hinaus würde er wahrscheinlich Don und Bert Gordon sehen, die in ihren schicken Reitanzügen und auf ihren schicken Ponys vorbeigaloppieren und ihm nicht mehr Beachtung schenken würden, als wäre er ein krummer Stock, der am Straßenrand liegt . Bobs eigenes Reittier war keine sehr elegante Angelegenheit, aber es war genauso gut wie die meisten Jungen in der Nachbarschaft, die es besaßen. Er ritt ein großes, grobknochiges Pferd, das zwar gut reisen konnte , aber keineswegs ein hübsches Tier war, und sein Sattel und sein Zaumzeug waren so oft geflickt worden, dass nur noch sehr wenig vom Originalmaterial übrig war.

„Selbst wenn alles in Ordnung wäre, würde ich mich schämen, noch mehr zum Treppenabsatz zu gehen ", sagte sich Bob. „Neben Don und Bert Gordon sehe ich wie ein Bettler aus. Wenn ich auf die Jagd gehe, muss ich ein altes Vorderladegewehr und eine Jagdtasche benutzen, über die Godfrey Evans die Nase rümpfen würde, und es wäre nur mein Glück, diese Gordon-Typen mit ihren Hinterladern und Jagdanzügen zu treffen. Sie sahen aus, als kämen sie gerade aus einer Bandschachtel. Sie tauchen fast immer auf, wenn ich sie nicht sehen möchte. Sie tun so, als wollten sie mich treffen, wenn sie in Bestform sind, um mir zu zeigen, wie reich sie sind und wie arm ich bin. Sie legen auch Wert darauf, an mir vorbeizugehen, ohne ein Wort mit mir zu sagen."

Das war alles andere als die Wahrheit. Bobs lebhafte Fantasie, die ihn glauben ließ, dass er irgendwo anders auf der Welt glücklicher wäre als zu Hause, hatte ihn zu der Annahme verleitet, dass Don und Bert ihn absichtlich beleidigt hätten. Aber sie wollten nichts dergleichen tun. Sie verneigten sich immer höflich und sprachen jedes Mal mit ihm, wenn sie ihn trafen, und wären froh gewesen, mit ihm freundschaftlich zusammenzuleben, wenn Bob es nur zugelassen hätte. Aber Bob hatte schon lange die Idee, dass nicht nur sie, sondern alle anderen in der Siedlung ihn misshandelten, und wenn er darüber nachdachte, wurde er immer wütend. Er war jetzt wütend und auch verzweifelt.

„Ich werde nicht länger hier bleiben und mich von Leuten angreifen und beleidigen lassen, die denken, sie seien besser als ich; weil sie mehr schöne Dinge haben, die sie glücklich machen", dachte Bob, als er das Tor heftig hinter sich zuschlug. „Ich werde alle meine Probleme auf einmal beenden, noch heute Nacht.“

Bob hatte beschlossen, von zu Hause wegzulaufen; und nachdem er sich für seinen Weg entschieden hatte, zögerte er nie und hielt auch nicht einen Moment inne, um darüber nachzudenken, welche Konsequenzen die Tat haben könnte. Er aß sein Abendessen in mürrischem Schweigen (er war in seinen Gewohnheiten so unregelmäßig, dass niemand es der Mühe wert hielt, ihn zu fragen, wo er tagsüber gewesen war), und nachdem er seinen Appetit gestillt hatte, setzte er seinen Hut auf und ging zurück zum Haus Logge dich in die Zaunecke, wo er den Nachmittag geträumt hatte. Er fand die Kiste dort, wo er sie zurückgelassen hatte, und nachdem er sie in seine Tasche gesteckt hatte, kehrte er zum Haus zurück. Er blieb am Schuppen auf der gegenüberliegenden Straßenseite stehen, und als er sich vergewissert hatte, dass niemand da war, der seine Bewegungen beobachtete, nahm er seinen Sattel und sein Zaumzeug von dem Haken, an dem sie hingen, und versteckte sie in der hohen Decke Unkraut, das auf dem Weg wuchs, und achtete darauf, die Stelle zu markieren, damit er sie leicht wiederfinden konnte. Nachdem dies geschehen war, schlich er vorsichtig über einen Querzaun, der zum Scheunenhof führte, und fand dort sein Pferd frei herumlaufen, zusammen mit anderen Pferden, die seinem Vater gehörten. Das Tier folgte ihm in das kleine Blockhaus, in dem er immer gefüttert wurde, und Bob versorgte ihn mit einem guten Abendessen aus Mais.

„Du hast eine lange Reise vor dir, Jack, bevor du die Sonne wieder aufgehen siehst“, sagte er, „und du solltest besser essen, solange du die Gelegenheit dazu hast. Es wird das letzte Mal sein, dass du mich trägst. Ich hoffe, dass das nächste Pferd, das ich besitze, etwas besser aussieht als Sie. Ich hoffe auch, dass Sie mich rechtzeitig nach Linwood bringen, um das erste Boot zu erreichen, das den Fluss hinauffährt, denn ich möchte nicht länger in Mississippi bleiben, als ich helfen kann!“

Bob schloss und verriegelte die Tür, um sein Pferd drinnen zu lassen und zu verhindern, dass die anderen ihn beim Essen störten, und ging ins Haus. Ohne einem Familienmitglied ein Wort zu sagen, begab er sich in sein eigenes Zimmer und machte sich daran, weitere Vorbereitungen für seine Flucht zu treffen. Seine erste Sorge bestand darin, das Geld zu zählen; und nachdem er sich vergewissert hatte, dass nichts davon weggezaubert worden war, nahm er sechzig Dollar heraus, von denen er glaubte, dass sie ausreichen würden, um seine Ausgaben zu decken, und steckte sie in seine Handtasche, nachdem er sie sorgfältig in mehrere Stücke Zeitungspapier eingewickelt hatte. Danach holte er aus einer der Kommodenschubladen einen alten Geldgürtel aus Wildleder hervor, der irgendwie in seinen Besitz gelangt war. In einer der Taschen fand er ein Stück geölte Seide, in das er den Rest des Geldes wickelte.

Reisende so vorgehen, wenn sie den Ozean überqueren", sagte Bob bei sich. „Dampfschiffe brennen manchmal oder sinken, und wenn jemand ans Wasser muss, möchte er, dass sein Geld gut geschützt ist. Es gibt auch Taschendiebe, und ich habe nicht vor, dass sie viel aus mir herausholen."

Als Bob dies sagte , schnallte er den Gürtel unter seiner Kleidung um seine Taille und ging in seinen Schrank, um einen Koffer zu holen. Er holte es heraus und betrachtete es mit unverhohlener Verachtung. Sie war in gutem Zustand, aber altmodisch und sah ganz anders aus als die hübsche Reisetasche, die Don Gordon trug, wenn er seine Freunde in Memphis besuchte. Es war jedoch der einzige Artikel dieser Art, den Bob besaß, und nachdem er sich gesagt hatte, dass er ihn wegwerfen würde, sobald er Gelegenheit hätte, einen neuen zu kaufen, ging er noch einmal in seinen Schrank, um die Kleidungsstücke herauszuholen, die er mitnehmen wollte mit ihm. „Hier ist noch etwas, das ich wegwerfen werde", sagte Bob, während er seinen Sonntagsmantel zusammenfaltete und in den Koffer schob. „Ich werde all diese Kleidungsstücke wegwerfen, wenn ich die Ebene erreiche, denn dann werde ich mich in Wildleder kleiden, so wie es die anderen Jäger tun. Aber die Ebene ist noch weit entfernt; Es wird einige Zeit dauern, sie zu erreichen, und einige Zeit länger, um die Häute einzufangen und zu heilen, die ich brauche, um mir einen vollständigen Anzug anzufertigen. Deshalb nehme ich zwei Anzüge mit, um im Notfall etwas Wechselgeld zu haben."

Bob wählte das Beste aus, was er hatte, und als er alles, was darin Platz fand, in den Koffer gepackt hatte, schloss er ihn, schloss ihn ab und steckte den Schlüssel in die Tasche. Den Koffer versteckte er unter dem Bett, damit ihn niemand sehen konnte, der zufällig in sein Zimmer kam. Mittlerweile war es neun Uhr und Bob dachte, er sollte besser ins Bett gehen . Er ging nicht noch einmal ins Wohnzimmer, denn die Familie war alle da und er wollte sie nicht sehen. Er wollte allein sein, um über das herrliche Leben nachzudenken, in das er so bald eintreten würde. Es war ihm egal, ob er einen seiner Verwandten nie wieder sehen würde. Das dachte er damals, aber bevor viele Tage über ihn hinweggegangen wären , hätte er die ganze Welt gegeben, wenn er nur ein Wort mit einem von ihnen hätte wechseln können.

Bob machte es sich in seinem bequemen Bett gemütlich, schlief aber nicht ein. Er hatte Angst, dass er sonst zu lange schlafen würde, und er hatte so viel zu bedenken, dass es ihm keine Mühe bereitete, wach zu bleiben. Er hörte, wie die Uhr in einem Nebenzimmer stündlich bis Mitternacht schlug, und dann stand er auf und bereitete sich auf den Einsatz vor. Es dauerte nur wenige Minuten, bis er seine Kleidung anzog und sich und seinen Koffer aus dem Fenster auf den Boden ließ, und er tat es, ohne die Familie zu stören. In einer weiteren halben Stunde hatte er sein Pferd gesattelt, das er durch eine Lücke im Zaun, den er zu diesem Zweck geschaffen hatte, auf den Weg führte (er hatte Angst, das Pferd durch das Tor zu führen, denn es befand sich in der Nähe des Hauses, und Das Geräusch der Hufe des Tieres könnte jemanden aufgeweckt haben) und hatte fast eine Meile zwischen sich und seinem Zuhause gelegt. Er verließ es und die Siedlung ohne ein einziges Gefühl des Bedauerns, konnte aber dennoch nicht umhin, die vertrauten Objekte zur Kenntnis zu nehmen, auf denen seine Augen ruhten, während er dahingaloppierte, und die er nie wieder zu sehen erwartete. Hier stand der hohe Pekannussbaum, den er und Don Gordon und Joe Packard in den Tagen, als sie noch bessere Freunde waren als heute, regelmäßig jeden Herbst besucht hatten, um die Nüsse zu sammeln, die den Boden so reichlich bedeckten, und von deren obersten Zweigen Bob stamme hatte das einzige Fuchshörnchen erlegt, das er je gesehen hatte. Da waren die Ruinen des Bienenbaums, den er und dieselben Jungen gefällt hatten und aus dem sie eine Wanne voll feinstem Honig gewonnen hatten. Rechts lag der kleine Ahornhain, in dem er und die Jungen Gordon und Packard einst mehr als eine Woche lang gezeltet und Ahornzucker hergestellt hatten. Weiter hinten war die Landung; und da war das Postamt mit den alten, verwitterten Kisten, auf denen er an Posttagen so oft gesessen und auf die Ankunft des Boten gewartet hatte, in einer Reihe davor aufgereiht. In den kommenden Tagen würden andere Jungs dort sitzen, so wie er es früher getan hatte, und Dave Evans würde mit Höchstgeschwindigkeit die Hauptstraße hinunterstürmen, genau wie der alte Träger es getan hatte, und den Ball abwerfen Mit einem Schrei verschickte er die Posttüte, und Silas Jones nahm sie und eilte damit in den Laden, und keiner von ihnen dachte jemals darüber nach oder fragte, wo Bob Owens jetzt sei.

„Nein, Sir", sagte Bob bitter, „hier gibt es niemanden, der sich darum kümmert, ob ich lebe oder sterbe." Wenn ich reich gewesen wäre , hätte ich mehr Freunde gehabt, als ich wollte."

Die Hauptstraße war verlassen, und der Treppenabsatz sah im Licht des Mondes, der gerade hinter den dichten Wolken hervorkam, die ihn bisher verdeckt hatten, ziemlich düster aus. Während er dahinflog, hatte Bob Zeit, nur einen Blick darauf zu werfen, und im nächsten Moment wurde es vor seinen Augen durch das kleine Wäldchen verborgen, in dem die Schießkämpfe stattfanden, die zu dieser Jahreszeit fast jede Woche in Rochdale stattfanden das Jahr. Bob konnte die vielen glücklichen Stunden, die er in demselben Hain verbracht hatte, nicht vergessen und drehte sich mehr als einmal im Sattel um, um es zu betrachten. Es war das letzte vertraute Objekt, das er auf der Straße sehen würde, und als er es zurückließ, schien er die letzte Verbindung zu seinem Zuhause zu durchtrennen. Solange er konnte, behielt er es im Blick, aber eine Biegung der Straße verbarg es bald vor seinem Blick. Dann drehte sich Bob in seinem Sattel um, vergaß alle Gedanken an die Freuden und Annehmlichkeiten, die er zurücklassen würde, und vertiefte sich schnell in Träume von den neuen Szenen und neuen Abenteuern, die ihn in dem wilden Land erwarteten, dem er entgegeneilte.

Bob war zunächst auf dem Weg nach Linwood, einem kleinen Landungspunkt etwa von der Größe von Rochdale, der fünfundzwanzig Meilen weiter flussaufwärts lag. Er war noch nie dort gewesen – tatsächlich war er noch nie in seinem Leben so weit weg von zu Hause gewesen – und alles, was er über den Ort wusste, war, dass die Straße, die am Flussufer entlang verlief, der kürzeste Weg war, der dorthin führte, und dass Dampfschiffe dort anhielten, wenn am Ufer ein Signal angezeigt wurde, das anzeigte, dass Passagiere oder Fracht für sie da waren. Bob hatte vor, in Linwood zu bleiben, bis er an Bord eines Dampfers gehen konnte, der flussaufwärts fuhr. Wohin er danach gehen würde und was er tun würde, wusste er nicht. Er hatte sich noch keine Zeit genommen, darüber nachzudenken.

Bob ließ sein Pferd mindestens eine Stunde lang in gleichmäßigem Galopp galoppieren, und dann erlaubte er dem Tier, im Glauben, einen sicheren Abstand zwischen sich und seinem Zuhause geschaffen zu haben, seinen Schritt zu einem Schritt zu verlangsamen. Danach kam er nur sehr langsam voran. Außerdem wurde es sobald der Mond unterging, stockfinster, und ein oder zwei Mal geriet Bob aus Verlegenheit, als er in einen Holzweg einbog, und bemerkte seinen Fehler erst, als er sich im dichten Wald wiederfand. Er legte eine weite Strecke zurück und hatte mehr als drei Stunden Verspätung. Es war neun Uhr, als er in Sichtweite von Linwood kam.

Ungefähr zu dieser Zeit traf Bob die erste Person, die er auf seiner Reise sah. Es war ein Reiter, und Bob überholte ihn eine Meile unterhalb des Treppenabsatzes. Der Mann blickte scharf auf Bobs Nörgler, der mit gesenktem Kopf ging, als wäre er von der nächtlichen Reise müde, starrte dann den Jungen eindringlich an und zog seine Zügel an, als wollte er anhalten und mit ihm sprechen. Da Bob aber kein Gespräch mit ihm wollte, setzte er sein Pferd in Galopp und machte sich auf den Weg; aber die scharfen Blicke, die der Fremde sich selbst und seinem Ross zugeworfen hatte, erregten seine Neugier, und als er ein paar Ruten zurückgelegt hatte, drehte er sich im Sattel um und blickte zurück. Zu seiner Überraschung sah er, dass der Mann sein Pferd mitten auf der Straße angehalten hatte und ebenfalls zurückblickte. Er wandte nicht den Kopf ab und ging weiter, wie es die Leute normalerweise tun, wenn sie dabei ertappt werden, wie sie die Bewegungen eines anderen beobachten, sondern hielt seinen Blick auf den Jungen gerichtet, als hätte er sich vorgenommen, zu sehen, wohin er ging und was er wollte beabsichtigt zu tun. Bob wurde sofort unruhig.

"Wer ist das?" dachte er, und als er sich die Frage stellte, erinnerte er sich hastig an die Namen aller Pflanzer, die er kannte und die irgendeine

Ähnlichkeit mit dem Mann hatten, an dem er gerade vorbeigekommen war. „Ich weiß sicher nicht, wer er ist, aber er muss wissen, wer ich bin. Wenn nicht, warum hat er mich dann so scharf angesehen und sein Pferd angezogen, als wollte er mir etwas sagen? Er ist schon da", fügte Bob hinzu, drehte sich noch einmal im Sattel um und blickte hinter sich.

Ja, der Mann war noch da, und darüber hinaus blieb er dort, solange Bob in Sichtweite war. Der Ausreißer, der von Minute zu Minute unruhiger wurde, drehte sich ab und zu um, um ihn anzusehen, und als er die Straße hinunterging, die zu der kleinen Häusergruppe am Flussufer führte, wendete der Mann sein eigenes Pferd , und ritt langsam hinter ihm her.

Als Bob um die Straßenbiegung kam, sah er alles, was von der kleinen Siedlung Linwood zu sehen war. Er bemerkte, dass es in mancher Hinsicht Rochdale ähnelte. Es konnte sich nur einer einzigen Straße rühmen, und die führte von irgendwo auf dem Land quer durch die Stadt (wenn man sie überhaupt so nennen konnte) zu einem langen Schuppen am Ufer, in dem Bob voller Freude Säcke voller Muscheln sah Mais. Er war froh, das zu sehen, denn er wusste, dass der Mais auf den Versand wartete und dass dem ersten Boot, das den Fluss hinauffuhr, das Zeichen gegeben werden würde, anzuhalten und ihn an Bord zu nehmen.

Die Siedlung bestand aus dem Laden, in dem sich das Postamt befand, einer Schuhmacher- und Schmiedewerkstatt sowie ein oder zwei Privathäusern, die alle auf einer Straßenseite gebaut waren. Der Laden war das imposanteste Gebäude und war, wie das in Rochdale, kilometerweit das Hauptquartier aller Müßiggänger des Landes. Der Besitzer hatte gutmütig für ihren Komfort und ihre Unterkunft gesorgt, indem er vor seiner Tür eine Reihe leerer Trockenwarenkisten aufgestellt hatte, auf denen sie sitzen konnten, und als Bob in Sicht kam, war jede Kiste besetzt.

Als einer der Müßiggänger das Geräusch der Hufe seines Pferdes hörte, blickte er auf, sagte leise etwas zu seinen Gefährten, und einen Augenblick später richteten sich ein Dutzend Augenpaare auf Bob, als ob sie ihn durchblicken wollten.

KAPITEL X
BOBS ERSTES ABENTEUER.

„Ich frage mich, ob sie noch nie zuvor einen weißen Jungen und ein geflecktes Pferd gesehen haben", dachte Bob, der es nicht ertragen konnte, dass ihn jemand anstarrte. „Ich hoffe, dass sie mich wiedererkennen, wenn sie mich das nächste Mal sehen!"

Er ritt zu einem Gestell auf der gegenüberliegenden Straßenseite, wo die Pferde der Müßiggänger angespannt waren, und nachdem er abgestiegen und sein eigenes Tier angebunden hatte, nahm er den Koffer vom Horn seines Sattels, wo er während der Fahrt gehangen hatte und ging auf den Bürgersteig. Er verneigte sich und wünschte den Müßiggängern einen guten Morgen, als er durch ihre Reihen ging, aber sie starrten ihn nur noch härter an; und Bob, der sich über ihre Unhöflichkeit wunderte, ging weiter und ging in den Laden. Ein etwa gleichaltriger Junge, der in der Tür stand und den Bob für den Angestellten hielt, denn er hatte einen Stift hinter dem Ohr und eine Schere aus der Westentasche, machte ihm Platz zum Vorbeigehen , und einer der Männer auf dem Bürgersteig erhob sich aus seiner Loge und folgte ihm hinein. Dies war der Besitzer, wie Bob später erfuhr.

„ Morgen , Fremder", sagte er. „Was mache ich für euch?"

„Guten Morgen, Sir", antwortete Bob. „Gibt es hier irgendwo einen Ort, wo ich mein Pferd füttern lassen und mir ein gutes Frühstück gönnen kann?"

„War eine gute Reise , denke ich, nicht wahr?" sagte der Mann. „ Ihr Geschöpf sieht beinemüder aus."

„Ja, er und ich sind beide müde. Wir kommen seit Mitternacht aus Rochdale."

„Kam genau richtig, Schatz, denke ich, nicht wahr?"

„Ich habe keine Zeit verschwendet, denn ich möchte das erste Boot erreichen, das den Fluss hinauffährt", antwortete Bob. „Erwarten Sie bald eines? Ich sehe, dass es auf dem Ufer viel Fracht gibt."

„Wal, ich weiß nicht , wie schnell sie kommt, aber wir werden sie aufhalten, wenn sie kommt."

Als er das Geräusch von Schritten hinter sich hörte, drehte sich Bob, der bisher mit dem Rücken zur Tür gestanden hatte, um und sah, dass etwa die Hälfte der Müßiggänger ihm in den Laden gefolgt war und sich vor der Theke aufstellte, als ob sie es wären wollte hören, was zwischen Bob und dem Besitzer vorging, während die andere Hälfte auf die gegenüberliegende Straßenseite gegangen war und sich um sein Pferd versammelt hatte, das sie anscheinend mit großem Interesse untersuchten. Während Bob sie ansah, zeigte einer der Männer auf eine Stelle an der Flanke des Pferdes und schlug mit der Faust auf seine offene Hand, als würde er etwas betonen, was er sagte.

„Manchmal kommen pelzhungrige Leute hierher, um Boote zu fangen", sagte der Lebensmittelhändler. „Wir hatten unser Essen schon vor langer Zeit, aber ich denke, Betsy kann dich vielleicht einigermaßen in Ordnung bringen . Ich werde mal nachsehen.

Als der Mann dies sagte , nahm er Bobs Koffer aus der Hand und verschwand damit durch eine Tür im hinteren Teil des Ladens. Er war ungefähr fünf Minuten weg, und als er herauskam, verkündete er, dass Betsy in Kürze etwas Frühstück fertig haben würde und während sie es zubereitete, würden er und Bob das Pferd in den Stall bringen und es füttern. Bob folgte ihm über die Straße, und während er das Tier abspannte, stand der Lebensmittelhändler daneben und musterte ihn genau. „ Woher hast du dieses Geschöpf, Fremder?" fragte er ausführlich.

„Mein Vater hat ihn großgezogen", war die Antwort. „Er hatte nie einen Besitzer außer mir."

„Und wie könnte Ihr Name sein?"

„Owens."

„Und wo könntest du abhängen, wenn du summen willst?"

„Zwei Meilen östlich von Rochdale."

„Warum konntet ihr nicht so gut mit dem Boot dorthin fahren?" fragte der Mann und sah Bob fest ins Gesicht.

„Weil ich ein paar Meilen weiter unten ein Geschäft zu erledigen hatte und ich Zeit sparen könnte, wenn ich nach Linwood komme", antwortete der Junge ohne das geringste Zögern. „Ich hätte ein oder zwei Tage verlieren sollen, wenn ich nach Rochdale zurückgekehrt wäre."

„ Ja Geht ihr den Fluss hinauf, sagt ihr: Wie ist das Fell?"

„St. Louis."

„Wie lange wirst du noch weg sein?"

„Mindestens ein oder zwei Wochen."

deines Pferdes behalten, bis du zurückkommst, schätze ich, nicht wahr?"

„ Oh , nein. Sobald er mit dem Frühstück fertig ist, setze ich ihm den Sattel auf, befestige das Zaumzeug fest daran, damit es nicht herunterfallen kann, und lasse ihn los. Er wird schon den Weg nach Hause finden."

Während dieser Unterhaltung folgte Bob dem Mann durch ein paar Gitterstäbe, die den Zugang zu einem Hof im hinteren Teil des Ladens und zu einem Schuppen ermöglichten, wo sich ein langer Trog befand, an dem ein paar Strickhalfter befestigt waren Es. Bob legte einen dieser Halfter auf sein Pferd, nachdem er ihm Sattel und Zaumzeug abgenommen hatte, sah, wie er mit einem guten Frühstück aus Mais versorgt wurde, und folgte dann dem Mann zurück zum Haus und in die Küche, wo eine Frau war, die Bob mitnahm Betsy zu sein, von der sein Gastgeber gesprochen hatte, war damit beschäftigt, den Tisch zu decken und das Kochen von Schinken und Eiern zu überwachen. Auf ein durch die Handbewegung des Mannes übermitteltes Zeichen hin nahm Bob den nächsten Stuhl in Besitz, während der Mann selbst in den Laden ging und die Tür hinter sich schloss. Der Riegel hielt jedoch nicht und die Tür schwang zwei bis drei Zoll weit auf. Bob bemerkte dies zu dem Zeitpunkt, als es geschah, kaum, aber schon nach wenigen Minuten wurde seine Aufmerksamkeit darauf gelenkt.

Die Frau, die das Frühstück zubereitete, erwies sich als nicht sehr kontaktfreudig, denn sie sprach nie mit ihrem Gast (obwohl der Junge sie mehr als einmal dabei ertappte, wie sie ihn scharf anstarrte), bis sie den Schinken und die Eier darauf gelegt hatte den Tisch, und dann forderte sie ihn ziemlich knapp auf, „aufzurichten“. Danach ging sie, als hätte sie ihre ganze Pflicht getan, in ein anderes Zimmer, schloss die Tür hinter sich und überließ Bob sich selbst.

„Das sind die seltsamsten Menschen, die ich je gesehen habe“, dachte der Junge, als er seinen Stuhl an den Tisch zog. „Sie tun so, als ob sie mich hier nicht wollen; Und wenn das der Fall ist, warum sagen sie es dann nicht? Dies ist nicht das einzige Haus in der Siedlung, in dem ich Frühstück bekommen kann. Vielleicht sind es Yankees und haben Angst, dass sie keinen Lohn für das bekommen, was ich esse.“

Bob war zu hungrig, um diesen Gedankengang weiter zu verfolgen. Er widmete sich ganz den Speisen vor ihm und hatte sich gerade eine zweite Tasse Kaffee eingeschenkt und sich ein zweites Ei gegönnt, als seine Aufmerksamkeit durch den Klang von Stimmen im Laden erregt wurde. Er hörte deutlich, wie sein eigener Name ausgesprochen wurde, und nachdem er einige Augenblicke zugehört hatte, fielen ihm einige Worte auf, die seine Wange erblassen ließen. Die Männer im Laden müssen über irgendetwas aufgeregt gewesen sein, denn sie redeten ziemlich laut, und jede Silbe, die sie aussprachen, kam Bob durch die offene Tür deutlich zu Ohren.

„Wal, Aleck, was hat er zu sich selbst zu sagen?“ fragte eine Stimme.

„Er sagt, sein Name sei Owens und er wohne zwei Meilen von Rochdale entfernt“, hörte Bob die Antwort seines Gastgebers.

„So heißt meine Großmutter Owens", sagte derjenige, der zuerst gesprochen hatte. „Ich sage dir, Aleck, er ist der Kerl, den wir gesucht haben , und du, als Richter, hättest sofort einen Haftbefehl ausstellen sollen ."

„Birnen, als wäre er sehr mutig, das Pferd hierher zurückzubringen, wo es hingehört ", sagte ein anderer. „Er ist auch ein kraftvoller, ehrlich aussehender Junge."

„ Vielleicht ist es nicht das Schwein, für das wir es halten", sagte der Lebensmittelhändler. „Er sagt, sein Vater hat ihn großgezogen, und mir scheint, er sieht nicht wie Toms verlorenes Wesen aus, sonst ."

„Wal, wir werden es in ein paar Minuten wissen, denn Tom wird sofort hier sein. Sams Scherz ist von ihm verschwunden. Was hat diesen Jungen hierher gebracht , überhaupt ?"

„Er geht nach St. Louis. Er erzählt eine sehr klare Geschichte, aber das ist eine Sache, die mir nicht gerade richtig erscheint. Sobald das Pferd mit dem Fressen fertig ist , wird er ihm den Sattel aufsetzen und ihn loslassen, damit er seinen eigenen Weg zurück zu seinem Rhythmus findet."

"Aha!" rief einer der Müßiggänger, dessen Stimme Bob noch nie zuvor gehört hatte. „Das zeigt, dass die Kreatur nicht zu ihm gehört . Wenn er es täte, würde er besser auf ihn aufpassen. Irgendjemand wäre bereit, das Tier für einen Streuner einzusammeln, bevor er eine Meile weit gegangen wäre. Hier kommt jetzt Tom."

Bob hörte das Schlurfen von Füßen, als ob die Müßiggänger sich in einem Körper auf die Tür zubewegen, dann einige gedämpfte Begrüßungsworte, gefolgt von weiterem Stampfen der Füße, das allmählich verklang, als die Männer gemeinsam davongingen. Plötzlich hörte Bob Stimmen im Hinterhof, erhob sich von seinem Stuhl, trat an ein Fenster und schaute hinaus. Er sah dort ein Dutzend Männer, die auf den Stall zugingen. Als sie dort ankamen , ging der Lebensmittelhändler hinein und holte Bobs Pferd heraus, und die anderen versammelten sich um ihn und untersuchten ihn genau. Als die Ermittlungen abgeschlossen waren, wurde das Tier wieder in den Stall zurückgeführt und die Männer kamen auf das Haus zu.

„Ich glaube wirklich, dass sie mich für einen Pferdedieb halten", dachte Bob, und die Idee amüsierte ihn. „Gott sei Dank, ich bin nicht so schlimm. Ich gehe davon aus, dass ich eines Tages Pferde von den Indianern stehlen werde – Wild Bill und Texas Jack und all diese Kerle tun das, und es ist kein Schaden dabei; Aber ich werde niemals einen Weißen bestehlen. Ich hoffe nur, dass ich das Glück habe, den Comanche-Häuptling zu finden, der diesen weißen Schrittmacher reitet. Er ist das Pferd, das ich im Auge habe, und es lohnt sich, ihn zu haben, denn er ist so schnell, dass er in einem Fünf-Meilen-Rennen alles schlagen kann, was in der Prärie außer Sichtweite ist."

Bob, den es überhaupt nicht störte, dass der Lebensmittelhändler und seine Freunde ihn für alles andere als einen ehrlichen Jungen hielten, ging zurück zu seinem Platz am Tisch und nahm sich ein weiteres Ei. Ein paar Sekunden später betraten die Männer den Laden und Bob hörte die Frage des Verkäufers:

„Na, Tom, ist es dein Pferd?"

"NEIN; aber er sieht ihm so ähnlich, dass er sein Bruder sein könnte", lautete die Antwort.

"Dort!" sagte Bob zu sich selbst. „Ich hoffe, dass sie jetzt zufrieden sind."

„Macht keinen Unterschied, ob es Toms Schatz ist oder nicht", sagte eine Stimme, von der Bob später herausfand, dass sie dem Polizisten gehörte. „Dieser Junge ist nicht gut; Wenn dem so wäre, würde er dieses Geschöpf nicht loslassen wollen, um den Weg zurück zu seinem 25 Meilen entfernten Summen zu finden. Da wir eine verdächtige Person sind, haben wir das Recht, alles über sie zu erfahren. Du sagst, Aleck, dass er hergekommen ist, um jemanden geschäftlich zu treffen. Wer war es und was war sein Geschäft?"

„Ich weiß nicht ", antwortete der Lebensmittelhändler. „Ich habe nicht daran gedacht, ihn danach zu fragen."

„Wal, wir sollten es am besten herausfinden. Das ist irgendein Schweinedieb oder irgendein anderer hier in der Gegend, und wenn dieser Kerl der Kerl ist, sollten wir ihn jetzt, wo wir ihn haben, festhalten. Es wird überhaupt kein Problem sein, ihn nach Rochdale zurückzubringen und zu sehen, ob ihn jemand kennt, und wenn es ihm gut geht, wird er nichts dagegen haben, mit mir dorthin zu gehen ."

Das waren die Worte, die Bobs Wange erblassen ließen. Sein Herz begann schnell zu schlagen und seine Hand zitterte, als er seine Kaffeetasse abstellte. Er erkannte nun, dass es doch nicht so amüsant war, im Verdacht zu stehen, ein Pferdedieb zu sein. Es würde ihm sicherlich etwas ausmachen, nach Rochdale zurückzukehren. Es war genau der Ort, von dem er sich fernhalten wollte.

„Was in aller Welt würde ich meinem Vater sagen, wenn ich mich dorthin zurückbringen ließe?" dachte Bob, der jetzt ernsthaft beunruhigt war. „Was *könnte* ich ihm sagen? Welchen Grund könnte ich dafür nennen, dass ich nachts das Haus verlasse und 25 Meilen durch das Land fahre? Ich sage Ihnen, wenn ich nur dort wäre, würde ich bleiben; Aber das Problem ist, ich kann nicht zurückgehen, ohne allen mitzuteilen, dass ich weggelaufen bin. Natürlich werden es alle Leute in der Siedlung eines Tages herausfinden, aber ich möchte sie nicht wiedersehen, nachdem sie es herausgefunden haben."

Wieder einmal befand sich Bob in einer Zwickmühle, aber es dauerte nicht lange, bis er, wie er glaubte, einen Ausweg fand. Während er sich im Raum umsah, als suche er nach einem Ausweg, fiel sein Blick auf seinen Koffer, den der Lebensmittelhändler auf einen Stuhl in der Ecke gestellt hatte. Der Anblick ließ ihn auf etwas schließen. Hastig schnappte er sich seine Mütze, überquerte mit geräuschlosen Schritten den Boden, ergriff den Koffer und eilte zur Tür, die in den Hinterhof führte. Er öffnete es sehr vorsichtig, trat schnell über die Schwelle und sah sich einem großen Kerl in Butternut-Kleidung gegenüber, der an den Zaun gelehnt stand, mit seinem Messer das obere Geländer schnitzte und leise vor sich hin pfiff. Etwas sagte Bob, dass der Mann dort stationiert gewesen sei, um auf ihn aufzupassen, und zunächst wusste er nicht, ob er ins Haus zurückgehen oder weiter zum Stall gehen sollte, wo er sein Pferd zurückgelassen hatte; aber nach kurzem Nachdenken kam er zu dem Schluss, dass der kühnste Weg der beste sei, und so schloss er die Tür und ging weg. Er versuchte, unbesorgt zu wirken, aber sein Gesicht war blass und er zitterte an allen Gliedern. Die Fortsetzung bewies, dass er Grund zur Beunruhigung hatte, denn bevor er ein Dutzend Schritte gemacht hatte, rief der Mann am Zaun:

„Wal, sage ich! Warte, Thar!"

Bobs erster Impuls war, sich zurückzuziehen, aber er überlegte es sich anders und gehorchte dem Befehl des Mannes: „Durchhalten!" "Was willst du?" er hat gefragt.

„Wal, jetzt nichts Besonderes, aber wir wollen nicht, dass du weggehst, ohne dich zu verabschieden; das ist alles."

„Warum willst du nicht, dass ich weggehe?" fragte Bob.

„' Kase warum, aus einem bestimmten Grund. Wir wollen zuerst etwas über deine Schlampe wissen .

„Der Ladenbesitzer weiß bereits alles, was ich über mich und mein Pferd zu erzählen habe", antwortete Bob.

„Wal, es passt nicht nur uns", sagte der Mann, klappte sein Messer zu und steckte es in die Tasche. „Der Polizist hat darauf gewartet, dass Sie Ihr Frühstück fertig haben, und dann wird er mit Ihnen nach Rochdale fahren. Wenn du dort lebst, musst du Freunde haben, die für dich bürgen können."

„Aber ich möchte nicht nach Rochdale zurückkehren", rief Bob. „Es wird mich verzögern, und ich kann es mir nicht leisten, Zeit zu verschwenden."

„Es muss Sie nicht länger als morgen aufhalten. Lasst uns dorthin gehen, wo die Jungs sind."

Die „Jungs" waren die Müßiggänger, die Bob und sein Entführer auf den Trockenwarenkisten vor dem Laden sitzend fanden. Einer von ihnen, ein dicker, rotgesichtiger, fröhlich aussehender Mann, erhob sich von seinem Sitz, als der Junge herankam, und indem er eine Hand auf seine Schulter legte, bemerkte er, dass er verpflichtet sein sollte, ihn im Namen zu halten das Gesetz, bis Bob ihn davon überzeugen konnte, dass es ihm gut ging und dass er ehrlich mit dem Pferd gekommen war, das er am Morgen in die Siedlung gebracht hatte. Bob hörte kaum ein Wort, das der Offizier zu ihm sagte, denn er war zu sehr von Verwirrung und Beunruhigung überwältigt, um etwas zu hören. Außerdem dachte er zu sehr nach; Er versuchte, einen Plan zu schmieden, wie er sicher aus dieser schlimmsten Schwierigkeit herauskommen könnte, in der er je gewesen war. Er hatte sich nach einem Leben voller Aufregung und Abenteuer gesehnt, aber er hatte nicht damit gerechnet, dass es beginnen würde, bevor er zwölf Stunden entfernt gewesen war von zu Hause. Es sah jetzt so aus, als ob sein erstes Abenteuer sein letztes sein würde. Das wäre sicherlich der Fall, wenn er dem Polizisten erlauben würde, ihn nach Rochdale zurückzubringen.

Nachdem er seine Pflicht erfüllt und Bob verhaftet hatte, schenkte der Beamte seinem Gefangenen in der nächsten halben Stunde keine Beachtung. Er kehrte zu seinem Platz auf der Trockenwarenkiste zurück und unterhielt sich mit seinen Freunden über die Ernte und das Wetter, während Bob ungestört seinen eigenen düsteren Gedanken nachgehen und stehen oder sitzen konnte, wie es ihm gefiel. Die Müßiggänger nutzten die dadurch gebotene Gelegenheit, um den vermeintlichen Pferdedieb scharf anzustarren, und Bob war sehr erleichtert, als der Polizist, nachdem er sich endlich keine Worte mehr geredet hatte, aus seiner Loge mit der Bemerkung erhob, dass er meinte, sie sollten besser gehen heim. Bob gehorchte gerne dem Befehl, seinen Koffer abzuholen und ihm zu folgen; und als sie auf das Haus des Offiziers zugingen, das an der Hauptstraße etwa eine halbe Meile von der Anlegestelle entfernt lag, begann er, sich über die Behandlung zu erkundigen, die er erwarten konnte; denn dies war eine Angelegenheit, die ihn nicht wenig beunruhigte. Zu seiner großen Freude und Überraschung stellte er fest, dass ihm, wenn er bereit wäre, sich zu benehmen, kaum Beschränkungen auferlegt würden. Der Polizist sagte, er könne an diesem Tag nicht mit ihm nach Rochdale gehen, da er selbst ein wichtiges Geschäft zu erledigen habe, aber er würde früh am Morgen mit ihm beginnen, und wenn Bob zu seiner Zufriedenheit nachweisen könne, dass er es sei Als ehrlicher Reisender , wie er sich ausgab, würde er sich sehr darüber freuen. Da es in der Siedlung keinen „Kühlschrank" gab, in den man ihn zur sicheren Aufbewahrung bringen konnte, musste Bob die ganze Zeit unter der Aufsicht des Polizisten bleiben. Wenn er versprach, keinen Fluchtversuch zu unternehmen, durfte er seine Hände und Füße frei benutzen; aber wenn er dieses Versprechen nicht geben würde, wäre er (der Beamte) verpflichtet, ihm ein Paar Handschellen anzulegen. Bobs Blut gefror bei der bloßen Erwähnung so etwas. Er beeilte sich, das erforderliche Versprechen zu geben, und betonte es noch dadurch, dass er erklärte, dass es ihm umso besser gefallen würde, je eher ihm die Gelegenheit gegeben würde, zu zeigen, dass die guten Leute von Linwood sich in ihm völlig getäuscht hätten. Der Polizist schien völlig zufrieden zu sein und blickte seinen Gefangenen von diesem Moment an kaum noch an. Wahrscheinlich dachte er, dass Bob nichts von ihm zu befürchten hätte, weil er ein Junge war.

Bob begleitete den Beamten den ganzen Tag über überall hin, wohin er auch ging, aber er tat dies offensichtlich bereitwillig und ohne zu jammern, wenn man ihm etwas sagte. Die meiste Zeit verbrachte er im Wald, wo der Polizist einige Neger damit beschäftigt hatte, Holz für ihn herauszuholen, und zweimal ging dieser über einen Hügel, wo seine Ochsengespanne bei der Arbeit waren, und ließ Bob für mehr Zeit sich selbst überlassen jedes Mal mehr als eine Stunde. „Ich frage mich, was er mit mir machen wird, wenn die Nacht hereinbricht", fragte sich Bob immer wieder. „Er muss mich genauer beobachten als jetzt, sonst werde ich möglicherweise vor Tagesanbruch vermisst. Ich werde nicht nach Rochdale zurückkehren, wenn ich es verhindern kann. Ich werde zuerst alles riskieren."

Abend zum Haus des Beamten ging, wurde er eher wie ein Gast denn wie ein Gefangener behandelt. Die Frau des Polizisten sagte nichts, was darauf hindeutete, dass sie wusste, dass er verhaftet war, und als das Abendessen beendet war, war Bob überrascht, als der Mann bemerkte, er glaube, er würde für ein oder zwei Stunden in den Laden gehen und sehen, was los sei Dort. Er ging und kam erst gegen zehn Uhr zurück. Dann begann er einige Vorbereitungen zu treffen, um seinen Gefangenen während der Nacht in Sicherheit zu bringen, aber sie brachten nicht viel, und Bobs Herz schlug hoch vor Hoffnung. Der Beamte zog einfach ein Sofa ins Wohnzimmer und stellte es dem Sofa gegenüber, das auf der anderen Seite des Kamins stand. „Ich werde hier schlafen", sagte er, „und wenn du müde wirst, kannst du dich dort hinlegen."

Der Tat entsprechend streckte sich der Offizier auf dem Sofa aus und schlief in weniger als zehn Minuten tief und fest ein. Bob saß in einem Sessel am Feuer und sah ihn an; und während er hinsah , dachte er an die wunderbaren Taten einiger seiner Lieblingshelden und verglich seine gegenwärtige Situation mit denen, in die sie so oft geraten waren. Es gelang ihnen immer, sich selbst aus der verzweifeltsten Not zu befreien. Selbst als sie von ihren wilden Feinden an den Scheiterhaufen gefesselt wurden, fanden sie Mittel, sie zu überlisten und ihnen die Flucht zu ermöglichen. Wild Bill und Texas Jack würden lachen, wenn sie sich in einer misslichen Lage wie dieser befanden, in der sich Bob befand, und wenn er jemals so berühmt werden wollte wie diese beiden Männer, war es höchste Zeit, dass er einen

Anfang machte. Während Bobs Gedanken in diesem Kanal weitergingen, beobachtete er aufmerksam den schlafenden Beamten und rief schließlich seinen ganzen Mut zu Hilfe, nahm seinen Hut und seinen Koffer, öffnete die Tür und trat auf die Veranda hinaus. Dort hielt er einen Moment inne, um sich zu vergewissern, dass der Weg frei war, und nachdem er zum Abschied einen Blick auf den Polizisten geworfen hatte, schloss er die Tür und rannte zum Treppenabsatz. Es war nach elf Uhr und die Straßen waren völlig verlassen.

Ein paar Minuten schnelles Laufen brachten Bob zum Laden. Hier wurde er in seinen Bewegungen sehr vorsichtig, denn er wusste, dass der Lebensmittelhändler und seine Familie im hinteren Teil des Gebäudes wohnten. Er kletterte über die Gitterstäbe, durch die er am Morgen sein Pferd geführt hatte, und machte sich auf den Weg zum Schuppen am Ende des Grundstücks. Dort fand er sein Pferd, und das Tier schien sich zu freuen, ihn zu sehen, denn es begrüßte ihn mit einem leisen Wiehern des Erkennens.

„Ich hätte nie erwartet, dich noch einmal zu besteigen, alter Kerl; aber du musst mich auf meinem Weg den Fluss hinauf noch ein Stück weitertragen und dann musst du nach Hause gehen. Ich wünschte, ich könnte mit dir gehen", sagte Bob, der mit seiner kurzen Erfahrung mit den Gegebenheiten der Welt mehr als zufrieden war. „Wenn ich nur zurückgehen könnte, ohne die Leute wissen zu lassen, dass ich weggelaufen bin, würde ich sofort anfangen."

sich hin redete, war er damit beschäftigt, seinem Pferd Sattel und Zaumzeug anzulegen; und als das erledigt war, öffnete er seinen Koffer und holte daraus einen Anzug heraus, den er mit aller möglichen Eile anzog. Er wusste, dass seine Flucht als Schuldbeweis gewertet werden würde und dass alle Anstrengungen unternommen würden, um ihn wieder einzufangen; Deshalb hielt er es für das Beste, sich so gut wie möglich zu verkleiden, indem er einen anderen Hut aufsetzte und seinen grauen Anzug gegen einen schwarzen austauschte.

„Ich werde mich bis zum Tageslicht so viele Meilen von Linwood entfernen, wie ich kann", sagte Bob zu sich selbst, „und da ich mein Pferd dann nicht verkleiden kann, werde ich es freilassen und weiterziehen die nächste Landung zu Fuß. Hallo! was ist das?"

Bob blickte zufällig durch die Stalltür auf den Schuppen am Ufer, unter dem die Maissäcke gelagert waren, und sah plötzlich eine helle Flamme dahinter aufsteigen. Er fragte sich, was die Ursache dafür sein könnte, ging zur Tür, um einen genaueren Blick darauf zu werfen, und hörte deutlich das Stampfen der Schaufelräder eines herannahenden Dampfers. „Es ist ein Signal", dachte er. „Da kommt ein Boot, und der Besitzer des Mais möchte, dass sie an Land geht und es an Bord nimmt. Wenn ich jetzt unerkannt auf ihr Deck gelangen kann, ist alles in Ordnung."

Die Annäherung des Dampfers brachte eine Änderung in Bobs Programm mit sich . Er kleidete sich hastig an, packte die Kleider, die er ausgezogen hatte, in seinen Koffer, packte sein Pferd am Zaumzeug und führte es um den Stall herum, außer Sichtweite des Hauses. Dort fand er einen niedrigen Zaun, der zwischen dem Hof und einem angrenzenden Feld verlief. Sein Pferd sprang mühelos darüber, und Bob führte ihn zum nächsten Waldstück, wobei er sich ab und zu umdrehte, um sicherzustellen, dass er den Stall zwischen sich und jedem hielt, der zufällig auf der Straße zum Treppenabsatz vorbeikam . Als ihn die dunklen Schatten der Bäume nicht mehr sehen konnten, wandte er sich der Straße zu, warf einen Teil des Zauns nieder und führte sein Pferd durch die Lücke. In diesem Moment zeigte das heisere Pfeifen des Dampfers an, dass ihr Pilot das Signalfeuer gesehen hatte.

„Auf Wiedersehen, Jack", sagte Bob, würgte etwas herunter, das in seiner Kehle hochzusteigen schien, und tätschelte beim Sprechen den glänzenden Hals des Pferdes. „Es tut mir leid, dass ich dich missbraucht habe, Jack, und so wenig von dir gehalten habe, weil du nicht so gutaussehend und stilvoll bist wie Don Gordons Pony. Ich wünschte, ich könnte jeden Schlag zurückschlagen, den ich dir jemals versetzt habe. Wenn ich mit dir zurückgehen könnte, alter Freund, würdest du eine bessere Behandlung erhalten als je zuvor; aber ich muss dich jetzt verlassen und du musst so gut du kannst den Weg nach Hause finden."

Bob verließ das Pferd jedoch weder damals noch eine halbe Stunde danach. Er konnte es nicht ertragen, sich von ihm zu trennen. Er führte ihn ins Gebüsch, außer Sichtweite der Straße, nahm sein Zaumzeug ab, damit er auf dem Heimweg essen konnte, wenn er hungrig wurde, und stellte sich dann mit dem Arm um den Hals des Tieres und legte seine Wange an seine Mähne. In der Zwischenzeit erreichte der Dampfer die Anlegestelle und begann, die unter dem Schuppen gelagerte Fracht aufzunehmen. Plötzlich weckte der Klang ihrer Glocke Bob aus seinen Träumereien.

KAPITEL XI
DER CUB-PILOT.

Wenn das dumme Tier an seiner Seite ein Mensch gewesen wäre, der in der Lage wäre, seine Gefühle zu verstehen und zu würdigen, hätte Bob sich nicht mit größerem Widerwillen von ihm getrennt. Aber es gab keine Hilfe dafür. Das Läuten der Glocke des Dampfers zeigte an, dass die Fracht fast vollständig an Bord war, und beim nächsten Läuten, das in wenigen Minuten erfolgen würde, würde das Signal zum Ablegen der Leinen ertönen. Bob hatte sich absichtlich so lange wie möglich vom Boot ferngehalten, denn er wusste, dass er ein gewisses Risiko eingehen würde, wenn er versuchen würde, an Bord zu gehen. Was wäre, wenn der Polizist seine Abwesenheit bemerkt hätte und am Treppenabsatz nach ihm Ausschau gehalten hätte? Oder was wäre, wenn einige der zahlreichen Müßiggänger, die er morgens im Laden gesehen hatte, zufällig dort wären und ihn trotz seiner Verkleidung erkennen würden ? Bob musste sein Risiko eingehen; und aus Angst, dass das Boot durchsucht werden könnte, falls seine Flucht entdeckt worden wäre, hielt er es für das Beste, sich von ihr fernzuhalten, bis sie bereit war, wieder in den Strom hinauszufahren. Sie bereitete sich jetzt darauf vor.

Der erste Glockenschlag schien Bob neues Leben einzuhauchen. Er führte sein Pferd auf die Straße, drehte den Kopf nach Hause, gab ihm zum Abschied einen Schlag, um ihn in Bewegung zu setzen, warf seinen Koffer über die Schulter und rannte mit Höchstgeschwindigkeit auf den Treppenabsatz zu. Er eilte die Hauptstraße hinunter, so wie es jeder ehrliche Reisende getan hätte, der ein wenig hinter der Zeit zurückblieb, und während er unterwegs war, sagte er sich, dass er es schaffen könnte, wenn es am Treppenabsatz nur so dunkel wäre wie dort auf der Straße ohne die geringste Schwierigkeit entkommen. Aber der Landeplatz war so hell erleuchtet, dass man die Gegenstände im Umkreis von hundert Metern deutlich erkennen konnte. Das große Feuer, das das Boot an Land gebracht hatte, wurde mit harzigem Holz gut versorgt, und außerdem befand sich auf dem Vorderdeck des Dampfers eine brennende Fackel. Beim Betreten des Schiffes musste Bob im vollen Glanz dieser beiden Lichter und im Blickfeld jedes Mannes, der sich zufällig an der Anlegestelle aufhielt, die Landungsplanke entlanggehen. Als er daran dachte, verlor er fast den Mut; und wenn er sich nicht gerade an einige der aufregenden Szenen im Leben seiner Lieblingsgrenzbewohner Wild Bill und Texas Jack erinnert hätte, wäre er vielleicht umgedreht.

„An meiner Stelle würden sie nicht umkehren", sagte Bob zu sich selbst. „Je gefährlicher ein Unterfangen war, desto besser gefiel es ihnen. Ich bin jetzt in Gefahr und es ist ein guter Zeitpunkt zu zeigen, was in mir steckt."

Mit diesem Gedanken, der ihn ermutigte, ging Bob weiter zu dem Schuppen, in dem der Mais gelagert war – oder besser gesagt, in dem er gelagert worden war, denn er sah, dass nicht mehr als ein halbes Dutzend Säcke davon übrig waren. Er sah auch, dass mehrere Männer in der Nähe des Feuers standen. Einige von ihnen hielt er für Dampfschifffahrer, und in den anderen war er sich sicher, dass er einige der Müßiggänger wiedererkannte , die er an diesem Morgen im Laden gesehen hatte. Aber er warf keinen zweiten Blick darauf, um sich in diesem Punkt zu vergewissern. Er drehte seinen Kopf teilweise von ihnen weg und geriet beim Durchschreiten des Schuppens zwischen zwei der Decksarbeiter, die mit Maissäcken auf den Schultern die Landungsplanke hinaufstiegen. Je näher er dem Ende der Planke kam, desto leichter atmete er; Doch gerade als er das Deck des Dampfers betreten wollte, blickte er zufällig auf den Mann, der unter der Fackel neben dem Angestellten stand und die Taschen überprüfte, als sie an Bord kamen, und wollte fast fallen, als er sah, dass es so war der Reiter, dem er am Morgen begegnet war – derjenige, der auf der Straße stehen geblieben war und seine Bewegungen so genau beobachtet hatte. Der Mann sah ihn an, als er auf das Vorderdeck trat, schien ihn aber nicht zu erkennen ; und Bob, am ganzen Körper vor Angst zitternd, eilte an der Treppe vorbei, die zum Kesseldeck führte, und machte sich auf den Weg durch den Maschinenraum zum Achterdeck. Dort stapelten sich einige Kisten, und Bob versteckte sich schnell dahinter.

„Ich habe es getan, nicht wahr?" sagte er und atmete erleichtert auf. „Fünf Minuten mehr werden die Geschichte erzählen. Wenn ich in Frieden gehen darf, umso besser für mich; Aber wenn dieser Polizist hierher kommt, um das Boot zu durchsuchen, gehe ich ans Wasser. Er wird mich nicht nach Rochdale zurücktragen. Soviel ist geklärt."

Bob war kaum länger als fünf Minuten in seinem Versteck, als die Glocke das Signal zum Loslassen der Leinen ertönte. Der Dampfer begann sich fast sofort in Bewegung zu setzen, wobei eine Maschine vorwärts und die andere rückwärts arbeitete, um den Bug vom Ufer wegzuwerfen. Dann fühlte sich Bob vollkommen wohl. Er erhob sich aus seinem Versteck und beugte sich über das Geländer, um einen Abschiedsblick auf die kleine Siedlung zu werfen, die in seiner Erinnerung immer mit den unangenehmsten Ereignissen seines Lebens verbunden sein würde. Die erste Person, auf die sein Blick ruhte, war der Besitzer des Mais – der Mann, der die Säcke überprüfte, als sie an Bord kamen. Er schien den Ausreißer direkt anzusehen, und da es für ihn noch nicht zu spät war, den Dampfer anzurufen und ans Ufer zurückzubringen, hielt Bob es für einen guten Plan, ihm aus den Augen zu verschwinden. Außerdem könnten einige der Offiziere oder Decksleute Gelegenheit haben, dorthin zurückzukehren, und was würden sie ihm sagen, wenn sie ihn versteckt zwischen den Kisten finden würden? Er wollte möglichst keine Aufmerksamkeit erregen, also nahm er seinen Koffer und machte sich auf den Weg zum vorderen Teil des Schiffes. Er blieb einige Minuten im Maschinenraum stehen, um die Arbeit der Maschinen zu beobachten, und ging langsam über das Hauptdeck, als er durch das Geräusch eines Tumults auf dem Vorschiff erschreckt wurde. Es gab ein eiliges Trampeln der Füße, begleitet von lauten Rufen: „Haltet sie auf!" Halte sie auf!" und dann stürmte eine Gruppe Männer, bestehend aus Offizieren, Passagieren und Decksleuten, zur Backbordseite des Vorschiffs und blickte ins Wasser.

„Da ist ein Mann über Bord, Kapitän !" schrie der Maat und sah zum Kapitän des Dampfers auf, der auf dem Hurricane-Deck stand, „und er geht direkt unter das Steuerrad. Halte sie auf!"

In diesem Moment kam ein Herr in zwei Sprüngen die Treppe vom Kesseldeck herunter und rannte schnell zur Seite. "Wer ist es?" er rief aus.

„Georgie Ackerman!" antworteten ein Dutzend Stimmen im Chor.

„Und er kann keinen Schlag schwimmen!" rief der Herr und warf Mantel und Hut ab. "Noch kann ich; aber ich werde ihn retten oder mit ihm untergehen. Da ist er! Ich sehe seinen Kopf!"

Auch Bob sah es, und einen Augenblick später befand er sich daneben im Wasser. Er hielt das lange Haar des Mannes fest, hob seinen Kopf aus dem Wasser, damit er atmen konnte, und schwamm mit ihm vom Dampfer weg. Er wusste, dass für ihn keine Gefahr bestand, unter das Rad gezogen zu werden, denn es arbeitete rückwärts, und das wirkte in gewissem Maße der Kraft der Strömung entgegen. Die wirkliche Gefahr, die zu befürchten war, bestand darin, dass der Dampfer, der schnell herumschwang, ihn überfahren und unter Wasser drücken könnte. Um dies zu vermeiden, schwamm Bob, der all seinen Verstand hatte, mit höchster Geschwindigkeit, bis er nicht mehr dem Einfluss des durch das Rad verursachten Wirbels entkam, dann traf er auf die Strömung und wurde den Bach hinuntergetragen die Geschwindigkeit von vier Meilen pro Stunde.

Der Mann zappelte und kämpfte zunächst verzweifelt, klammerte sich blind an die leere Luft und versuchte sich umzudrehen, damit er Bob festhalten konnte, und dieser konnte ihn nur mit größter Mühe unter Kontrolle bringen. Aber nachdem er wieder zu Atem gekommen war, sich das Wasser aus dem Gesicht gewischt und die Haare aus seinen Augen gestrichen hatte, wurde er ruhiger und gab Bob die erste Gelegenheit, die er hatte, um zu sehen, wie er aussah. Die Taschenlampe des Dampfers war inzwischen von der Steuerbordseite auf die Backbordseite des Vorschiffs verlegt worden, und anhand des Lichts, das sie ausstrahlte, erkannte Bob, dass die Person, die er gerettet hatte, kein Mann, sondern ein Junge etwa in seinem Alter war . Nachdem er diese Entdeckung gemacht hatte, fühlte er sich viel leichter. Er hatte Angst vor einem ertrinkenden Mann, zweifelte aber nicht an seiner Fähigkeit, fast jeden Jungen seiner Größe im Wasser zu bewältigen.

„Sag, du!" rief Bob, verlagerte seinen Griff von den Haaren des Jungen zu seinem Kragen und schüttelte ihn ein wenig, um seine Ideen anzuregen.

"In Ordnung!" war die Antwort. "Wer bist du? Kennt mich irgendjemand? Ich erkenne deine Stimme nicht ."

Bob war von der Ruhe, mit der der Junge sprach, so überrascht, dass er nicht sofort antwortete.

„Ich hoffe, du hast mich gut im Griff, wer auch immer du bist", fuhr der Junge fort; „Denn wenn du loslässt, werde ich wie ein Bleiklumpen untergehen. Ich kann nicht schwimmen."

„Na, kannst du verstehen, was ich dir sage?"

"Oh ja! Ich habe jetzt keine Angst."

„Du bist ein cooler Typ! das ist eine Tatsache", sagte Bob. „Jetzt trete und schlage nicht mehr herum, denn das macht es mir schwer, dich über Wasser zu halten. Denken Sie daran, dass jeder Teil Ihres Körpers, der sich außerhalb des Wassers befindet, dabei hilft, Sie zu sinken, während der Teil Ihres Körpers, der sich im Wasser befindet, Ihnen hilft, aufzutreiben. Halten Sie also Ihre Arme an Ihrer Seite und werfen Sie Ihren Kopf zurück. Das gibt Ihnen die beste Chance zum Atmen. Sie schicken direkt ein Boot hinter uns her."

„Ich wünschte, sie würden es jetzt tun", sagte der Junge, der bedingungslos jedem einzelnen Befehl von Bob gehorchte. „Wenn sie uns noch länger in dieser Strömung bleiben lassen, werden sie uns in New Orleans finden. Ich möchte nicht dorthin, es sei denn, ich kann mit meinem Boot hinfahren."

„Gehörst du auf den Dampfer?"

"Ja; Ich bin der kleine Pilot!"

„Ich sage, George!" schrie eine Stimme.

Die Jungen schauten auf, als sie den Hagel hörten, und sahen, dass die starke Strömung sie bereits hundertfünfzig Meter unter den Dampfer getragen hatte, dessen Bug sich wieder in Richtung Landung drehte. Auf ihrem Hurrikandeck befand sich eine Gruppe Männer, darunter der Kapitän. Er war es, der den jungen Piloten begrüßt hatte.

„Ich sage, George!" wiederholte der Kapitän: „Wer ist das mit dir im Wasser?"

„Ich weiß es sicher nicht", sagte George mit leiser Stimme. „Wer bist du, Kerl?"

„Ich bin Bob Owens. Aber sag ihm das nicht!" fügte Bob schnell hinzu. Er wusste, wenn George seinen Namen so laut aussprach, dass der Kapitän ihn hören und verstehen konnte, würden ihn auch die Männer am Feuer hören und verstehen, die ihn sofort erkennen würden . „Sag ihm einfach, dass ich Passagier bin."

„Ist er schwimmfähig genug, um dich ans Ufer zu bringen?" fragte der Kapitän, als er Georges Antwort erhalten hatte. „Wir können unsere Jolle nicht auf dich losschicken, denn sie würde sinken, bevor sie dich erreicht, sie ist so undicht!"

„Ich kann auf ihn aufpassen", rief Bob.

Diese Antwort schien den Kapitän zu befriedigen, denn er drehte sich um und ging zum Steuerhaus, während der Rest der Gruppe blieb, um die Jungen zu beobachten.

„Diese Yawl ist wie alles andere an der alten Sam Kendall – fast kaputt", sagte George. „Sie hat vier Boote, und ich glaube nicht, dass eines davon schwimmen würde, bis es über den Fluss gezogen werden könnte. Du wirst nicht loslassen?" fügte er hinzu, als er spürte, wie Bob seinen Griff um seinen Kragen lockerte.

„ Oh , nein. Ich bin nicht ins Wasser gesprungen, um dich gehen zu lassen, nachdem ich dich gefangen hatte. Ich möchte dich in eine solche Position bringen, dass ich dich an Land schleppen kann. Lege deine Hand auf meine Schulter und halte sie dort. Das ist der Weg. Jetzt treten Sie neben mich zurück, damit – haben Sie keine Angst", fügte er hinzu, während George seinen Kragen packte und sich mit aller Kraft festhielt. "Lass los!"

Der junge Pilot war entweder mit überdurchschnittlichem Mut gesegnet, oder er hatte grenzenloses Vertrauen zu Bob, denn er tat genau, was dieser ihm sagte, und zwar ohne Worte oder Zögern. Er ließ seinen Griff los, sank aber nicht, sondern streckte Bobs Hand sofort aus, um ihn zu stützen.

„Du darfst mich nicht auf diese Weise umarmen", sagte Bob ernst; „Denn wenn du es tust, wirst du uns beide ertränken. Mach es nicht noch einmal."

„Das werde ich nicht", antwortete George. „Ich hatte Angst, ich würde untergehen."

„Davor brauchst du keine Angst zu haben. Das Gewicht deines Fingers auf meiner Schulter wird deinen Kopf aus dem Wasser halten, und das ist alles, was du willst. Lehnen Sie sich jetzt zurück, damit ich genügend Bewegungsfreiheit habe. Das ist die Idee."

George legte seine Hand auf Bobs Schulter, ließ sich aus dem Weg schwingen, sodass der Schwimmer seine Arme frei benutzen konnte, und wurde auf diese Weise zum Ufer geschleppt. Bob drehte ein- oder zweimal den Kopf, um ihm ein aufmunterndes Wort zu sagen, aber als er feststellte, dass George nicht die geringste Angst hatte, sagte er nichts mehr, bis er das Ufer erreichte. Es war harte Arbeit, eine so lange Strecke in dieser schnellen Strömung zu schwimmen, mit seinen Stiefeln und all seinen Kleidern und einem Jungen hinter sich herziehend, der so schwer war wie er selbst, und er brauchte seinen ganzen Atem. Er landete eine Meile unterhalb des Landungsstegs und fast erschöpft am Ufer. George musste ihm aus dem Wasser helfen. Nach ein paar Minuten kam er jedoch wieder zu Atem, und sobald er auf den Beinen stehen konnte, entledigte er sich seines Mantels, zog seine Stiefel und Strümpfe aus und krempelte die Hosenbeine hoch.

„Das Gehen wird jetzt einfacher sein", erklärte er. „Diese nassen Dinger sind schwer und ich bin so müde, dass ich kein unnötiges Gewicht tragen möchte."

Aber das war nicht der Grund, warum Bob einige Teile seiner Kleidung auszog. Er wusste, dass er vor den Augen der Männer an der Anlegestelle an Bord des Dampfers gehen musste, und er hatte darüber nachgedacht, seit er begann, George zum Ufer zu schleppen. Zwar war er einmal der Anerkennung entgangen, aber dieser Gedanke ermutigte ihn nicht. Er war jetzt berühmt, und jeder wollte einen guten Blick auf den Jungen werfen, der den Mut hatte, über Bord zu springen und einen anderen vor dem Ertrinken zu retten. Er war froh, dass sein Koffer an Bord des Bootes sicher war. Mit dem in seiner Hand wäre seine Entdeckung fast sicher gewesen.

Nachdem sie sich ein paar Minuten ausgeruht hatten, kletterten die beiden Jungen am Ufer entlang zum Landungssteg, doch bevor sie eine halbe Meile zurückgelegt hatten , entdeckten sie eine Gruppe Männer, die auf der Suche nach ihnen waren. Als sie sich ein wenig genähert hatten, teilte George seinem Retter mit, dass er vier von ihnen kenne – den Kapitän, den Ersten Offizier und Mr. Black und Mr. Scanlan, die beiden Piloten des Dampfers. Bob erkannte einen von ihnen und nachdem er die Gruppe ein zweites Mal beäugt hatte, sagte er sich, dass es noch einen anderen gab, den er erst kürzlich irgendwo getroffen hatte. Er war nicht so froh, sie zu sehen, wie George, seine Freunde zu sehen. Der eine war der Besitzer des Mais, der gerade an Bord des Dampfers gebracht worden war, und der andere war – nein – ja, es war der Polizist. Bob blieb stehen, rieb sich die Augen und schaute noch einmal hin; aber es lag kein Fehler vor.

Ungefähr eine halbe Stunde nachdem Bob das Haus verlassen hatte, wachte der Beamte auf und stellte fest, dass sein Gefangener verschwunden war. Er rannte sofort zum Stall, um zu sehen, ob auch sein Pferd weg war. Das war der Fall, und dies ließ den Polizisten glauben, dass Bob ihn bestiegen hatte und flussaufwärts geflohen war. Da er ein lockerer Mensch war und es nicht der Mühe wert hielt, heute etwas zu tun, das auf morgen verschoben werden konnte, beschloss er, mit der Verfolgung erst am Morgen zu beginnen. Dann würde er eine Gruppe Männer zusammenstellen und das Land in alle Richtungen durchkämmen.

Nachdem er festgestellt hatte, dass das Pferd verschwunden war, ging der Polizist zum Treppenabsatz hinunter und befragte die Männer, die am Feuer standen. Sie waren sehr erstaunt, als sie feststellten, dass Bob entkommen war, und erklärten, dass er unmöglich an Bord des Bootes hätte gehen können, ohne von ihnen gesehen zu werden, da sie seit der Ankunft des

Dampfers an der Anlegestelle gewesen seien. Der Offizier hielt es jedoch für das Beste, in diesem Punkt sicher zu sein, und so ging er in Begleitung einiger seiner Freunde an Bord der Sam Kendall und musterte sie genau. Er suchte an fast jedem Ort nach, außer dem, an dem Bob versteckt war, und ging an Land, fest davon überzeugt, dass sein Gefangener weiter flussaufwärts gefunden werden würde. Bob wusste natürlich nichts davon, aber er wusste, dass der Polizist in Sprechweite war, und sein Anblick raubte ihm so sehr seine wenigen verbliebenen Kräfte, dass er sich gezwungen sah, sich an einem Busch festzuhalten, um sich davor zu schützen fallen.

„Was ist los, Bob?" fragte George, der sofort an seine Seite sprang und seinen Arm um seine Taille legte, um ihn zu stützen. „Du bist einfach nur verarscht, nicht wahr ? Ich wundere mich darüber nicht. Stützen Sie sich auf mich, bis die Männer kommen. Beeilen Sie sich, Mr. Black!"

Die Männer kamen, so schnell sie konnten, und ein paar Minuten später waren sie nahe genug, um George bei der Hand zu ergreifen, was sie einer nach dem anderen taten und ihn begrüßten, als hätten sie nie damit gerechnet, ihn wiederzusehen. Dann wandten sie sich an Bob, der am Ufer lehnte und seinen tropfenden Mantel um Kopf und Gesicht geschlungen hatte.

„Bitten Sie ihn jetzt nicht, mit Ihnen zu reden", rief George gerade noch rechtzeitig, um eine Flut von Fragen zu beantworten. „Er hat nicht genug Atem , um ein Wort zu sagen. Es war alles, was er tun konnte, um mich an Land zu bringen. Fasst ihn bei den Armen, ein paar von euch, und hebt ihn hoch!"

Diese Bitte war an niemanden im Besonderen gerichtet, aber die beiden Männer, die zufällig am nächsten zu Bob standen, waren diejenigen, die ihr nachkamen. Dann wünschte sich Bob von ganzem Herzen, dass George geschwiegen hätte, denn die Männer, die ihre starken Arme durch seine schlangen, um ihm weiterzuhelfen, waren der Polizist und der Besitzer des Mais. Bobs Herz schien aufgehört zu schlagen und er zitterte so heftig, dass er kaum gehen konnte; aber er wagte es nicht, ihre Hilfsangebote abzulehnen. Sie verwechselten seine Aufregung mit Schwäche und halfen ihm sehr zärtlich über alle schwierigen Stellen hinweg. Sie sprachen nicht mit ihm, denn sie waren völlig vertieft in Georges Bericht über sein Abenteuer, den er den beiden Piloten gab, die ihn unterstützten. Alles, was Bob davon hörte, war, dass George auf der Reling des Kesseldecks saß und einen Dampfer beobachtete, der den Fluss hinunterfuhr, und als erstes wusste er, dass er im Wasser war. Er lobte Bobs Fähigkeiten als Schwimmer und schien in Bewunderung für den Mut und die Kühle versunken zu sein, die er an den Tag gelegt hatte, aber Bob hörte nichts davon. Sie näherten sich jetzt dem Landungssteg, und am Ufer brannte immer noch hell das riesige Feuer. Bob hatte Angst, daran vorbeizukommen, aber sein Glück hatte ihn noch nicht im Stich gelassen, und seine Verkleidung kam ihm zugute. Die Passagiere an Deck und die Müßiggänger am Ufer sahen ihn alle mit größtem Interesse und Neugier an, aber keiner von ihnen erkannte in ihm den „herzlichen und ehrlich aussehenden Jungen", der auf diesem gefleckten Pferd in die Siedlung geritten war ein paar Stunden vorher. Man half ihm, die Laufplanke hinauf und zu den Stufen zu gelangen, die zum Kesseldeck führten; und dort sank er nieder, als ob er keinen Schritt weiter gehen könnte.

„Hör nicht auf", sagte George, packte ihn am Arm und versuchte, ihn auf die Beine zu ziehen. „Komm in mein Zimmer und zieh deine nassen Klamotten aus. Du wirst dich erkälten, wenn du hier in diesem scharfen Wind sitzt."

Bob war sich dieser Tatsache durchaus bewusst, sagte es aber nicht, denn er hatte Angst zu sprechen, nicht einmal im Flüsterton, aus Angst, der Polizist oder dieser andere Mann könnte seine Stimme kennen. Er hielt dort an, weil er ihnen beiden entkommen wollte und hoffte, dass sie den Dampfer ohne Verzögerung verlassen würden. Er sah, wie der Kapitän die Treppe hinaufrannte, und sein Herz hüpfte vor Freude, als er die Glocke läuten hörte. Der Polizist und sein Freund sowie die Müßiggänger, die den Jungen an Bord gefolgt waren, beeilten sich, an Land zu gelangen. die Leinen und die Landungsplanke wurden an Bord gezogen; Die Motoren wurden wieder in Gang gesetzt, und als Bob sah, wie sich der Bug des Dampfers zur Flussmitte hin bewegte und die klare Wasserfläche zwischen seinen Wachen und dem Ufer immer breiter wurde, kehrten sein Mut und seine Kraft zu ihm zurück. Er ging zurück, holte seinen Koffer, den er auf dem Hauptdeck gelassen hatte, und begleitete den Jungpiloten in sein Zimmer in Texas. Seine tropfenden Kleidungsstücke und Georges wurden der Obhut des Trägers übergeben, der sie in die Kombüse trug, und als Bob seinen trägen Kreislauf durch kräftiges Reiben wiederhergestellt und seinen warmen, trockenen Anzug angezogen hatte, fühlte er sich nicht schlechter für sein langes Schwimmen. Er und George unterhielten sich ununterbrochen, während sie so verlobt waren, und als sie angezogen waren, glaubten sie, einander sehr gut zu kennen.

„Wie weit flussaufwärts gehst du?" fragte George, als sie in die Hütte gingen und ihre Plätze am Ofen einnahmen.

„Ich gehe nach St. Louis."

"Lebst du hier?"

"NEIN; Ich lebe nirgendwo", antwortete Bob, der dachte, dass es für ihn an der Zeit sei, die Existenz seines Zuhauses und all seiner Verwandten zu ignorieren, da er ziemlich weit draußen in der Welt sei.

„Kein Vater oder Mutter, keine Brüder oder Schwestern?"

"NEIN. Wenn ich meinen Hut auf dem Kopf trage, ist meine Familie bestens versorgt."

„Ich weiß, wie ich mit dir sympathisieren kann", sagte George. „Ich selbst bin fast allein auf der Welt. Die einzigen Verwandten, die ich habe, sind ein Onkel und ein Cousin. Mein Onkel ist mein Vormund und er ist jetzt an Bord des Bootes. Was werden Sie tun, wenn Sie in St. Louis ankommen?"

„Ich werde einen Mustang und eine Jagdausrüstung kaufen und in die Ebene hinausgehen."

„Was ist Ihre Idee, von St. Louis aus zu starten?"

„Warum passen da nicht alle Jäger und Fallensteller hinein? Ich verstehe, dass es das Hauptquartier des Pelzhandels ist."

"Ich war; Aber mittlerweile ist es eine umwerfende Großstadt, und die Jäger machen sich an anderen Orten auf den Weg. Warum gehst du nicht nach Denver? Das ist Hunderte Kilometer weiter. Sie sehen, dass sich das westliche Land schnell besiedelt, und wenn Sie Pelztiere finden wollen, müssen Sie in die Berge gehen."

Bob blickte in seinem braunen Arbeitszimmer auf den Boden. Jetzt begann er zu erkennen, dass er bei seinen Berechnungen einige Fehler gemacht hatte. Er nahm an, dass alles, was er tun musste, um in das Leben eines Fallenstellers einzusteigen, darin bestand, sich in St. Louis ein Pferd und ein Gewehr zu besorgen und sich sofort in die Wildnis zu stürzen, wo er alle Arten von Wild finden würde, von einem Nerz zu einem Grizzlybären. In Geographie und Geschichte war er nicht besonders bewandert, denn während seiner Schulzeit legte er großen Wert darauf, seine Bücher so weit wie möglich zu vernachlässigen; Aber aus einigen Groschenromanen hatte er eine Idee gewonnen: Er hatte gelesen, dass St. Louis ein kleiner Weiler sei – eine Festung, um die sich ein paar Blockhütten gruppierten – und dass er sich dort wiederfinden würde, wenn er dort ankäme die Grenzen der Zivilisation und umgeben von Indianern und Fallenstellern.

„Warum entscheiden Sie sich überhaupt für dieses gemeine Geschäft?" fragte George. "Weißt du irgendetwas darüber?"

"Oh ja! Ich habe viel Erfahrung in der Jagd."

„Haben Sie jemals Geld damit verdient?"

"Ich habe nie versucht."

„Und das wirst du nie tun, egal wie sehr du es versuchst. Du wirst die halbe Zeit hungrig und die ganze Zeit zerlumpt und schmutzig sein. Wenn

Sie alleine unterwegs sind , werden Sie mit Sicherheit auf einige grobe Gestalten treffen, die Ihnen alles stehlen und Sie in der Wildnis zurücklassen. Was würden Sie dann tun? Sie kennen das Land nicht und denken, Sie sollten sich verirren und eingeschneit werden? Das wäre der letzte von euch. Ich habe viele Jäger gesehen und weiß genau, was für Männer sie sind und was für ein Leben sie führen."

„Wo hast du jemals welche gesehen?" fragte Bob voller Überraschung.

„In Texas, wo mein Zuhause ist. Ich besitze eine große Rinderfarm etwas abseits des Rio Grande (oder besser gesagt, ich werde sie besitzen, wenn ich volljährig bin; mein Onkel verwaltet sie jetzt treuhänderisch für mich), und ich habe dort mein ganzes Leben bis vor etwa achtzehn Monaten gelebt. Dann machte ich mit meinem Onkel und meinem Cousin eine Vergnügungsreise den Mississippi hinauf. Ich traf Mr. Black und Mr. Scanlan, die Piloten dieses Bootes, und sie erzählten so viel über das Leben auf dem Fluss, dass ich beschloss, dem zu folgen; und hier bin ich."

„Ich wundere mich, dass dein Onkel dir erlaubt hat, so weit von zu Hause wegzugehen", rief Bob.

„Oh, es war ihm egal. Er lässt mich tun, was ich will. Aber ich werde den Fluss verlassen, sobald diese Reise beendet ist. Ich schrieb meinem Onkel und teilte ihm meine Entscheidung mit, und er kam auf mich zu und forderte mich auf, zu bleiben, bis ich ein vollwertiger Pilot werde. Aber ich habe beschlossen, nach Hause zu gehen, und ich möchte, dass du mit mir gehst. Ich brauche einen Freund mehr als jeder andere Junge auf der Welt (ich werde dir vielleicht eines Tages sagen, warum), und du musst ein Freund für mich sein, sonst hättest du nicht dein Leben riskiert, um meines zu retten."

„Wohnt Ihr Onkel und Ihr Cousin nicht bei Ihnen?"

„Ja, aber sie sind es – sie und ich nicht – willst du gehen?"

Bob antwortete nicht sofort. Er brauchte einen Freund genauso sehr wie George – er hatte bereits so großes Heimweh, dass er am liebsten weggekommen wäre und über seine Torheit geweint hätte –, aber es war schwer, die Pläne aufzugeben, die er so viele lange Monate gehegt hatte.

„Ich sage dir, Bob", fügte George ernst hinzu, „ich weiß, was ich sage, wenn ich dir versichere, dass dir ein so wilder Plan wie dieser niemals gelingen wird."

„Ich werde auf jeden Fall viel Spaß und Spannung haben", sagte Bob, „und das ist es, was ich will."

„Es macht viel mehr Spaß, an einem stürmischen Wintertag einen Sessel vor ein gemütliches Feuer zu stellen und darüber zu lesen", erwiderte

George, der sich sagte, dass er genau wusste, woher Bob all seine dummen Ideen hatte . „Alles, was Sie über dieses Leben wissen, in das Sie eintreten möchten, haben Sie einem Buch entnommen; und ich wage die Behauptung, dass, wenn Sie den Mann sehen könnten, der es geschrieben hat, Sie feststellen würden, dass er nie näher als fünfhundert Meilen an die Prärie herangekommen ist, dass er nie etwas Wildes gesehen hat, das größer als eine Taube war, und dass er Er kann ein Gewehr nicht von einer Schrotflinte unterscheiden, wenn er sie zusammen sehen sollte. Warum, Bob, die Männer, die geborene Jäger sind, machen damit nichts. Nehmen Sie sie als Klasse, und Sie werden sie als arme, elende Kerle finden. Wenn Sie Aufregung wollen, gehen Sie mit mir nach Hause. Die Mexikaner treiben dort unten Chaos mit den Viehzüchtern – Onkel John sagt, sie hätten vor nicht mehr als einem Monat zweihundert Stück Vieh gestohlen – und sie werden Ihnen genug Aufregung bereiten, um Sie zufrieden zu stellen. Außerdem haben Sie ein gutes Pferd zum Reiten, reichlich zu essen und ein dichtes Dach, das Ihnen Schutz bietet. Das ist mehr, als Sie in der Ebene haben werden, sage ich Ihnen.“

Als George aufhörte zu sprechen, öffnete sich die Tür und einer der Piloten kam in die Kabine.

KAPITEL XII
GEORGE AM RAD.

„WARUM, George", rief der Neuankömmling, „ich dachte, du hättest schon längst abgegeben."

„ O , nein", antwortete der junge Pilot. „Ich werde heute Abend meine reguläre Wache halten. Mr. Black sitzt wohl am Steuer? Mr. Scanlan, das ist Bob Owens, der Junge, der mir das Leben gerettet hat."

Der Pilot begrüßte Bob sehr herzlich und sagte viele lobende Worte zu ihm, wobei er den Mut lobte, den er an den Tag legte, als er über Bord sprang, um einen ihm Unbekannten zu retten.

„Er wird mich besser kennen lernen, bevor er das letzte von mir sieht", sagte George. „Ich werde ihn mit nach Texas nehmen."

„Ich hoffe, Sie gehen nicht", sagte Mr. Scanlan. „Du hast einen guten Anfang gemacht und solltest bei uns bleiben, bis du den Fluss lernst. Es dauert nicht länger als ein Jahr, und dann können Sie ganz einfach Ihre zweihundertfünfzig Dollar im Monat verdienen."

„Ich denke, aufgrund einiger Dinge, die passiert sind, sollte ich besser nach Hause gehen und sehen, was dort vor sich geht", antwortete der Junge. „Ich gehe jetzt ins Steuerhaus, Bob, und du musst mit mir gehen und sehen, was für ein guter Steuermann ich bin", fügte er hastig hinzu, als wollte er das Gespräch auf eine andere Ebene lenken. „Aber bevor wir gehen, trinken wir noch eine Tasse heißen Kaffee und essen etwas."

Als George dies sagte, trat er an den Tisch, warf das Tuch zurück, das ihn bedeckte, und gab sich bereit, ein reichhaltiges Mittagessen zu sehen. Es wurde dort jede Nacht zur Unterbringung der Offiziere aufgestellt, die während der Wache Wache halten sollten. Die aufregende Szene, die sie gerade erlebt hatten, hatte den Jungen nicht den Appetit genommen, und sie entledigten sich eines guten Teils der netten Dinge, die ihnen der Verwalter zur Verfügung gestellt hatte. Als sie so viel gegessen hatten, wie sie wollten, zog George die Decke wieder über den Tisch und ging voran ins Steuerhaus. Mr. Black begrüßte sie sehr herzlich und machte Bob ebenso viele Komplimente wie Mr. Scanlan.

„Ich will dich heute Abend nicht hier oben haben, George", sagte er, nachdem er sich ein paar Minuten mit Bob unterhalten hatte. „Geh runter und lege dich um. Lass Bob in meiner Koje schlafen."

„ Oh , ich habe genug Geld, um meinen Fahrpreis zu bezahlen und mir eine Kabine zu sichern", sagte Bob.

„Die Zimmer sind alle voll – wir haben auf dieser Reise eine große Passagierliste – und müssen uns also um Sie kümmern", antwortete George. „Aber du willst jetzt nicht ins Bett gehen und ich auch nicht. Ich übernehme das Steuer."

„Aber ich habe Angst, es Ihnen anzuvertrauen", sagte der Pilot.

„Warum, glaubst du nicht, dass ich diesen Teil des Flusses kenne?" forderte George. „Ich werde ihren Mast auf der Gruppe hoher Bäume dort oben in der Kurve halten, bis ihr Steuerbordschornstein auf die Lichtung dort rechts trifft, und dann werde ich –"

„Das verstehe ich alles. Sie kennen den Fluss hier so gut wie ich; Aber es gibt noch etwas anderes als Hindernisse und Stäbe, auf das wir bei dieser Reise achten müssen."

Während dieses Gespräch stattfand, setzte sich Bob auf die erhöhte Bank im hinteren Teil des Ruderhauses und sah sich mit größtem Interesse um. Für ihn war alles neu und fremd. Er war noch nie zuvor auf einem Dampfschiff gereist und fühlte sich jetzt viel unruhiger und ängstlicher als damals, als er vor zwei Stunden mit der Strömung kämpfte. Geführt von den geschickten Händen von Mr. Black pflügte sich die Sam Kendall den Fluss hinauf durch eine Dunkelheit, die so intensiv war, dass jemand, der mit solchen Dingen nicht vertraut war, hätte annehmen können, dass ihr Pilot mit überdurchschnittlichen Sehfähigkeiten gesegnet sein musste, um dazu in der Lage zu sein Folge dem Kanal. Die hohen Bäume am Ufer ragten dunkel vor dem bewölkten Himmel auf, warfen einen düsteren Schatten fast über den Fluss und hinterließen nur einen hellen, silbernen Streifen in der Mitte, der so deutlich zu sehen war wie der „Nachtfalke" auf der Gabel. Hin und wieder wurde der Fluss ein kurzes Stück weiter für einen Moment von einem hellen Schein von unten erleuchtet, während die rußigen, schwitzenden Feuerwehrleute die Ofentüren öffneten, um die brüllend glühende Masse unter den Kesseln wieder aufzufüllen, und Dann, nachdem ihre Aufgabe erledigt war und die Türen sich wieder schlossen, würde die Dunkelheit, die noch schwärzer schien als zuvor, wieder alles vor dem Blick verbergen. Es war schon lange nach Mitternacht. Die Passagiere, die durch den Aufruhr geweckt worden waren, als man entdeckte, dass der junge Pilot über Bord gefallen war, hatten sich alle wieder in ihre Kabinen zurückgezogen, und an Bord des Dampfers regte sich niemand außer den Feuerwehrmännern, zwei Ingenieuren und den anderen Wächter, der gerade seine Runde gemacht hatte, und unsere drei Freunde im Steuerhaus. Ja! – es gab noch einen anderen wachen Menschen, und er erschien viel früher, als er wollte.

„Sie sagen, wir müssen auf dieser Reise auf etwas anderes als Stäbe und Baumstümpfe achten", sagte George. „Wovor gibt es sonst noch Angst zu haben?"

"Feuer!" antwortete Herr Black.

George öffnete die Augen und sah den Piloten an.

"Ja. Das ist schlimmer als Baumstümpfe und Stäbe; Und wenn ein Boot unter Ihnen abgebrannt ist, werden Sie Ihr Leben lang nie wieder einen Funken Feuer sehen wollen. Ich verstehe jedenfalls nicht, warum Leute eine solche Wanne wie diese bevorzugen, und das würden sie auch nicht tun, wenn sie so viel wüssten wie ich. Sie ist ein verrotteter alter Klotz, und wenn sie unterwegs ist, zittert sie, als würde sie gleich in Stücke fallen. Sie hat eine Kabine voller Passagiere, eine Fracht im Wert von sechzigtausend Dollar im Laderaum, und der Kapitän besitzt einen großen Anteil daran. Mehr als das: Das Boot ist für dreißigtausend Dollar versichert, und es ist keine zehn wert."

"Also?" sagte George.

„Nun", wiederholte der Lotse, „es ist eine einzigartige Tatsache, dass jedes Boot und zwei oder drei wertvolle Ladungen, an denen Kapitän Chamberlain interessiert war, ein schlechtes Ende genommen haben." Merken Sie sich jetzt meine Worte, George: Die alte Sam Kendall hat ihr ganzes Seil ausgeschöpft. Sie wird ihre Knochen zwischen hier und St. Louis niederlegen."

"Unsinn!" rief George aus. „Ich weiß, warum du das sagst. Da ist kein Wort der Wahrheit drin."

„George", sagte Mr. Black feierlich, „ich bin viel älter als Sie und weiß genau, wovon ich spreche." Jetzt wissen Sie, warum ich Ihnen das Steuer nicht allein anvertrauen möchte. Aber ich bin ziemlich hungrig, das ist eine Tatsache, und hätte gerne eine Tasse Kaffee."

„Das Mittagessen ist fertig . Bob und ich sind gerade von dort hochgekommen."

„Dann werde ich wohl für eine Minute runterlaufen, und solange ich weg bin, gibst du das Steuer für niemanden außer Ed aus deinen Händen. Scanlan. Hörst du ?"

„Das tue ich", antwortete George, als er die Speichen ergriff, „und ich werde mich auch daran erinnern."

Mr. Black verließ das Ruderhaus und Bob und George blieben sich selbst überlassen. Ersterer war jetzt in seinem Glanz. Er liebte ein Dampfschiff, so wie manche Jungen ein Pferd lieben und andere einen Hund und eine Waffe. Das Gefühl der Verantwortung, die auf ihm lastete, ließ sein Herz höher schlagen. Da war dieser große Dampfer, der schwankte und ächzte, als er den Fluss hinaufjagte, so schnell seine leistungsstarken Maschinen ihn treiben konnten, hundert und mehr Passagiere, die ruhig in ihren Kojen darunter schliefen, Fracht im Wert von sechzigtausend Dollar, die auf dem Unterdeck verstaut war, und … im Laderaum, und dieses mächtige Fahrzeug mit seiner Ladung kostbarer Leben und wertvoller Besitztümer befand sich in seiner Obhut und gehorchte der kleinsten Bewegung seines schwächlichen Arms. Welche Verwirrung könnte er stiften, und was für eine Verschwendung von Leben und Geld könnte er in einer kurzen Minute anrichten, wenn er sich dazu entschließen würde!

„Nun, Bob, ist das nicht herrlich?" rief George mit großer Begeisterung aus.

„Ich – ja: aber was lässt sie so zittern? und wie schrecklich dunkel es ist!" antwortete Bob, der wider Willen ein wenig zitterte. Für seine unerfahrenen Augen sah es so aus, als würde George das Boot direkt auf das Ufer zusteuern.

„Oh, jeder Dampfer wackelt mehr oder weniger, aber keiner ist so stark wie dieser. Sie ist fast bereit, an Altersschwäche zu sterben. Ihr Rumpf ist nicht halb so stark für ihre Motoren."

„Ich kann nicht verstehen, wie man sehen kann, wohin man geht. Kannst du das Wasser sehen?"

„Nicht sehr deutlich; aber ich kann die Bäume am Ufer sehen, und an ihnen orientiere ich mich."

„Ich wünschte, ich wäre da draußen unter ihnen", sagte Bob. „Ich würde lieber alleine campen, als hier zu sein. Was meinte Mr. Black, als er sagte, dass dieses Boot seine Knochen zwischen hier und St. Louis niederlegen wird?"

„Oh, ist es das, was dich beunruhigt? Nun ja, es ist alles Mondschein."

„Aber was meinte er damit?"

„Ich schäme mich fast, es dir zu sagen. Ich weiß nicht, ob Sie es wissen oder nicht, aber Flussmänner sind genauso abergläubisch wie Seeleute. Ich hörte einmal einen Seemann in New Orleans sagen, wenn Ratten ein Schiff verließen, sei das ein sicheres Zeichen dafür, dass ihr etwas zustoßen würde. Flussmänner haben einige ebenso absurde Ideen. Einer ihrer Aussprüche besagt, dass ein Pfarrer und ein Schimmel jedes Boot versenken werden, das schwimmt. Wenn das der Fall ist, müssen wir untergehen, denn ein Geistlicher, der ein graues Pferd besaß, bestieg uns in New Orleans und begleitete uns bis nach Donaldsonville. Das ist es, was Mr. Black beunruhigt; Aber es beunruhigt mich nicht halb so sehr wie dieses schlechte Flussstück, zu dem wir jetzt kommen. Irgendwo hier in der Nähe gibt es einen Säger, der in letzter Zeit viel Schaden angerichtet hat. Die John Barleycorn sank vor etwa zwei Wochen genau in dieser Kurve, in einer Nacht wie dieser, und 25 ihrer Passagiere und Besatzungsmitglieder gingen mit ihr unter. Ich klingele, und wenn wir die Stange berühren , weiß ich genau, wo ich nach dem Haken suchen muss."

An einem Ring im Dach des Ruderhauses war ein langes Seil befestigt, das aus dem Fenster zur Zunge der riesigen Glocke führte, die im vorderen Teil des Hurrikandecks stand. Dieses Seil war für den Lotsen bestimmt, der, wenn er wissen wollte, wie viel Wasser sich in dem Kanal befand, durch den sein Boot fuhr, ein- oder zweimal auf die Glocke drückte, je nachdem, wie er das Blei nach Steuerbord werfen wollte oder wollte Backbordseite des Vorschiffs. George ergriff das Seil, und in diesem Moment öffnete sich die Tür und der Kapitän kam herein. Der junge Pilot warf keinen zweiten Blick auf ihn, nachdem er herausgefunden hatte, wer er war, denn er war ein Mann, den er nicht mochte. Er klingelte, um die Führung zu erhalten, und ging auf die andere Seite des Lenkrads; der Kapitän setzte sich neben Bob auf die erhöhte Bank und blickte aus dem Fenster; und der Wächter kam herauf und nahm seinen Platz auf dem Hurrikandeck in der Nähe der Glocke ein, um das Wort zu verkünden.

„Wo ist Mr. Black?" fragte der Kapitän.

„Ich bin zum Mittagessen gegangen", antwortete George; und in diesem Moment rief der Wächter: „Kein Boden."

„Das ist Dogtooth Bend, nicht wahr?" fragte der Kapitän.

"Nein Sir; es ist Draytons."

„Tief vier!" schrie der Wächter. (Vierundzwanzig Fuß.)

„Und hat Mr. Black Sie hier allein gelassen, um mit dem Boot durch diesen schlechten Fluss zu fahren?" fuhr der Kapitän fort.

"Jawohl; denn er weiß, dass ich Manns genug bin, es zu tun. Ich habe sie in einer noch schlimmeren Nacht hierher gebracht, und auch bei einem schlimmeren Wasserstand."

„Viertel minus drei!" schrie der Wächter. (Siebzehneinhalb Fuß.)

„Diese Regelung gefällt mir nicht", sagte der Kapitän. „Sie sind kein lizenzierter Pilot, und wenn Sie das Boot versenken , verliere ich meine Versicherung."

"Mark Twain!" (Zwölf Fuß.)

„Sie werden als Erstes an der Bar sein", rief der Kapitän und sprang auf. „Das Wasser nimmt schnell zu. Machen Sie sofort langsamer."

„In zwei weiteren Minuten bin ich sicher drüber, denn dort, wo ich hinfahre, gibt es genug Wasser", antwortete George, der sich wünschte, der

Kapitän würde sich um seine eigenen Angelegenheiten kümmern und ihn seine ganze Aufmerksamkeit dem Steuern des Bootes widmen lassen.

„Neun Fuß!" schrie der Wächter.

„Halt sie auf!" befahl der Kapitän.

„Das ist nicht nötig, Sir, denn wir sind jetzt vorbei", sagte George; und das bewies es, denn das nächste Wort war „kein Boden". George klingelte, um zu zeigen, dass er mit der Führung fertig war, und der Kapitän fuhr fort:

„Der Baumstumpf, den das Gerstenkorn aufgesammelt hat, ist doch irgendwo hier, nicht wahr?"

„Ja, Sir, zweihundert Meter über mir; Und was noch schlimmer ist: Ein Teil des Wracks der Barleycorn liegt direkt im Kanal."

„Nun, Sie gehen besser nach unten und sagen Mr. Black, er solle hierher kommen. Ich vertraue ihm lieber als dir. Ich werde auf sie aufpassen, bis er kommt", sagte der Kapitän und ging zum Steuerrad.

„Ich kann mich selbst um sie kümmern", antwortete der junge Pilot.

„Aber ich glaube nicht, dass es sicher ist, dir zu vertrauen. Das ist mein Boot und es steht viel auf dem Spiel. Gib mir das Steuer."

„Ich würde es lieber nicht tun, Sir. Mr. Black hat mir ausdrücklich gesagt, ich solle es niemandem außer ihm selbst oder Mr. Scanlan in die Hände geben."

„Nun, Mr. Black steht unter meinen Befehlen, und Sie auch. Lass das Rad los!"

Der Kapitän versuchte, George von seinem Posten wegzustoßen, aber der Junge klammerte sich mit aller Kraft an die Speichen und blickte aus dem Fenster nach dem Wächter, um ihn nach unten zu schicken, um Mr. Black zu rufen. Doch nachdem der Wächter seine Pflicht erfüllt hatte, das Wort weiterzugeben, war er seines Weges gegangen, und George musste seine Schlachten allein ausfechten.

„Wirst du das Rad loslassen?" forderte der Kapitän in wildem Ton.

„Nein, das werde ich nicht", antwortete George bestimmt. „Ich weiß, was Sie wollen, und Mr. Black weiß es auch. Sie wollen dieses Boot versenken und das Versicherungsgeld dafür bekommen; aber das können Sie nicht tun, solange ich im Ruderhaus bin!"

Diese kühne Erklärung hielt den Arm fest, den der Kapitän erhoben hatte, um den jungen Piloten zu schlagen. Er stand einen Moment lang regungslos und sprachlos da, die geballte Hand in der Luft, dann fiel der Schlag und der

Junge fiel auf das Deck. Einen Moment lang lag er benommen und verwirrt da, dann kam er torkelnd auf die Beine und blickte hinaus. Der gefürchtete Haken war in der Dunkelheit undeutlich zu erkennen, und was noch schlimmer war: Die Sam Kendall befand sich außerhalb der Fahrrinne und steuerte mit voller Geschwindigkeit darauf zu. George dachte an die schlafenden Passagiere unten und unternahm einen verzweifelten Versuch, sie und das Boot zu retten. Er ergriff eines der Seile, die von dem Pfosten führten, der das Rad zum Maschinenraum hinabhielt, und riss es heftig. Es war die Stoppglocke, und der Lokführer reagierte schnell darauf. George versuchte dann, die Backing-Glocke zu erreichen, aber der Kapitän drehte sich heftig zu ihm um und schlug ihn erneut auf das Deck. Aber George hatte das Boot gerettet. Die Backbordmaschine wurde fast sofort gestoppt, während die Steuerbordmaschine so schnell wie eh und je weiterarbeitete; Und obwohl der Kapitän das Steuerrad so schnell er konnte umwarf, gelang es ihm nicht, das Ruder dazu zu bringen, die ungeheure Kraft des riesigen Schaufelrads zu überwinden. Der Bug des Dampfers schwang schnell vom Haken weg, und die Passagiere schliefen weiter, ohne sich der Gefahr bewusst zu sein, der sie so knapp entkommen waren.

George kam in einem traurig demoralisierten Zustand wieder auf die Beine. Der letzte Schlag des Kapitäns war fast zu viel für ihn. Er lehnte sich ein paar Sekunden lang auf die Bank, und als er sich einigermaßen erholt hatte, sah er, dass die Tür des Ruderhauses offen stand, dass niemand am Steuer saß und dass der Dampfer mit furchtbarer Geschwindigkeit auf das Ufer zusteuerte . Es dauerte nur ein paar Minuten, zu seinem Posten zu springen, den Steuerbordmotor abzustellen, den anderen zu starten und das Boot wieder in den Kanal zu bringen, mit dem Kopf stromaufwärts. Gerade als es ihm gelungen war, eilte Mr. Black herein und ergriff das Steuer.

Alle diese Vorfälle dauerten nur sehr kurze Zeit. Der Kapitän war nicht länger als drei oder vier Minuten im Ruderhaus, und während dieser Zeit saß Bob auf der Bank, wechselte zwischen Hoffnung und Angst und beobachtete die seltsame Szene, die sich vor ihm abspielte. Er schaute mit weit geöffnetem Mund und weit aufgerissenen Augen zu, konnte aber nichts tun. Er rechnete jeden Augenblick damit, dass das Boot explodieren oder in Stücke zerfallen würde oder irgendetwas anderes ebenso Schreckliches tun würde, und er hätte alles gegeben, was er konnte, um an Land sicher zu sein. Er atmete leichter, als er Mr. Black hereinkommen sah; aber wenn er es nur gewusst hätte, stünde ihm eine weitere, noch härtere Prüfung seines Mutes bevor.

„Warum läutest du so viele Glocken, George?" fragte der Pilot. „Hat sie dir einen Scherz verpasst?"

"Nein Sir; aber ich schätze, ich habe sie dazu gebracht, den Kapitän zu scheren", war die schwache Antwort.

"Der alte Mann!" rief Mr. Black aus. „Er war nicht hier drin!"

„Hat er das aber nicht? Mein Kopf erzählt mir eine andere Geschichte. Er stieß mich vom Steuerrad, weil ich es ihm nicht überlassen wollte, und versuchte, das Boot über den Baumstumpf zu steuern, der die Barleycorn zum Sinken brachte."

Mr. Black war zutiefst erstaunt. Er schaute zu Bob, der bedeutsam nickte, und begann dann, sich nach den Einzelheiten des Falles zu erkundigen. Durch viele Fragen (die Jungen konnten ihre Geschichte nicht zusammenhängend erzählen, der eine war etwas verwirrt und der andere sehr aufgeregt und beunruhigt) erlangte er schließlich eine ziemlich gute Vorstellung davon, was während seiner Abwesenheit im Steuerhaus passiert war. Er äußerte sich nicht dazu, sondern widmete sich, nachdem er alles erfahren hatte, was er wissen wollte, ganz der Arbeit, das Schiff zu steuern, und schien gleichzeitig eifrig nachzudenken. George saß an Bobs Seite auf der Bank, erholte sich allmählich von den Auswirkungen seines Kampfes mit dem Kapitän und erklärte nach einer halben Stunde, dass es ihm gut gehe, bis auf leichte Kopfschmerzen.

„Nun, du gehst besser runter und schläfst dich aus", sagte der Pilot.

„ Oh , nein!" antwortete George; „Ich möchte steuern. Sie müssen bedenken, Mr. Black, dass ich nicht mehr viele Gelegenheiten haben werde, das Steuer in die Hand zu nehmen. Sobald wir St. Louis erreichen, werde ich – Was ist das?"

Der Pilot und die beiden Jungen hielten den Atem an und lauschten.

"Das ist so; Was *ist* das?" rief Herr Black aus; Und wäre es im Ruderhaus hell genug gewesen, um den Jungen zu ermöglichen, seine Gesichtszüge zu erkennen, hätten sie gesehen, dass sein Gesicht so bleich war wie der Tod. Unten war ein schrecklicher Aufruhr zu hören, der deutlich über dem Pfeifen der Auspuffrohre und dem Stampfen der Schaufelräder zu hören war. Heisere Stimmen schrien hastig Befehle und stießen Alarmrufe aus; schwere Füße liefen hin und her ; Und dann entstand plötzlich ein noch größerer Aufruhr in der Kabine, als ob die Passagiere aus dem Schlaf geweckt worden wären und einer schrecklichen Gefahr gegenüber stünden. Einen Moment später schrie einer der wachhabenden Ingenieure ein Wort durch die Trompete, die vom Unterdeck zum Steuerhaus führte, was zwei der Zuhörer fast lähmte und alles erklärte.

"Feuer!" schrie der Ingenieur.

Die beiden Jungen sprangen voller Bestürzung auf und blickten sich einige Sekunden lang an, ohne die Kraft zu haben, sich zu bewegen oder zu sprechen. Bob wusste instinktiv, dass etwas Schreckliches passiert war, aber er war sich der Gefahr ihrer Situation nicht ganz bewusst.

„Er will nicht – er kann nicht sagen, dass das Boot brennt!" es gelang ihm endlich, nach Luft zu schnappen.

„Das ist genau das Problem", antwortete Mr. Black.

„Warum, wie – wie –"

„Es lässt sich nicht sagen, wie das Feuer ausbrach, falls Sie das wissen wollen. Was habe ich dir gesagt, George? Das wundert mich nicht, denn ich habe schon lange damit gerechnet, dass der alten Wanne so etwas oder etwas Schlimmes passieren könnte. Für mich ist es ein Wunder, dass sie so lange über Wasser geblieben ist. Aber sie ist jetzt eine tote Ente. Sie wird wie eine Zunderbüchse verschwinden."

„Nun, wir wollen nicht mit ihr gehen", rief George ganz aufgeregt. „Dreh sie zur Bank. Bring sie an Land!"

Er sprang nach vorn, um Mr. Black dabei zu helfen, das Boot herumzuschwenken, aber kaum hatten sie ihre Kraft auf das Steuerrad gerichtet, schien etwas auf einmal nachzugeben, das Steuerrad flog ihnen aus der Hand und George fiel auf das Deck alles auf einen Haufen, während Mr. Black sich nur rettete, indem er sich an einer Stütze festhielt.

"Was ist los?" rief George, als er aufstand.

„Das Pinnenseil hat sich gelöst und das Boot ist unkontrollierbar", lautete die entsetzliche Antwort. „Sie wird brennen und im tiefsten Teil des Kanals versinken, und ich kann keinen Schwimmzug machen."

Als Bob diese Worte hörte , sank er vor Schreck fast überwältigt auf die Bank. In diesem Moment sprang Mr. Scanlan die Stufen zum Hurrikandeck hinauf, seine Stiefel in der Hand und seinen Mantel über dem Arm. „Was ist mit dir da drin?" er forderte an. „Schläft ihr beide? Wussten Sie nicht, dass wir alle unten in Flammen stehen? Bring sie an Land."

„Das können wir nicht. Das Pinnenseil ist abgebrannt!"

„Ausgebrannt", wiederholte Mr. Scanlan, als er ins Steuerhaus gestürmt kam. „Ich dachte, der Wächter hätte gesagt, das Feuer sei in der Kombüse. Nun ja, ich schwan!" fügte er hinzu, als Mr. Black das Rad drehte, um zu zeigen, dass das Seil nicht mehr damit verbunden war. „Wir müssen schon zur Hälfte verbrannt sein."

„Who-whoop!" schrie George durch die Trompete.

"Hallo!" schrie einer der Ingenieure als Antwort.

„Wir haben keine Kontrolle über das Ruder und müssen mit den Rädern unser Bestes geben", sagte George.

„Alles klar", war die Antwort des Ingenieurs. „Es wird rauchig, aber wir bleiben so lange wir können."

Mr. Black klingelte, um die Backbordmaschine anzuhalten und dann rückwärts zu fahren, während die andere noch vorne arbeitete, und dies brachte die Sam Kendall herum, bis sie direkt auf der anderen Seite des Kanals lag und ihr Bug auf das linke Ufer zeigte. Dann bremste er mit der Steuerbordmaschine ab, kam backbord stark voran, und das Boot schoss schnell über den Fluss, während die drei Lotsen mit nicht geringer Sorge auf das Ergebnis warteten. Wenn genug Wasser vorhanden wäre, um den Dampfer schwimmen zu lassen, würde sein Bug bald das Ufer berühren; Doch kaum war ihnen dieser Gedanke durch den Kopf gegangen, als es zu einer Erschütterung kam, die sie fast von den Füßen warf, die Schornsteine wild erschütterte und die hohen Schornsteine ins Wanken brachte, als wären sie kurz davor, über Bord zu fallen . Das Boot war zweihundert Yards vom Ufer entfernt auf die Barke gefahren und auch mit so viel Kraft weitergefahren, dass es festgeklemmt blieb; denn obwohl die Maschinen mit voller Kraft unterstützt wurden, konnten sie das Schiff nicht einen Zentimeter anwerfen.

KAPITEL XIII
DIE VERBRENNUNG DES SAM KENDALL.

"Das Spiel ist aus!" schrie einer der Ingenieure durch die Trompete, und seine Stimme klang, als wäre er halb erstickt. „Es ist unmöglich, länger hier zu bleiben. Zu viel Rauch. Kann nicht atmen!"

„Nun, halten Sie sie an und verschiffen Sie sie, bevor Sie gehen", rief Mr. Scanlan ernst. „Kommen Sie stark voran, und vielleicht gelingt es ihr, näher heranzukommen."

Einer der Ingenieure gehorchte dem Befehl, aber der andere war zweifellos durch den Rauch oder die Flammen von seinem Posten vertrieben worden, denn seine Maschine setzte ihre Rückwärtsbewegung fort, während der andere vorwärts arbeitete. Das Ergebnis dieses Kräftegegensatzes war, dass die Sam Kendall trotz der Strömung vollkommen bewegungslos blieb. Ihr Bug lag fest auf der Bar (dort standen jedoch sieben Fuß Wasser, so dass diejenigen ihrer Passagiere und Besatzungsmitglieder, die nicht schwimmen konnten, genauso in Gefahr waren, wie sie gewesen wären, wenn das Boot mitten im Wasser vor Anker gelegen hätte Fluss), und als die Schweinekettenstreben verbrannt waren, zerbrach sie in zwei Teile und versank im Kanal.

Während dieser Zeit hatte das Feuer rasche Fortschritte gemacht, und jetzt stiegen auf allen Seiten dicke Rauchwolken auf, und die Ufer des Flusses waren in grellem Glanz erleuchtet, was zeigte, dass sich unter dem Hurrikandeck alles in Flammen befand. Außer den Piloten und Bob Owens befand sich niemand auf diesem Deck. Der Kapitän war seit Alarmierung nicht mehr gesehen worden. Die Piloten hatten alles getan , was Männer tun konnten. Mit solchem Mut und der Standhaftigkeit, die sie an den Tag legten , wäre es ihnen vielleicht gelungen, das Boot in eine solche Position zu bringen, dass jeder an Bord ans Ufer hätte fliehen können, wenn sie nicht gleich zu Beginn durch den Bruch des Pinnenseils verkrüppelt worden wären . Sie könnten in diesem Pilotenhaus keinen weiteren Nutzen mehr haben.

„Die Schablone ist auch bei uns", sagte Mr. Scanlan und blickte wehmütig auf die Bäume am Ufer, die im Licht der Flammen deutlich sichtbar waren. „Wenn ich mein Leben noch einmal leben könnte, wäre meine erste harte Arbeit, schwimmen zu lernen. Nun, Jungs, ihr habt so etwas noch nie zuvor gesehen, aber ich schon, und ein Wort der Vorsicht könnte euch nützlich sein. Wenn Sie ans Wasser gehen, wie wir es jetzt alle tun müssen, stellen Sie sicher, dass sich niemand in Ihrer Nähe befindet. Der Griff eines Ertrinkenden ist wie ein Schraubstock. Jetzt lasst uns gehen und sehen, ob wir irgendjemandem helfen können."

Bob folgte seinen Gefährten aus dem Ruderhaus, blieb aber am Fuß der Treppe stehen und stand entsetzt über der Szene, die sich ihm bot. Bis zu diesem Zeitpunkt hatte er sich wie ein Traum bewegt und schien nicht zu bemerken, was um ihn herum vorging; Aber jetzt war er sich der Gefahren, die ihn bedrohten, völlig bewusst und hatte tatsächlich Angst. Das Deck, auf dem er stand, war so heiß, dass er seine Hand nicht darauf halten konnte, und die Flammen schlugen von beiden Seiten des dem Untergang geweihten Dampfers aus, dessen zerbrechliche, fantasievolle Oberbauten wie viel Papier brannten, und das Licht, das sie warfen Aus dem Weg konnte Bob einen weiten Blick flussaufwärts und flussabwärts werfen. Die dunkle, schlammige Oberfläche des Baches war übersät mit Männern und Frauen, die sich ins Wasser begeben hatten und auf Tischen, Stühlen oder was auch immer sie sonst noch in die Finger bekommen konnten, mit der Strömung treiben ließen, bevor sie sich dem tückischen Element anvertrauten. Während er hinschaute, sah er, wie mehr als ein Unglücklicher von seiner schwachen Stütze abrutschte und nach vergeblichen Versuchen , sie wiederzugewinnen, die Hände über den Kopf warf und außer Sichtweite sank. Bob stand da und zitterte, während er hinsah.

„Kommt, kommt, Jungs!" rief Mr. Black hastig aus; „Dies ist keine Zeit, untätig zu sein. Das Vorschiff ist voller Passagiere, die gerettet werden müssen."

Diese Worte brachten George wieder zur Vernunft und erweckten sogar Bob Owens zum Leben. Letzterer begann zu denken, dass er nie gewusst hatte, was Mut sei. Hier waren diese Männer, die nicht schwimmen konnten und daher genauso in Gefahr waren wie alle anderen Personen an Bord des Bootes, da sie an andere statt an sich selbst dachten. Bobs erster Impuls, nachdem er völlig aufgewacht war, war, nach Nummer eins Ausschau zu halten; aber er wurde durch die Aktionen der Piloten zurückgehalten. Er war kein Feigling – das hatte er zur Zufriedenheit aller bewiesen. Er war einfach unerfahren und brauchte ein Beispiel, das ihn anspornte und ihm zeigte, was zu tun war. Die Fortsetzung bewies, dass er auch ein begabter Schüler war.

Bob sah sich nach Mr. Scanlan um, konnte ihn aber nicht sehen. Mr. Black und George standen in der Nähe des Steuerbord-Steuerhauses und schauten über die Seite; und als Bob heraufkam, stellte er fest, dass sie ihren Partner beobachteten, der versuchte, eines der Kesseldeckboote des Dampfers ins Wasser zu bringen. Offensichtlich war jemand vor ihm dort gewesen, mit dem gleichen Ziel, denn die Reling war weggeschnitten, und der Bug der Jolle hing über die Seite hinaus, so dass nur ein kräftiger Stoß nötig war, um sie hineinzuschicken der Fluss. Es war ein Glück, dass dies der Fall war, denn das Feuer war so heiß und der Rauch so dicht und erstickend, dass niemand zwei Minuten dort bleiben und überleben konnte. Mr. Scanlan schien den Tod herbeizurufen, indem er halb so lange dort blieb. Die Flammen schlugen ihm ins Gesicht, versengten sein Haar und seinen Schnurrbart, und hin und wieder rollten dicke Rauchwolken über ihn hinweg und verdeckten ihn völlig vor den Blicken. Er warf den langen Maler zu Mr. Black, stieß das Boot über Bord und kletterte mit Bobs und Georges Hilfe zurück zum Hurrikandeck. Er rannte zur gegenüberliegenden Seite des Bootes, um frische Luft zu schnappen, wischte sich den Rauch aus den Augen, wischte die Feuerfunken ab, die an seiner Kleidung hafteten, und eilte Mr. Black zu Hilfe, der zu Fuß ging entlang des Decks zog das Boot zum Vorschiff, wo sich einige Passagiere und Besatzungsmitglieder außer Reichweite der Flammen zurückgezogen hatten.

Keine Sprache kann beschreiben, was Bob sah, als er auf das Vorschiff herabblickte. Er vergaß es nie: Es störte noch viele Nächte später seinen Schlaf. Dort waren Männer, Frauen und Kinder versammelt; Einige hockten schüchtern am Fuße des Mastes und beobachteten das Feuer, das sich ihnen schnell näherte, andere rannten hektisch umher und suchten nach vermissten Verwandten oder Freunden, oder kreischten vor Angst und flehten um Hilfe, die nie kam. Starke Männer kämpften um den Besitz eines Bretts oder Stuhls, und einige sprangen rücksichtslos ins Wasser, packten den ersten Gegenstand, der in Reichweite kam, bei dem es sich oft um einen verzweifelt um sein Leben kämpfenden Mitmenschen handelte, und hielten ihn mit tödlichem Griff fest bis beide gemeinsam außer Sichtweite waren.

Die Verbrennung des „Sam Kendall".

Bob erfasste alles mit einem Blick und richtete dann seine Aufmerksamkeit auf die Jolle, die Mr. Black inzwischen ans Vorderdeck herangezogen hatte. Die verängstigten Männer schrien vor Freude, als sie es sahen. Es wurde ein allgemeiner Ansturm darauf unternommen, trotz der Proteste von Mr. Black, der verzweifelt nach jemandem rief, der die Menge zurückhalten sollte, und ihnen versicherte, dass, wenn sie sich nur wie vernünftige Wesen verhalten würden, noch genug Zeit wäre, jede Seele zu retten an Bord des Bootes. Aber die Menge auf dem Vorschiff schenkte ihm keine Beachtung. Wahrscheinlich haben sie seine Stimme überhaupt nie gehört. Sie rannten gemeinsam auf die Jolle zu, die in einer weiteren Minute so voll gewesen wäre, dass sie unter ihrer Ladung gesunken wäre, wenn sich nicht gerade ein unerwarteter Vorfall ereignet hätte.

Die ersten, die das Boot erreichten, waren ein paar Feuerwehrleute (wir bedauern, dass wir die Namen der Feiglinge nicht kennen, damit wir sie veröffentlichen können, denn dieser Umstand ist tatsächlich eingetreten), von denen einer den Maler Mr. Blacks Griff entriss , während der andere seine Schulter an die Seite legte und mit einem kräftigen Stoß die Jolle weit von dem brennenden Dampfer entfernte. Es war eine grausame Enttäuschung für die Zurückgebliebenen und die Panik unter ihnen verstärkte sich erheblich. Die Piloten konnten sich kaum beherrschen. Sie stampften über das Deck und flehten und befahlen, aber alles ohne Erfolg. Ihre Worte stießen auf taube Ohren.

„Ist da unten niemand, der eine Pistole hat?" schrie Herr Scanlan. „Wenn ja, soll er sie erschießen – erschieße sie wie Hunde. Komm zurück. Es ist genug Zeit, dich und alle anderen zu retten!"

Doch die Feuerwehrleute kamen nicht zurück. Sie zogen direkt zum Ufer, und als sie es erreichten, sprangen sie heraus und rannten das Ufer hinauf. Die Jolle, die sie nicht zu sichern versuchten, drehte sich auf der Breitseite zum Ufer und trieb mit der Strömung davon.

„Jetzt ist es an der Zeit, dass wir auf uns selbst aufpassen", sagte Mr. Black, als ein Windstoß eine dünne Flammenzunge von unten aufsteigen ließ und sie über das Deck wirbelte. „Kommt, wir alle. Wo ist Bob?"

„Ich habe ihn hier gerade gesehen, als diese Männer mit der Jolle davonliefen", antwortete George. „Aber er scheint jetzt nicht in Sicht zu sein. Was soll ich tun, wenn er mich verlassen hat? Bob, wo bist du?"

Es kam keine Antwort, und Bob war nicht zu sehen. Er war verschwunden, und die Piloten konnten nicht aufhören, nach ihm zu suchen, denn ihre eigene Situation wurde immer gefährlicher. Das Boot brannte fast in zwei Teilen nieder und Teile des Hurrikandecks stürzten jeden Moment ein. Sie würden ein großes Risiko eingehen, wenn sie zwischen den verängstigten Leuten auf dem Vorschiff untergingen, denn sie konnten nicht schwimmen, und wenn sie etwas fanden, das ihnen als Lebensretter dienen konnte, würde ihnen jemand es mit Sicherheit wegnehmen . Ihre einzige Fluchtmöglichkeit war der Bohrturm am Heck. Einmütig eilten sie darauf zu, das Deck krümmte sich und rauchte unter ihren Füßen, und sie packten die Männer, die den Bohrturm stützten, und schwangen sich zum Achterdeck hinab.

Und wo war Bob die ganze Zeit? Er war in Sicherheit und bemühte sich, weitere Todesfälle unter den Passagieren und der Besatzung zu verhindern. Wir sagten, er sei unerfahren und bräuchte ein Beispiel, um ihn aufzuwecken und ihm zu zeigen, was zu tun sei. Er hatte zwei gute in Mr. Black und Mr. Scanlan. Er wollte ihnen irgendwie helfen, aber er wusste nicht, wie er das anstellen sollte, bis er sah, wie die feigen Feuerwehrleute mit der Jolle davonliefen; dann entschied er sich augenblicklich für seinen Kurs. Er wusste, dass die Männer den besten Weg zum Ufer machen wollten und dass sie das Boot nach ihrer Ankunft nicht mehr brauchen würden. Wenn er die Jolle erst sichern könnte, nachdem sie sie zurückgelassen hatten, könnte er sie vielleicht noch rechtzeitig zum Dampfer zurückbringen, um jemanden zu retten. Er lief zur Seite und schaute hinüber. Der Fluss war in diesem Moment zufällig menschenleer und Bob sprang ohne zu zögern ab. Es war ein großer Sprung vom Hurrikandeck zum Wasser, aber er wagte ihn mit voller Zuversicht, und als er an die Oberfläche kam, machte er sich energisch auf den Weg zum Ufer. Die Strömung trug ihn trotz all seiner Bemühungen, dies zu verhindern, flussabwärts, aber dies erwies sich als ein Vorteil für ihn; Denn als er die halbe Strecke zurückgelegt hatte, die er schwimmen musste, hatten die Feuerwehrleute das Ufer erreicht und die Jolle verlassen, die nun langsam den Fluss hinuntertrieb. Die Strömung trug es ungefähr mit der gleichen Geschwindigkeit wie den Schwimmer, so dass sie sich zufällig genau an der Stelle befand, an der er das Ufer berührte.

In das Boot zu klettern, seinen tropfenden Mantel abzulegen, der ihn daran hinderte, die Arme frei zu bewegen, die Ruder einzufangen und den Kopf der Jolle auf das brennende Schiff zu richten, dauerte nur wenige Sekunden. Er setzte seine ganze Kraft ein, aber die Strömung war stark, das Boot zu schwer, als dass es von einer Person leicht angetrieben werden könnte, und es schien, als würde es sich im Schneckentempo durch das Wasser bewegen.

Bob wurde sich bald bewusst, dass er gesehen wurde und dass er mit nicht geringer Sorge und Ungeduld auf sein Erscheinen wartete. An ihn richteten sich Bitten, Befehle und Angebote hoher Belohnungen; Aber er tat bereits sein Bestes, und das Versprechen von Millionen von Geld und die Aussicht, jedes gefährdete Leben zu retten , hätten weder zu seiner Kraft noch zu seiner Ausdauer beigetragen. Er wusste, dass die Jolle nicht alle Männer und

Frauen auf dem Vorschiff befördern würde, und sein erster Gedanke galt den drei Piloten. Wenn er sie retten könnte, wäre die Rettung der Passagiere und der Besatzung vergleichsweise einfach, da sie genau wüssten, wie sie vorgehen müssen. Er hatte sie alle auf dem Hurrikandeck gesehen, als er ins Boot gestiegen war, aber jetzt waren sie dort nicht zu sehen. Der Dampfer lag so fast in Trümmern, dass es unmöglich schien, dass irgendjemand noch länger von ihm leben könnte, und Bob, besorgt um die Sicherheit seiner Freunde, gab seine Bemühungen an den Rudern auf und stand im Boot auf, um nach etwas zu suchen ihnen. Zu seiner großen Freude sah er nahe dem Heck des Dampfers drei Köpfe im Wasser auf und ab schaukeln, und einen von ihnen erkannte er bestimmt wieder .

„Halten Sie noch eine Minute durch, George!" er schrie. "Ich komme!"

Bob sprang mit doppelter Energie zu seinen Rudern und rettete den jungen Piloten, ohne auf die Schreie und Bitten derer auf dem Vorschiff zu achten, die sahen, dass er von ihnen wegruderte. Nach wenigen Minuten erreichte er den Dampfer, suchte aber vergeblich nach seinem Freund. Er fuhr mehrmals um das Heck des Bootes herum und suchte eifrig den Fluss in alle Richtungen ab, aber es war kein Lebewesen zu sehen. Endlich überzeugt, dass er sich geirrt hatte, und in der Hoffnung, George und die beiden Piloten unter denen auf dem Vorschiff zu finden, fuhr Bob noch einmal um den Dampfer herum, und da er sich der Gefahr, die ihm bevorstand, vollkommen bewusst war, blieb er ein paar Meter stehen von den Wachen, auf denen sich fünfzig oder mehr verängstigte Menschen versammelt hatten, alle drängten und drängten sich gegenseitig und riefen ihm zu, er solle die Jolle näher bringen.

„Geht zurück, jeder von euch!" schrie Bob. „Kommt einer nach dem anderen, und ich werde euch alle retten!"

„Bringen Sie das Boot näher heran!" riefen mehrere Stimmen im Konzert.

„Ich werde keinen Zentimeter näher kommen, bis ihr alle zurückgeht!" schrie Bob als Antwort. „Lasst die Frauen und Kinder zuerst rein. Ich kann sie an Land bringen und rechtzeitig zurückkommen, um den Rest von euch zu retten. Warum hörst du nicht auf zu schreien und zu drängen und hörst zu, was ich dir sage?" schrie Bob, der sah, dass seinen Worten nicht die geringste Aufmerksamkeit geschenkt wurde. „Geh zurück, sage ich!"

Aber er hätte genauso gut an so viele Baumstümpfe oder Steine appellieren können. Seine Argumente hätten auf sie ebenso großen Eindruck gemacht. Während er redete , schlug er ab und zu ein oder zwei Mal mit den Rudern, um zu verhindern, dass die Jolle flussabwärts trieb, und einmal ließ er in seiner Aufregung den Bug seines Bootes völlig zu nah an den Dampfer heran, um sicher zu sein. Er erkannte seinen Fehler sofort, aber es war zu spät, ihn zu korrigieren, denn sein Boot war zur Hälfte mit Männern und Frauen gefüllt, bevor er Zeit hatte, zweimal darüber nachzudenken. Sie sprangen übereinander hinein; Diejenigen, die ins Wasser fielen und die Dollborde erreichen konnten, begannen über die Seiten hineinzuklettern, und Bob wurde zu Boden gerissen und festgehalten, als ob ein Berg auf ihn gefallen wäre. Er kämpfte verzweifelt darum, sich zu befreien, denn irgendetwas sagte ihm, dass das Boot sinken würde. Einen Augenblick lang fühlte er sich von der ungeheuren Last befreit, die ihn festhielt, dann schaffte er es, aufzustehen, ergriff ein Ruder und sprang über Bord, gerade als das Wasser über die Seiten der Jolle einzuströmen begann. Als er sich an Mr. Scanlans warnende Worte erinnerte, versuchte er energisch, einen sicheren Abstand zwischen sich und den Ertrinkenden zu schaffen, und erschrak fast außer Sinnen, als er sah, wie ein mächtiger Mann aus der Jolle sprang und die größten Anstrengungen unternahm ihn zu ergreifen. So schnell wie ein Gedanke steckte Bob die Klinge seines Ruders in die ausgestreckten Hände, die sie mit eisernem Griff umschlossen.

„Verlass mich nicht, Junge", rief der Mann. „Rette mich und ich werde dich reich machen!"

„Ich werde mein Bestes für Sie tun", antwortete Bob, „aber hören Sie mir jetzt zu und versuchen Sie nicht, mich festzuhalten", fügte er schnell hinzu, als er sah, dass der Mann Hand in Hand kam gegen Ende seines Ruders. „Geh zurück, oder ich überlasse es dir, auf dich selbst aufzupassen."

„Dieses Ruder wird mich nicht halten", rief der Mann, der trotz seiner Angst jedes Wort hören und verstehen konnte, das Bob zu ihm sagte.

"Ja, es wird. Ein handtellergroßer Chip unter dem Kinn ermöglicht es Ihnen, den Kopf über Wasser zu halten. Ergreife die Klinge und halte dich auf Armeslänge davon fern, und ich werde dich an Land schleppen."

Der Mann schenkte seinen Anweisungen nicht so viel Aufmerksamkeit wie der junge Pilot, denn er arbeitete sich weiter auf Bobs Ende des Ruders zu und streckte schließlich seine Hand aus, um seinen Kragen zu ergreifen; aber Bob war zu schnell für ihn. Er sank wie ein Stück Blei hinab und kam am anderen Ende des Ruders wieder hoch.

„Geh dorthin zurück, wo du hingehörst", rief er, als der Mann sich umdrehte und wieder auf ihn zukam. „Ich möchte dich nicht im Stich lassen, aber wenn du dich nicht von mir fernhältst, bin ich dazu verpflichtet."

„Dieses Ruder wird mich nicht halten", wiederholte der Mann mit entsetzter Stimme.

„Das geht nicht, wenn du versuchst, darauf zu klettern, aber schon, wenn du es einfach mit den Händen festhältst. Sobald ich etwas sehe, das groß genug ist, um dich schweben zu lassen , werde ich es dir bringen."

„Bob, bist du das?" rief eine vertraute Stimme. Bob schaute überrascht auf, konnte aber niemanden sehen, denn der Rauch rollte in einer dichten Wolke über ihn hinweg und versperrte ihm den Blick auf den Dampfer völlig. Aber er hörte ein leichtes Plätschern im Wasser in seiner Nähe, und als sich der Rauch ein wenig lichtete , entdeckte er den jungen Piloten, der sich am Ruder festklammerte. „Warum, George", rief er, „wie bist du dorthin gekommen ?"

„Ich habe mich an diesem Seil heruntergelassen", war die Antwort; und wie zuvor schien George nicht im geringsten beunruhigt zu sein. „Die Piloten und ich gingen in den Maschinenraum, um ein paar Bretter als Rettungswesten zu holen, aber dort war es so rauchig, dass ich nicht bleiben konnte. Sie haben welche bekommen, aber ich nicht."

"Wo sind sie jetzt?" fragte Bob.

„Auf ihren Brettern den Fluss hinuntergegangen. Sie versuchten, mich mitzunehmen, aber die Strömung riss sie davon und ich konnte ihnen nicht nachschwimmen. Wie komme ich jemals von hier weg?"

„Ich bringe dich weg, darauf kannst du dich verlassen", war Bobs ermutigende Antwort. „Jetzt, Herr, werde ich Ihnen dieses Ruder überlassen. Behalte es einfach in der Hand, wie ich es dir gesagt habe, und es wird dich schweben lassen."

„O Junge, verlass mich nicht!" schrie der Mann, als Bob das Ruder losließ und seinem Freund zu Hilfe eilte. „Komm zurück und kümmere dich um mich."

„Onkel John!" rief George voller Erstaunen.

Onkel John (falls er es war) hatte viel zu große Angst, um seinem Neffen Aufmerksamkeit zu schenken. Er rief weiterhin nach Bob, lange nachdem der Rauch ihn nicht mehr sehen konnte, aber der Junge antwortete ihm nicht. Er wusste, dass für den Mann keine Gefahr schwebte, wenn er nur den Anweisungen folgen würde, die man ihm gegeben hatte, aber bei George war das nicht der Fall. Letzterer hatte nichts, um ihn zu stützen, und als das Feuer weiter achtern kam und ihn zwang, das Ruder loszulassen (was in wenigen Minuten der Fall sein würde), würde das sein letzter sein.

Der junge Pilot fühlte sich vollkommen sicher, als Bob in Sicht kam, aber selbst dann war er nicht außer Gefahr, denn Bob konnte ihn nur erreichen. Dazu musste er ein Stück gegen eine starke Strömung schwimmen, und wenn das Boot zehn Fuß weiter entfernt gewesen wäre, wäre sein Versuch gescheitert. So wie es war, war er völlig außer Atem, als er die Hand ergriff, die George ihm entgegenstreckte, und es dauerte ganze fünf Minuten, bis er mit ihm sprechen konnte. George sah, dass er fast erschöpft war und wartete geduldig darauf, dass er sich erholte.

„War dieser Mann Ihr Onkel?" sagte Bob schließlich.

„Warum hast du nach ihm gefragt?" fragte George.

„ Oh , ich habe nur nachgedacht", sagte Bob gleichgültig.

„Ja, und ich kann Ihnen sagen, woran Sie gedacht haben. Du findest es seltsam, dass er wollte, dass du ihn rettest und mich untergehen lässt."

„Oh, wenn Männer so viel Angst haben wie er, sind sie nicht sie selbst", antwortete Bob.

„Da ist etwas dran; Aber würden Sie mir glauben, wenn ich sagen würde, dass er, wenn er der beste Schwimmer der Welt wäre, nicht versuchen würde, mich zu retten, wenn er mich sinken sehen würde?"

„Nein, das würde ich nicht", antwortete Bob prompt.

„Dann werde ich es nicht sagen. Wird es hier nicht etwas zu heiß und rauchig?"

Bob dachte, es wäre so; und nachdem er zu diesem Zeitpunkt wieder vollständig zu Atem gekommen war, war er bereit, sich wieder der Strömung anzuvertrauen. Nach ordnungsgemäßer Anweisung legte George seine Hand auf seine Schulter, ließ sich aus der Reichweite von Bobs Armen zurückschwingen und wurde auf diese Weise von dem brennenden Dampfer abgeschleppt. Bob schwamm so gerade über den Fluss, wie es die Strömung zuließ, und ergriff nach zwanzig Minuten einige überhängende Büsche am Ufer. Er half George beim Aussteigen, und George wiederum half ihm; denn zu diesem Zeitpunkt war Bob fast erschöpft.

„Was wäre aus mir geworden, wenn du nicht auf dem Boot gewesen wärst? „Das ist das zweite Mal, dass Sie mir das Leben gerettet haben", sagte George dankbar.

„Soll ich ihm sagen, wer und was ich bin?" dachte Bob, als er sich laut keuchend auf den Boden setzte. „Wenn er wüsste, dass ich ein Ausreißer und Dieb bin – denn ich *bin* ein Dieb", fügte Bob hinzu, dessen jüngste Erfahrung ihm die Augen für einige Dinge geöffnet zu haben schien, für die er zuvor blind gewesen war – „ wenn er das wüsste, würde er es tun." Er hat jemals wieder mit mir gesprochen? Wäre er so erpicht darauf, dass ich mit ihm nach Hause gehe?"

Bob war gerade in einer sehr nüchternen Stimmung. Seit er sein Zuhause verlassen hatte, war er bereits zweimal dem Tode nahe gewesen – wie nah war niemand außer ihm selbst. Während er George zum Ufer schleppte, hatte er beide Male seine Kräfte überfordert und konnte sich und seinen neuen Freund nur noch retten. In diesen Momenten der Spannung schien es ihm, als würde er jede Stunde seines Lebens noch einmal durchleben. Er dachte an sein Zuhause und die Menschen, die er dort zurückgelassen hatte, wie er noch nie zuvor an sie gedacht hatte. Es lag ihm direkt auf der Zunge, dem jungen Piloten zu sagen:

„George, ich habe dir eine Menge Unwahrheiten erzählt. Ich habe ein Zuhause, drei Schwestern und einen so freundlichen Vater und eine so freundliche Mutter wie nie zuvor. Ich habe einhundertsechzig Dollar gestohlen und bin weggelaufen, um das Geld für ein Hinterladergewehr und eine Angelrute mit Gelenken auszugeben.“

Wie wertlos kamen Bob diese Dinge jetzt vor! Für einen einzigen Blick in das Gesicht seiner Mutter hätte er bereitwillig alle Hoffnungen, sie jemals zu besitzen, aufgegeben. Er sprach die Worte, die ihm über die Lippen kamen, nicht aus, denn er wusste, dass er, um konsequent zu sein, ihnen folgen und nach Hause gehen und sich den Konsequenzen seiner Torheit stellen musste. Damals war er nicht mutig genug, das zu tun, aber er tat es später, und außerdem leistete er alle Wiedergutmachung, die in seiner Macht stand. Auch er tat es so sehr, dass ihm jeder , der die Umstände kannte, bereit war, ihm zu verzeihen.

KAPITEL XIV
EIN PROBENFÄNGER.

Die Jungs, gewarnt durch ihr knappes Entkommen, saßen in düsterem Schweigen am Ufer und sahen zu, wie die Sam Kendall vor ihren Augen langsam verzehrt wurde. Sie bemerkten, dass ihr Vorschiff jetzt verlassen war, und Bob schauderte, als er sich fragte, wie viele von denen, die er dort vor einer kurzen halben Stunde gesehen hatte, ein wässriges Grab gefunden hatten. Plötzlich lösten sich die Kettenstreben mit lautem Krachen, und die Flammen loderten für einen Moment hell auf, während das Heck des Schiffes mit der Strömung davontrieb. In ein paar Minuten verschwand es hinter der Kurve.

„Das ist die letzte der Sam Kendall", sagte George traurig, „und obwohl ich weiß, dass es sich um eine seeuntüchtige alte Wanne handelte, könnte ich mich nicht schlechter fühlen, wenn ich gezwungen wäre, dabei zuzusehen, wie mein eigenes Haus verbrannt wird." Tatsächlich war sie mein Zuhause – das einzige, das ich hatte."

„Ich dachte, du hättest ein Zuhause in Texas und gehst dorthin zurück", sagte Bob.

„Ich gehe zurück nach Texas, aber ich gehe nicht nach Hause. Ich wäre nicht willkommen. Es gibt zwei Menschen, die froh wären, wenn ich dort nie wieder mein Gesicht sehen würde."

"Wer sind Sie?" fragte Bob.

„Der Mann, der wollte, dass du ihn rettest und mich untergehen lässt, ist einer von ihnen, und sein Sohn, mein Cousin Ned, ist der andere. Wissen Sie, mein Vater ist vor etwa vier Jahren gestorben und hat seinen gesamten Besitz Onkel John treuhänderisch überlassen, den er zu meinem Vormund ernannt hat und der sich um ihn kümmern sollte, bis ich volljährig wurde. Dann sollte er es mir übergeben, abzüglich einer bestimmten Summe, die ihm für seine Dienste gezahlt werden sollte. Wenn mir etwas zustoßen sollte, ginge das ganze Eigentum an meinen Cousin Ned."

"Also?" sagte Bob, der nun begann, ein gewisses Interesse an der Erzählung zu zeigen.

„Nun, sie wollen dieses Eigentum und haben sich sehr bemüht, es zu bekommen. Onkel John hat es heute Abend versucht. Sie haben gesehen, dass viele Passagiere durch die Verwirrung, die entstand, als ich über Bord fiel, aus dem Schlaf gerissen wurden, nicht wahr? Onkel John war keiner von ihnen."

"Was war der Grund?"

„Ich werde Ihnen erzählen, was passiert ist, und Sie können Ihre eigenen Schlussfolgerungen ziehen. Während ich auf der Reling des Kesseldecks saß und den Dampfer beobachtete, hörte ich verstohlene Schritte hinter mir, und bevor ich mich umdrehen konnte, um zu sehen, wer kam, spürte ich ein Paar Hände auf meinem Rücken und bekam einen Stoß, der schickte ich habe es übertrieben."

„Willst du damit sagen, dass dein Onkel dich umgestoßen hat?" fragte Bob, sehr erstaunt.

"Genau das habe ich gemeint. Du hast dich gefragt, dass er mich so weit von zu Hause weggehen lassen würde! Er würde mir genug Geld zur Verfügung stellen, um mich nach Europa zu bringen, wenn ich ihn darum bitten würde, und würde mich gerne gehen lassen. Du siehst, je mehr ich herumreise, desto größer wird die Gefahr, in der ich bin."

„Nun, Sie haben einen Trost", sagte Bob, nachdem er einen Moment nachgedacht hatte. „Du hast Geld und kannst all die schönen Dinge haben, die du willst."

Wenn Bob „nette Dinge" sagte, meinte er Hinterlader-Schrotflinten, Segelboote, Angelruten mit Gelenken und hübsche Reitpferde.

„Aber ich würde heute Abend mit jedem Schuhputzer in St. Louis tauschen, der ein Zuhause und einen freundlichen Vater und eine freundliche Mutter hat", sagte George ernst. „Was mich überrascht, ist, dass nicht einer von zehn Jungen seine Segnungen zu schätzen weiß."

„Das ist so", dachte Bob. „Das tust du zum Beispiel nicht. Du hast Geld und kümmerst dich nicht darum. Wenn ich es hätte , wäre ich jetzt nicht hier."

„Da ist zum Beispiel Tony Richardson", fuhr George fort. „Ich bin auf einem der Boote seines Vaters gefahren und habe ihn gut kennengelernt. Ich beneidete ihn und dachte oft, er müsse der glücklichste Junge der Welt sein; aber er war am unzufriedensten. Er wollte zur See fahren, aber sein Vater ließ ihn nicht; und das nächste, was ich von Tony hörte, war, dass er fünfzig Dollar gestohlen hatte und weggelaufen war. Aber er blieb nicht lange, sage ich Ihnen. Bei der übernächsten Fahrt flussabwärts sah ich auf dem Deich in New Orleans jemanden, den ich zu erkennen glaubte ; und als ich näher an ihn herantrat, stellte ich fest, dass es Tony Richardson war. Aber er ähnelte nicht sehr dem gepflegten jungen Kerl, der immer ins Steuerhaus kam, wenn wir zur Kohlenflotte liefen, und mich bat, ihn für mich steuern zu lassen. Er sah schlimmer aus als jeder Landstreicher, den ich je gesehen habe. Er schämte sich so sehr, dass er zunächst leugnete, Tony Richardson zu sein;

aber ich machte ihm sehr bald klar, dass er mich nicht täuschen konnte, und dann erzählte er mir die Geschichte seiner Abenteuer. Er war in New Orleans auf einem Küstenschiff nach Rio verschifft worden, aber bevor er vierundzwanzig Stunden den Hafen verlassen hatte, stahl einer der Besatzungsmitglieder das Geld, das er noch übrig hatte, und der Maat verpasste ihm ein blaues Auge, weil er nicht gehorchte Irgendein Befehl verstand er nicht, und als Tony Havanna erreichte, hatte er genug vom Meer. Er verließ das Land, sobald sein Schiff die Küste berührte, und machte Jagd auf einen Dampfer, der gerade in die Staaten aufbrechen wollte. Er versuchte, an Bord zu gehen, aber sie wollte keine weiteren Hände mehr, also versteckte sich Tony im Laderaum und kam erst heraus, als das Schiff drei oder vier Stunden auf See war. Natürlich konnte der Kapitän nicht umkehren, um ihn an Land zu bringen, also musste er ihn an Bord bringen. Als ich ihn fand , suchte Tony nach einer Chance, als Decksmann zu arbeiten, um sich seinen Weg zurück nach St. Louis zu erarbeiten. Er ist jetzt zu Hause und als ich ihn das letzte Mal sah, sagte er mir, dass er beschlossen hatte, dort zu bleiben."

„Aber warum denkst du, dass dein Onkel dich loswerden will?" fragte Bob, der nichts mehr über Ausreißer und ihre Erfahrungen hören wollte. Er wusste bereits mehr über die Angelegenheit, als George ihm hätte sagen können, wenn er bis zum Tagesanbruch geredet hätte.

„Ich weiß es, weil er es so deutlich gezeigt hat. Jeder in unserer Nachbarschaft weiß, was er zu tun versucht, und ich wurde mehr als einmal gewarnt. Ich wäre jetzt nicht hier, wenn ich außer Onkel John nicht jemanden gehabt hätte, der auf mich aufpasst. Herr Gilbert, unser nächster Nachbar, war früher einer von Vaters Hirten. Er hat jahrelang eine väterliche Fürsorge für mich ausgeübt; Und als ich ihm sagte, dass ich mein Zuhause verlassen würde, um Pilot zu werden, erklärte er, dass es das Beste sei, was ich tun könne. Überall auf der Welt wäre ich sicherer, sagte er, als dort in Texas."

„Dann würde ich annehmen, dass du Angst hättest, zurückzugehen", sagte Bob, der sich jetzt wünschte, George hätte ihn nicht so sehr liebgewonnen. Wenn er in Lebensgefahr schwebte, wie sein Gespräch anzudeuten schien, wollte Bob ihn nicht näher nach Texas begleiten, als er in diesem Moment war. Er sehnte sich nicht nach einem Leben voller Abenteuer, wie er es einige Tage zuvor getan hatte.

„Ich gehe zurück, weil Mr. Gilbert es rät", antwortete George. „Ich werde anstelle von Onkel John einen neuen Vormund ernennen. Er verkauft alles, was er in die Finger bekommen kann, und ich weiß, dass ich beim ersten Mal keinen einzigen Vorrat mehr haben werde."

Dies war nur eines der vielen Gesprächsthemen, die die Aufmerksamkeit der beiden Jungen während der halben Stunde fesselten, in der sie am Ufer standen, mit den Händen schlugen und mit den Füßen stampften, um sich warm zu halten, und selbst das wurde nicht so weitergeführt zusammenhängend, wie wir es geschrieben haben. Sie unterhielten sich eine Weile über den Dampfer (alles, was sie jetzt von ihm sehen konnten, war ein Kohlenbett, das die Stelle markierte, an der sein Bug immer noch hart auf Grund lag) und spekulierten über das Schicksal seiner Passagiere und seiner Besatzung. Dann wünschten sie, dass Bob einen Mantel hätte und dass sie ein paar Streichhölzer hätten, damit sie ein Feuer machen könnten; fragten sich, wie weit und in welcher Richtung das nächste Haus von ihnen entfernt lag, und fragten sich gegenseitig, wie lange es dauern würde, bis ein Boot vorbeikommen und sie abholen würde, und ob sie sie, wenn sie kämen, hochtragen würde oder den Fluss runter. Dann kam es zu langen Pausen des Schweigens, in denen ihre Gedanken erstarrten, so dass sie überhaupt nicht sprechen konnten. George hatte viel über sich selbst zu sagen und hoffte, dass er Bob dazu bewegen könnte, ihm ein paar Bruchstücke seiner eigenen Geschichte zu geben; aber darin war er enttäuscht. Bob hörte lieber zu.

Die Lebensgeschichte des jungen Piloten, wie sie Bob in dieser Nacht hörte, ließ ihn die Augen öffnen. Wir würden gerne hier darüber berichten, aber es ist zu lang. Wir werden es vielleicht zu einem späteren Zeitpunkt wieder aufgreifen, zusammen mit der Geschichte der Abenteuer und Heldentaten dieses anderen Ausreißers, Tony Richardson. Unsere Aufgabe besteht im Moment darin, zu sehen, was am Ende aus Bob geworden ist und wie sehr er sein Glück gesteigert hat, indem er von zu Hause weggelaufen ist; und was wir über Georges Geschichte erzählt haben, dient lediglich dazu, zu erklären, was danach geschah.

„Das wird niemals gehen", rief George schließlich aus. „Ich kann das nicht länger ertragen. Mir wird so kalt, dass ich kaum noch Klartext sprechen kann."

"Wohin sollen wir gehen?" fragte Bob. „Vielleicht gibt es im Umkreis von zehn Meilen um uns herum kein Haus."

„Es ist mir egal, wohin wir gehen, solange wir in Bewegung bleiben. Werfen wir einen letzten Blick auf die Sam Kendall und fangen wir an. Ich hoffe, dass alle Passagiere und Besatzungsmitglieder mit dem Leben davongekommen sind."

„Das tue ich auch, aber das ist kaum wahrscheinlich. Ich hätte jeden Mann, jede Frau und jedes Kind auf diesem Vorschiff retten können, wenn ich sie nur dazu gebracht hätte, auf Vernunft zu hören. Sie und ich hätten ein halbes Dutzend Fahrten mit der Jolle zwischen dem Schiff und dem Ufer unternehmen können, bevor sie in zwei Teile zerbrach. Horchen! War das nicht das Bellen eines Hundes?"

Die beiden Jungen hörten einen Moment zu, und plötzlich wiederholte sich das Geräusch, das Bobs Aufmerksamkeit erregt hatte. Es war so schwach und weit entfernt, dass sie es kaum hören konnten, aber es erweckte sie zu neuem Leben.

„Es ist tatsächlich ein Hund", sagte George, „und wo ein Hund ist, muss irgendwo in der Nähe ein Haus sein. Mal sehen, ob wir ihn finden können."

Mit einem Abschiedsblick auf das glühende Kohlenbett, das auf das Wrack des Dampfers hinwies, krochen die Jungen auf die Böschung und drehten ihre Gesichter in die Richtung, aus der das Bellen des Hundes ertönte. Sie hatten eine Aufgabe von beträchtlicher Schwierigkeit in Angriff genommen, wie sich herausstellte, bevor sie viele Meter zurückgelegt hatten, denn der Wald war so dicht und dunkel, dass sogar Bob, der sich in der Nacht fast so gut zurechtfinden konnte wie am Tag, es nicht konnte oft schuld. Der entfernte Wachhund war so entgegenkommend, dass er alle paar Minuten ein oder zwei Schreie von sich gab, um sie um Führung zu bitten, aber sie schienen nicht näher an ihn heranzukommen, und schließlich war das Tier, als wäre es unzufrieden mit dem langsamen Vorankommen, das sie machten, wurde still.

Bob ging eine Meile oder mehr voran durch eine Dunkelheit, die so intensiv war, dass er die nächsten Bäume nicht sehen konnte, und als er und sein Begleiter schließlich so müde und entmutigt wurden, dass sie eindringlich davon sprachen, die Aufgabe als hoffnungslose Aufgabe aufzugeben und sich hinzusetzen Sie legten sich nieder und warteten, bis es hell wurde. Dann bahnten sie sich einen Weg aus dem dichten Dickicht, durch das sie die letzten zehn Minuten gestolpert waren , und fanden sich auf einem glatten, ausgetretenen Pfad wieder. Danach kamen sie schneller voran, und als sie ein paar Ruten weiter waren, verkündete Bob, dass er ein schwaches Licht durch die Büsche scheinen sehen könne. Für ihn sah es so aus, als ob es durch die Spalten zwischen den Baumstämmen schimmerte, sagte er. und wenn das der Fall wäre, müsste ein Haus in der Nähe sein. Bob glaubte, dass sie auf das Haus des Wachhundes gestoßen waren und dass es ihm vielleicht nicht gefallen würde, wenn er und George sich dem Haus seines Herrn näherten, ohne sich von ihrer Anwesenheit zu benachrichtigen. Er blieb auf dem Weg stehen und rief die Warnung, die ihm so vertraut war Jeder , der durch die ländlichen Gebiete des Südens gereist ist –

„Hallo, das Haus! Lass deine Hunde nicht beißen!"

Es war gut, dass Bob so rücksichtsvoll war, diese Vorsichtsmaßnahme zu treffen, denn kaum hatte er seinen Ruf beendet, als ein solcher Chor heiserer Schreie und Knurren aus der Dunkelheit erklang, dass den Jungen regelrecht die Haare zu Berge standen. Im selben Augenblick verriet ihnen ein lautes Rascheln zwischen den Blättern und Büschen, dass sie nicht einen, sondern ein Dutzend Hunde aufgeweckt hatten und dass sie kommen würden. Sie hatten nichts, womit sie sich verteidigen konnten, und es hätte keinen Sinn gehabt, wegzulaufen, selbst wenn sie gesehen hätten, in welche Richtung sie gehen sollten. Einen Augenblick später wären sie von den wilden Tieren umzingelt gewesen; Doch gerade in diesem Moment wurde eine Tür aufgerissen, eine Flut von Licht strömte in die Dunkelheit, und ein barhäuptiger und barfüßiger Mann erschien mit einer Keule in der Hand.

„Auf, ihr Unmenschen!" schrie er und warf seine Keule mitten in das Rudel, das sich nach rechts und links zerstreute und sich im Gebüsch versteckte. „Kommt schon, Fremde, wer auch immer ihr seid, sie werden euch nicht belästigen. Ich schätze, es sind noch mehr Passagiere der Kendall, nicht wahr?" fügte er hinzu, als die Jungs heraufkamen. „Das habe ich mir schon gedacht, einer von euch hat keinen Mantel an."

„Ja, wir waren auf der Kendall, als sie verbrannte. Haben Sie Passagiere oder Besatzungsmitglieder gesehen?" fragte George und hoffte, dass, wenn er es getan hätte, auch Mr. Black und Mr. Scanlan unter ihnen sein würden.

„Ja, ich habe mir eins gekauft, und ich hätte vielleicht mehr gespart, wenn ich nur ein Boot gehabt hätte. Ich war in meiner Jugend ein richtiger Schwimmer, aber die Rheuma- und Alterskrankheit plagt mich so sehr, dass ich nicht mehr ins Wasser gehen kann. Wie auch immer, als ich am Ufer stand und jemanden rufen hörte , sprang ich scherzhaft hinein und riss ihn heraus."

„Ich bin froh, dass du so viel geschafft hast", sagte Bob, als der alte Mann innehielt, als wollte er den Jungen Gelegenheit geben, etwas zu loben für die Tat, die er vollbracht hatte.

Ich weiß, ich werde einen Monat lang nicht in der Lage sein, durch die Gegend zu laufen", fuhr der Mann fort . „Er ist jetzt im Haus, schläft ein wenig und ruht sich aus , während seine Kleidung ausgeruht ist Trocknen .

„Was ist das denn für ein Mann?" fragte George.

„Oh, er ist ein stämmiger, gutaussehender , grauhaariger und grauhaariger —"

„Das reicht", sagte George mit einem tiefen Seufzer des Bedauerns. „Es ist keiner meiner Freunde, denn sie sind nicht grauhaarig. Dürfen wir reingehen und uns an dein Feuer setzen?"

„ Sie sind so willkommen wie die Blumen im Mai. Tut mir leid, dass ich dir kein Bett anbieten kann, aber dieser Kerl hat das einzige, das ich besitze."

„Wir sind Ihnen sehr dankbar, aber wir wollen kein Bett. Wir wollen nur lange genug bleiben, um trocken und warm zu werden, und dann machen wir uns auf den Weg. Ich bin gespannt darauf, meine Partner zu finden. Wie weit ist White River Landing von hier entfernt – wenn es eine Straße gibt?"

„Eine Frage von zehn Meilen, und Sie können den Weg nicht verfehlen."

Die Jungen folgten dem alten Mann in die Kabine, und Bob, der vor George war, schaute sich um, um den Passagier zu finden, der von ihrem Gastgeber gerettet worden war. Er lag auf dem Boden, in der dunkelsten Ecke des Zimmers, eingewickelt in eine zerfetzte Decke, und seine Kleidung trocknete vor dem Feuer. Ein paar Pfähle waren in den Lehmboden getrieben worden und die Kleidungsstücke wurden daran aufgehängt. Als Bob den Mann ansah, war er sicher, dass er sah, wie er sein Gesicht zur Wand drehte und die Decke über seinen Kopf zog. Er bemerkte die Tat lediglich, dachte sich aber nichts dabei.

Das Gebäude, in dem sich die Jungen nun befanden, war eine Blockhütte im primitivsten Stil. Auf dem Herd brannte ein Feuer, das ein so helles Licht ausstrahlte, dass man alles im Inneren deutlich sehen konnte. Die Hütte sah genauso arm aus wie der Besitzer, und er sah schlimmer aus als Godfrey Evans. Es fehlte jeglicher Komfort; Die einzigen Dinge in Form von Möbeln, die die Jungen sehen konnten, waren ein Gewehr, das auf ein paar Pflöcken über der Tür ruhte, eine Axt, die in einer Ecke lehnte, sowie eine ramponierte Kaffeekanne, eine Bratpfanne und ein paar Blechschüsseln , die promiskuitiv ineinander gestapelt waren. Der Anblick der Kaffeekanne ließ Bob etwas vermuten. „George", sagte er, „glaubst du nicht, dass eine Tasse heißen Kaffee sehr erfrischend wäre?"

„Auf dieser Ranch gibt es etwas Böses , Fremder", sagte der alte Mann schnell. „Sehen Sie, ich hatte noch kein Glück. Es ist einfach ein bisschen zu früh in der Saison."

"Glück!" wiederholte George.

"Ja. Ich schätze, dass ich eine gute Chance habe, hier auf den versunkenen Landen eine Falle zu stellen , sobald das kalte Wetter einsetzt . "

Als der alte Mann dies sagte , ging er hinaus, um ein weiteres Stück Holz für das Feuer zu holen, und George drehte sich um und sah Bob wortlos an. „ Oh , ich weiß, woran du denkst", sagte dieser. „Sie wollen wissen, wie ich so leben möchte."

„Genau das ist es", antwortete George. "Wie würdest du? Dieser Mann ist ein gutes Beispiel für einen professionellen Trapper. Man sieht, dass er zerlumpt und schmutzig ist und weder auf dem Kopf noch an den Füßen etwas zum Anziehen trägt. Er spricht ernsthaft davon, dass kaltes Wetter einsetzt! Was wird er dann tun? Wenn er nicht verhungert, wird er erfrieren. Ich garantiere, dass er jetzt Hunger hat", fügte George hinzu; Und um es zu beweisen, sagte er zu dem Mann, als er hereinkam: „Wenn du uns keine Tasse Kaffee geben kannst, kannst du uns dann etwas zu essen servieren?" Alles, egal was es ist."

„Tut mir leid, dass ich das nicht kann, Fremder", war die Antwort. „Ich habe den Rest meines Specks vor einer Woche gegessen."

„Wovon zum Teufel lebt er dann?" fragte Bob, als der alte Mann hinausgegangen war, um ein weiteres Stück Holz zu holen.

George deutete schweigend auf die Ecke, in der die Töpfe und Pfannen verstaut waren. Bob schaute und sah dort etwa ein halbes Stück Mais in der Ähre. Der alte Mann hatte nur noch ausgedörrten Mais zu essen, da er keinen Speck mehr hatte. Wovon seine Hunde lebten, war ein Rätsel. Bob schaute sich noch einmal in der trostlosen Hütte um, dachte an das gemütliche Zuhause, das er so rücksichtslos verlassen hatte, und fragte sich, ob dies das wilde, freie und herrliche Leben war, von dem er so viele Stunden geträumt hatte.

Da es in der Hütte keine Stühle gab, mussten die Jungen ihre Kleidung zum Trocknen vor das Feuer halten. Während sie so verlobt waren, besprachen sie ihre Pläne und beschlossen, was sie tun würden – oder besser gesagt, George legte die Pläne vor und Bob stimmte ihnen zu. Sie unterhielten sich leise, um den schlafenden Passagier nicht zu stören, und richteten ihren Blick mehr als die Hälfte der Zeit auf seine Ecke, in der Hoffnung, dass er sich umdrehen und ihnen einen Blick auf sein Gesicht gewähren würde, denn sie wollten es sehen Wer er war; aber er bewegte sich nicht mehr als zwei- oder dreimal, während sie in der Kabine waren, obwohl Bob sicher war, dass er ihn einmal dabei bemerkte, wie er seinen Kopf leicht drehte, als wollte er hören, was sie sagten. Wenn George es gesehen hätte, wäre sein Verdacht geweckt worden.

Nachdem Bob das Wasser aus seinen Kleidern herausgewrungen hatte, versäumte er es nicht, den Inhalt seines Geldgürtels zu durchsuchen. Er hatte sie untersucht, während er und George in dessen Kabine an Bord des Dampfers ihre nasse Kleidung wechselten, und dann wurde festgestellt, dass sie in Ordnung waren, da sich die von ihm getroffenen Vorsichtsmaßnahmen als völlig ausreichend erwiesen hatten, um die Geldscheine vor Verletzungen zu schützen. Natürlich waren einige davon nass, aber sie waren nicht unkenntlich gemacht. Dann hatte er, Georges Rat folgend, alle Scheine in seinen Gürtel gesteckt; und nachdem er sie mit geölter Seide umwickelt hatte, schützte er sie zusätzlich, indem er sie in eine Rolle dickes braunes Papier einwickelte. Das war ein ziemlich sperriges Paket, das er in seinen Gürtel stecken konnte, aber die Geldscheine waren wirksam geschützt, wie er feststellte, als er sie im Licht des Feuers des Fallenstellers untersuchte.

„Es ist ein Glück, dass du so reich bist, Bob", sagte der junge Pilot, nachdem sie sich davon überzeugt hatten, dass das Geld nicht beschädigt wurde, „denn wenn wir angeschnallt wären, wüsste ich nicht, was wir tun sollten . Mr. Black zahlt mir 25 Dollar im Monat dafür, dass ich ihn leite, aber selbst wenn wir ihn finden würden, was ich nicht unbedingt erwarte, könnte ich kein Geld von ihm bekommen, denn er wird gehen müssen nach St. Louis, bevor er selbst welche abholen kann. Ich könnte alles bekommen, was wir brauchen, indem ich meinen Freunden in Texas schreibe, aber es würde mindestens zwei Wochen dauern, bis ich eine Antwort von ihnen bekomme, und wo würden wir in der Zwischenzeit Nahrung und Unterkunft finden?"

„Vielleicht haben wir das Glück, irgendwo deinem Onkel zu begegnen", sagte Bob. „Er wird vom ersten Boot, das den Fluss hinauf- oder hinunterfährt, abgeholt, wenn er sich an diesem Ruder festhält und tut, was ich ihm gesagt habe."

„Ich hoffe auf jeden Fall, dass er schon lange vorher abgeholt wurde", antwortete George. „Aber er wollte mir kein Geld geben."

„Ich dachte, du hättest gesagt, er würde dir genug geben, um dich nach Europa zu bringen!"

„ Das würde er auch tun; aber er gab mir keinen Cent dafür, mich nach Hause zu bringen. Er will mich nicht dort haben. Ich werde trotzdem gehen, wenn du mir beistehst.

„Das werde ich", antwortete Bob prompt.

Nach einer Stunde waren die Jungen gründlich getrocknet und aufgewärmt. Zu diesem Zeitpunkt begann der Tag zu dämmern und sie machten sich bereit für den Aufbruch nach White River Landing. Nachdem sie vom Fallensteller bestimmte Anweisungen bezüglich der Straße erhalten hatten, der sie folgen sollten, überreichten sie ihm einen Fünf-Dollar-Schein, den Bob auf Georges Vorschlag zu diesem Zweck aus seinem Geldgürtel herausgenommen hatte, und zwar ohne ihn Er wartete auf seine Dankesbekundungen, verabschiedete sich von ihm und verließ die Kabine.

Kaum war das Geräusch ihrer Schritte verklungen, warf der gerettete Passagier die Decke, die ihn umhüllte, beiseite und setzte sich auf seiner harten Couch auf. „Sagen Sie", rief er und wandte sich grob an den alten Mann, der vor dem Feuer stand und den Dollar immer wieder in seinen Händen drehte, als wollte er sich davon überzeugen, dass er echt war, „sind meine Kleider schon trocken?"

„Das schätze ich", antwortete der Gastgeber und betastete eines nach dem anderen die Kleidungsstücke. „Ich habe mich um sie gekümmert purty geschlossen ."

„Dann gib sie mir und geh ans Ufer und rufe das erste Boot an, das den Fluss hinunterfährt. Also wird George diesen Kerl nach Texas mitnehmen und einen Bruder aus ihm machen, oder?" fuhr der Passagier fort, als der alte Mann aus der Kabine eilte, um seinem Befehl Folge zu leisten. "Ich denke nicht. Wenn einer von ihnen nach dem, was ich gehört habe, dort ankommt, ist es meine eigene Schuld."

In diesem Moment hallte das Pfeifen eines Dampfers durch den Wald, und ein paar Minuten später stürmte der alte Mann in die Kabine und rief: „Ich habe sie aufgehalten. Sie ist der Silbermond, der gerade in Sichtweite war, als ich das Ufer erreichte. Sie macht jetzt Schluss ."

Der Passagier beeilte sich, seine Kleider anzuziehen, und ohne anzuhalten, um dem alten Mann für die Dienste zu danken, die er ihm erwiesen hatte, stürzte er aus der Kabine. Als er gerade das Ufer erreichte, als die Landungsplanke der Silver Moon herausgeschoben wurde, bestieg er das Schiff, das umkehrte und seine Reise nach New Orleans fortsetzte.

Kapitel XV
Das verlorene Taschenbuch.

Die Jungen hatten keine Probleme, der Straße zu folgen, die zu der kleinen Ansammlung von Häusern namens White River Landing führte. Die zehn Meilen schienen ihnen nicht sehr lang zu sein, denn George verführte sie mit vielen spannenden und amüsanten Ereignissen aus eigener Erfahrung, und die Reise war fast zu Ende, bevor sie es merkten.

Sie fanden die kleine Siedlung in einem Zustand höchster Aufregung vor. Die Nachricht vom Brand des Kendall hatte sich kilometerweit im ganzen Land verbreitet, und die Pflanzer waren zu Dutzenden gekommen, um alle Einzelheiten zu erfahren. Kaum waren die Jungen in Sichtweite, wurden sie von einer Schar Männer umringt, die viel schneller Fragen stellten, als sie beantworten konnten. George erzählte ihre Geschichte und machte Bob zu einem perfekten Helden (Letzterer war nicht wenig beschämt, als er merkte, dass er angestarrt wurde, als wäre er ein neugieriges wildes Tier, und konnte nicht umhin, sich zu fragen, was diese Männer, die ihm so große Komplimente machten, machten , hätte an ihn gedacht, wenn sie gewusst hätten, wie er an Bord der Sam Kendall kam); und als die Erzählung zu Ende war, ergriff einer der Zuhörer, der sich als der Ladenbesitzer herausstellte, Bob am Arm und führte ihn weg. „Komm mit“, sagte er. „Einem tapferen Jungen wie dir darf an einem kalten Tag wie diesem nicht erlaubt werden, in Hemdsärmeln herumzulaufen.“

Er führte Bob zu seinem Laden, dessen eine Seite voller Kleidung war, und forderte ihn auf, sich den besten Mantel zu nehmen, den er finden konnte. Bob widersprach und erklärte, dass er genug Geld hätte, um alle Kleidungsstücke zu kaufen, die er brauchte, aber der Händler wollte nicht auf ihn hören. Er hatte sich vorgenommen, etwas für den Jungen zu tun, und er ging auf seine Weise vor. Als Bob ein paar Minuten später aus dem Laden kam, trug er einen viel besseren Mantel als den, den er verloren hatte. Er fand George immer noch im Gespräch mit den Pflanzern. Sie sagten ihm, dass jedes Kanu und jede Jolle, die man finden konnte, in Dienst gestellt worden sei; dass ein Großteil der Passagiere und Besatzungsmitglieder gerettet worden seien, während sie am Landungssteg trieben; dass das Kaiboot mit Möbeln und Teilen der aufgenommenen Ladung beladen war; dass einige der Passagiere mit der Silver Moon und einem anderen Boot, dessen Namen sie nicht nannten, nach New Orleans gefahren waren, um einen Neuanfang für St. Louis zu machen; und dass diejenigen, die an der Anlegestelle blieben, von den Siedlern betreut wurden, während sie auf ein Boot warteten, das den Fluss hinauf fuhr. Dann erkundigte sich George nach seinen Partnern. Es handelte sich um bekannte Piloten, und einige der Pflanzer gaben an, sie persönlich zu kennen; aber sie hatten nichts von ihnen gesehen.

„Ich fürchte, ich werde sie nicht finden", sagte George traurig, als er und Bob sich auf den Weg zum Kaiboot machten, das sie voller verkohlter Überreste der Ladung der Kendall vorfanden.

„Möglicherweise wurden sie aufgenommen, bevor sie den Landeplatz erreichten, oder sie schwebten unbemerkt vorbei", sagte Bob.

„Das ist ein gewisser Trost", erwiderte George und wurde strahlender. „Wenn sie noch leben, werde ich sie eines Tages sehen. Ich habe ihnen viel zu verdanken."

Während der zwei Stunden, die sie an Bord des Hafenbootes blieben, wurden die Jungen nie allein gelassen. Sie hatten die ganze Zeit über eine Schar eifriger Zuhörer um sich. Sie redeten, bis sie müde wurden, und waren sogar froh, als jemand verkündete, dass gerade ein festgebundener Dampfer in Sicht gekommen sei. Um die Reling des Hurricane-Decks war ein Streifen Leinwand mit der Aufschrift „Für New Orleans" gespannt, und das verriet den Jungen, dass es das Boot war, auf das sie warteten. Sie bestiegen das Schiff, sobald die Gangplanke herausgeschoben worden war, und wurden sofort von einer anderen Menschenmenge umringt, die, nachdem sie das rauchende Wrack der Kendall gesehen hatten (das immer noch fest auf der Bar lag), wissen wollten, wie es sei kam dorthin. George erzählte dem Kapitän alles darüber und verhinderte weitere Nachfragen der Passagiere, indem er sich mit den Ellbogen zum Büro bahnte und um eine Kabine bat, zu der er und sein Begleiter umgehend geführt wurden. Als sie die Tür hinter sich geschlossen hatten, atmeten beide erleichtert auf und Bob begann, seinen Mantel auszuziehen.

„Bist du müde genug, um ins Bett zu gehen?" fragte George. „Ich werde nicht bis zur Nacht warten. Ich gehe ins Steuerhaus, um Wache zu halten. Vielleicht holen wir ja jemanden ab, wissen Sie?"

„Ich gehe nicht ins Bett", antwortete Bob. „Ich möchte genug Geld abheben, um unsere Überfahrt zu bezahlen. Hast du eine Ahnung, wie viel es sein wird?"

"Passage!" wiederholte George. „Warum, Mann, wir haben Schiffbruch erlitten. Wer würde Geld von uns nehmen? Wir sollten keine haben."

„ Aber vielleicht fragen sie uns nach etwas."

„Nein, das werden sie nicht. Sie werden sehen, dass wir von allem das Beste bekommen, und über Geld wird kein Wort verloren. Halte an allem fest, was du hast. Sie werden es brauchen, wenn Sie Repetiergewehre, Revolver und Jagdmesser kaufen wollen, wie Sie sagten, wenn wir in

Galveston ankommen. Sie können ein Winchester-Gewehr nicht für weniger als fünfundvierzig Dollar bekommen, und Sie werden feststellen, dass die Patronen dafür auch eine stattliche Summe kosten werden."

Bob zog seinen Mantel wieder an, und die beiden Jungen saßen auf der unteren Koje und warteten, bis der Dampfer unterwegs war und die Passagiere Zeit gehabt hatten, sich auf dem Boot zu verteilen, dann öffneten sie die Tür und eilten in den Friseurladen . Sie wuschen ihre Hände und Gesichter, bürsteten ihr Haar und ihre Kleidung, schwärzten ihre Stiefel und machten sich, nachdem sie dadurch ihr Aussehen deutlich verbessert hatten, auf den Weg zum Lotsenhaus. Am oberen Ende der Treppe, die zum Hurricane-Deck führte, blieb George stehen und zeigte auf den Fluss.

„Sehen Sie den langen Punkt, der vom linken Ufer ausgeht?" sagte er. „Wenn wir innerhalb der nächsten fünfzig Meilen landen, ohne angehalten zu werden, werden wir es dort schaffen. Es ist Rochdale."

Zum Glück für Bob drehte George sich gerade um und machte sich auf den Weg zum Ruderhaus, so dass er nicht bemerkte, wie plötzlich der Ausreißer zusammenzuckte, als diese Worte an sein Ohr drangen. Er fuhr so schnell wieder auf sein Zuhause zu, wie eine starke Strömung und ein schnelles Boot ihn tragen konnten. Angenommen, der Dampfer würde dort landen! Er würde sich natürlich verstecken; aber was würde das nützen? Einige der vielen Müßiggänger, die sich immer in Silas Jones' Laden aufhielten, würden an Bord kommen und sicher alles über den Brand der Kendall erfahren. Sie würden ebenso sicher sein, dass sein Name erwähnt würde, denn George hatte ihn zusammen mit seinem eigenen dem Kapitän vor den Augen aller Passagiere gegeben. Das würde sie staunen lassen und mit ziemlicher Sicherheit zu einer Untersuchung führen; Und wie würde er sich fühlen, wenn er gejagt und aus seinem Versteck gezogen würde, mit David Evans' hart verdientem Geld bei sich und fünf Dollar davon weg? Wie sehr wünschte er sich nun, er hätte es in die Hände seines rechtmäßigen Besitzers gegeben! Wenn er das getan hätte, wäre er in der Siedlung berühmt geworden, und jeder hätte gedacht, er sei der beste Kerl der Welt.

„Komm schon, Bob", rief George. „Warum stehst du da?"

Da Bob das Boot nicht verlassen konnte, ohne über Bord zu springen, blieb ihm nichts anderes übrig, als mit ihr weiterzugehen und auf sein Glück zu vertrauen; So folgte er George ins Steuerhaus und wurde zusammen mit seinem Begleiter von dem Mann am Steuer herzlich willkommen geheißen. Er saß neben George auf der Bank, während dieser die Geschichte ihrer Abenteuer ausführlich erzählte, und während er seinen Blick auf den Punkt vor ihm richtete, dachte er an die kleine Siedlung dort und die Menschen, die darin lebten. Als es zu einer Gesprächspause kam, gelang es ihm, dem Piloten zu sagen:

„Halten Sie an – ich meine – wo ist Ihre nächste Landung?"

„Ich weiß es nicht", war die Antwort; „Aber ich kann es bald herausfinden. Who-whoop!" schrie der Pilot durch die Trompete, die hinunter zum Büro führte.

„Ja! Ja!" schrie der Angestellte.

„Irgendwas für Rochdale?"

„Keine Sache", war die ermutigende Antwort.

Der Pilot erzählte dann weiter, wie der Name ihrer nächsten regulären Landung lautete und wie weit flussabwärts sie lag, aber Bob hörte nichts davon. Er hatte erfahren, dass das Boot nicht in Rochdale anlegen würde, und das genügte ihm. Aber würde sie vom Ufer aus ein Signal erhalten? Das war die Frage, die er sich immer wieder stellte, und sie wurde etwa zwei Stunden später beantwortet, als sie in Sichtweite der Landung kamen. Wie klopfte sein Herz, als er sich dem vertrauten Ort näherte, und wie froh wäre er gewesen, wenn er mit allem dorthin hätte zurückkehren können, wie es war, bevor er das Geld gestohlen hatte! Mit nicht geringer Beunruhigung bemerkte er, dass sich auf dem Deich eine größere Zahl von Müßiggängern als sonst versammelt hatte, und blickte sie besorgt an, in der Erwartung, jeden Augenblick ein weißes Taschentuch in der Luft wehen zu sehen. Doch seine Befürchtungen erwiesen sich als unbegründet. Der Dampfer hielt seinen Kurs stabil und eine Viertelstunde später war Rochdale außer Sichtweite. Bob fühlte sich danach sehr elend und düster. Erst nach der Landung des Dampfers in New Orleans erlangte er seine gewohnte Stimmung zurück; und dann schienen die für ihn neuen Anblicke und Geräusche der Stadt seine Aufmerksamkeit auf andere Dinge zu lenken und ihm ein wenig Leben einzuhauchen.

Sobald das Boot am Deich festgemacht war, gingen die beiden Jungen an Land, und George ging voran zu einem Hotel, das von Dampfschifffahrern häufig besucht wurde. Er schien sich dort gut zu kennen, denn kaum hatte er die Tür betreten, wurde er von Piloten und Ingenieuren umringt, die unbedingt mehr über den Brand der Kendall erfahren wollten, als die Zeitungen ihnen sagen konnten. George redete, bis er müde war, und dann trugen er und Bob sich in die Kasse ein und gingen zum Abendessen hinein. Als sie durch die Tür des Speisezimmers verschwunden waren, trat ein Mann, der ihnen unbemerkt von der Dampfschiffanlegestelle bis zum Hotel gefolgt war und der darauf geachtet hatte, im Hintergrund zu bleiben, während George mit seinen Freunden plauderte, herein Ich ging zum Schreibtisch, schaute auf die Kasse, drehte mich um und ging hinaus.

Nachdem sie ein gutes Abendessen zu sich genommen hatten, verließen die Jungs das Hotel, mit der Absicht, an einem kurzen Nachmittag so viel wie möglich von der Stadt zu sehen. Sie wollten in dieser Nacht in New Orleans bleiben und am nächsten Abend den Dampfer nehmen, der nach Galveston fuhr. Sie schlenderten durch die Straßen, bis es dunkel wurde, George zeigte seinem Landfreund alle Sehenswürdigkeiten, an denen sie vorbeikamen, und nachdem sie ein paar notwendige Kleidungsstücke gekauft hatten (was den Einsatz von zehn Dollar mehr von David Evans' Geld erforderte), kehrten sie zurück zum Hotel. Als sie zu Bett gehen wollten, legte Bob sein Geld in die Hände des Angestellten und wurde in ein Zimmer geführt, das an das Zimmer angrenzte, das sein Freund George bewohnen sollte. Er schlief ein, dachte an die Leute zu Hause und beklagte die Torheit, derer er sich schuldig gemacht hatte, als er sie verlassen hatte, und gegen Mitternacht wurde er durch ein Klopfen an seiner Tür geweckt – sozusagen ein geflüstertes Klopfen Die Person, die draußen war, wollte ihn erregen und niemand sonst. Bob zuckte erschrocken zusammen, und als sich das Geräusch wiederholte, rief er:

"Wer ist da?"

„Wächter, Sar ", antwortete die Person draußen.

"Was willst du?"

„ Ich habe einen Brief für dich, Sar ."

"Ein Was?"

„Ein Brief, den mir ein Juwelier gegeben hat, um ihn dir zu geben, Sar ."

"Ein Brief!" dachte Bob. „Wer in aller Welt kann mir schreiben? Es ist natürlich nicht George, denn er weiß, dass ich im Zimmer neben ihm bin. Das kann doch nicht sein – der großartige Moses!"

Bob hatte Angst vor etwas, das ihm gerade einfiel. Konnte es möglich sein, dass sein Vater von seinem Aufenthaltsort erfahren hatte und dass er mit der Bahn in die Stadt gekommen war, um ihn abzufangen und wieder nach Hause zu bringen? Bob zitterte am ganzen Körper, als er sich die Frage stellte, und erinnerte sich daran, dass David Evans' Geld fünfzehn Dollar fehlte. Da er keinen anderen Ausweg aus der Schwierigkeit sah, beschloss er, den Brief überhaupt nicht zu erhalten. Er wartete, bis der Wächter die Treppe hinunterging, zog sich dann an und verließ das Hotel in aller Eile. Er legte sich wieder hin und rief, während er die Decken über sich zog:

„Du hast einen Fehler gemacht, Junge. Dieser Brief ist für jemand anderen."

„De gemman hat mir gesagt , ich solle es Mr. Owens in Nummer sechsundzwanzig geben", war die Antwort.

Bob stöhnte. Sehr widerstrebend und mit viel Angst und Zittern stand er auf, und nachdem er seinen Kerzenhalter hervorgeholt hatte – George wusste, dass er unerfahren war, hatte er dem Angestellten gesagt, dass es vielleicht nicht ganz sicher sei, ihm das Gas anzuvertrauen –, zündete er ein Licht an , und als er die Tür öffnete, wurde eine schwarze Hand hineingeschoben, die ein kleines Stück Papier hielt. Es war ein sehr kleines Stück Papier, aber dennoch groß genug, um Worte zu enthalten, die Bob fast umwerfen könnten. Er schloss die Tür, eilte zum Licht und faltete den Zettel auseinander, der wie folgt lautete:

„Ich habe gerade einen Dampfer gefunden, der innerhalb einer halben Stunde nach Galveston fahren wird. Ich bin jetzt an Bord von ihr. Holen Sie sich Ihr Geld vom Kassierer und kommen Sie sofort. Sie finden eine Kutsche vor der Tür und der Fahrer weiß, wohin er Sie bringen soll!“

Bob atmete erleichtert auf, ließ dann mit einem überraschten Ausruf den Zettel fallen und begann, sich anzuziehen. Er war erleichtert, als er erfuhr , dass die Nachricht nicht von seinem Vater stammte, und überrascht, als er erfuhr, dass George seine am Vortag geschmiedeten Pläne so plötzlich geändert hatte. Was hatte ihn dazu bewogen, um diese Nachtzeit das Hotel zu verlassen, um einen Dampfer aufzuspüren?

Bob brauchte nur ein paar Minuten, um sich anzuziehen, und als er den Zettel in die Tasche gesteckt hatte , blies er die Kerze aus und eilte aus seinem Zimmer. Er verirrte sich zwei- oder dreimal, indem er in die falschen Flure einbog und die falschen Treppen hinunterging, aber schließlich gelang es ihm, den Weg zum Büro zu finden, und er verlangte sein Geld und seine Rechnung. Der Angestellte verteilte die Greenbacks, die in einem Umschlag eingeschlossen waren, und Bob wartete darauf, zu erfahren, wie hoch seine Rechnung war, als er zu großem Erstaunen eine vertraute Stimme hinter sich rufen hörte:

„Was zum Teufel machst du hier?“

Bob drehte sich um und sah den kleinen Piloten vor sich stehen. Er trug weder Kragen noch Weste, und es war offensichtlich, dass er sich ziemlich eilig angezogen hatte, bevor er sein Zimmer verließ.

"Wo gehst du hin?" fragte George, als er sah, dass Bob sein Geld in der Hand hielt.

„Warum, ich wollte dir nachgehen“, antwortete Bob, sobald er sprechen konnte.

„Und wo hast du erwartet, mich zu finden? Ich habe mein Zimmer bis heute Abend noch nicht verlassen.

„Haben Sie mir nicht eine Nachricht geschrieben, dass Sie einen Dampfer gefunden haben, der innerhalb einer halben Stunde nach Galveston fahren würde?"

"ICH!" rief George voller Erstaunen aus. "Nein Sir."

"Dort!" sagte Bob. „Ich habe dem Wächter gesagt, dass er einen Fehler gemacht hat. Hier ist die Notiz."

George las die Notiz und der Angestellte auch; und dann wurde der Wächter, der gerade vorbeikam, um eine Erklärung gebeten. „Woher hast du diese Notiz?" fragte der Angestellte.

„Von dat Gemman out dar in de carriage, sar ", war die prompte Antwort.

„Lass uns gehen und sehen, ob es jemand ist, den wir kennen", sagte George.

Die beiden Jungen eilten zum Bürgersteig und als sie dort ankamen, stellten sie fest, dass dort keine Kutsche stand. Der Wächter, der ihnen dicht auf den Fersen war, schien sehr erstaunt zu sein.

„Der Herr, wer auch immer er war, stellte fest, dass er einen Fehler gemacht hatte, und fuhr los", sagte George, während er den Zettel in möglichst kleine Stücke riss und sie in seine Tasche steckte. „Es hat keine Konsequenzen. Lass uns wieder ins Bett gehen, Bob."

Sie blieben ein paar Minuten am Schreibtisch stehen, um sich mit dem Angestellten und dem Wächter auszutauschen. und als alle davon überzeugt waren, dass der Mann in der Kutsche und nicht der Darkey den Fehler begangen hatte, sah Bob, wie sein Geld wieder in den Safe gelegt wurde, und er und George gingen die Treppe hinauf. Letzterer ging in Bobs Zimmer, und nachdem er die Tür geschlossen und verriegelt hatte, begann er zu erklären, wie es dazu gekommen war, Bob ins Büro zu folgen.

„Ich hörte, wie jemand an deiner Tür klopfte", sagte er; „Aber ich konnte nicht hören, was er zu dir gesagt hat. Da ich wusste, dass du keine Freunde in der Stadt hattest, war meine Neugier geweckt und ich ging hinaus, um zu sehen, was los war. aber ich fand dein Zimmer leer. Es war ein Glück, dass ich Ihnen ins Büro gefolgt bin, denn dadurch habe ich etwas gelernt. Du erinnerst dich an den geretteten Passagier, den wir in der alten Fallenstellerhütte gefunden haben, nicht wahr? Das war mein Onkel John."

Bob sah verwirrt aus, sagte aber nichts.

„Er hat jedes Wort unseres Gesprächs mitgehört", fuhr der junge Pilot fort. „Er hat überhaupt nicht geschlafen. Er weiß, dass wir gemeinsam nach Texas gehen, und er will es verhindern, wenn er kann."

„Was hätte er mit mir gemacht, wenn er mich in diesen Wagen gesteckt hätte?" fragte Bob und holte tief Luft. „Und warum will er mich belästigen? Ich habe ihm nie etwas angetan."

„Nein, aber du trägst die Handtasche", antwortete George. „Wenn es ihm gelingen würde, dich flussaufwärts nach St. Louis oder über den Golf nach Südamerika zu schicken, wäre ich in einer schlimmen Lage, denn ich habe kein Geld. Er möchte mich von zu Hause fernhalten und glaubt, dass er das erreichen kann, indem er uns trennt. „Nun, Bob", fügte George ernst hinzu, „wir dürfen einander nie aus den Augen verlieren, bis wir Texas erreichen, wenn wir es verhindern können!"

Die Jungen verbrachten eine Stunde oder länger damit, die Angelegenheit zu besprechen, und dann ging George in sein eigenes Zimmer. Bob schloss die Tür ab und verbarrikadierte sie und fiel wieder ins Bett, konnte aber nicht schlafen. Der Gedanke an die Falle, in die er beinahe geraten wäre, hielt ihn wach. Es war alles andere als angenehm für ihn zu wissen, dass er in einem Mann, den er nicht kannte, einen Feind hatte, den er nicht erkannt hätte, wenn er in diesem Moment sein Zimmer betreten hätte, und der es jederzeit tun könnte, wenn er Wenn jemand unvorbereitet war, bringen Sie ihn in seine Gewalt und verfrachten Sie ihn nach Südamerika oder an einen anderen abgelegenen Ort. Bob fragte sich nicht, was seine liebsten Grenzgänger unter ähnlichen Umständen getan hätten, und tatsächlich dachte er jetzt auch nie an sie. Er betrachtete sie nicht länger als Objekte, die es wert waren, nachgeahmt zu werden. Er und George waren danach sehr vorsichtig. Am nächsten Tag waren sie kaum außer Sichtweite voneinander, und erst als sie sicher an Bord des Dampfers waren, der nach Galveston fuhr, und George alles abgesucht hatte, um sicherzugehen, dass sein Onkel nicht an Bord war, dass sie leicht zu atmen begannen.

Die Fahrt über den Golf verlief ohne nennenswerte Zwischenfälle. Keinem von ihnen gefiel es, denn das Segeln wurde nach einer Weile eintönig, und da sie nichts zu lesen hatten und fast jedes Gesprächsthema erschöpft hatten, konnten sie nur dasitzen und nachdenken – zum einen an das Zuhause seiner glücklichen Kindheit, wohin Er eilte, und er wusste, dass er von den Besitzern und den anderen geliebten Menschen, die er zurückließ und die er vielleicht nie wieder sehen würde, nicht willkommen geheißen werden würde. Er hoffte jedoch, dass er sie wiedersehen würde, und schmiedete entsprechende Pläne. Er würde nichts von Davids Geld für die Ausrüstung eines Jägers ausgeben, wie er es vorgehabt hatte. Wenn er alles in seinem Besitz gehabt hätte und nach Hause hätte gelangen können, ohne etwas davon auszugeben, hätte er sich sofort umgedreht; Da dies jedoch unmöglich war, ging er weiter und suchte eine Beschäftigung, sobald er das Ende seiner Reise erreicht hatte. George hatte ihm erzählt, dass Hirten vierzig Dollar pro Monat erhielten, und das war nach Bobs Einschätzung eine große Summe. Bei diesem Tempo würde er nur etwas mehr als vier Monate brauchen, um so viel zu verdienen, wie er David Evans gestohlen hatte. Sobald er den Betrag sparen konnte, würde er ihn an David schicken, und sobald er genug verdienen konnte, um seine Ausgaben zu bezahlen, würde er sich auf den Heimweg machen. „Und wenn ich dort ankomme, wenn überhaupt jemals", fügte Bob mit Tränen der Reue in den Augen hinzu, „werde ich bleiben, wenn ich täglich von einer Kruste Brot leben muss."

So redete Bob mit sich selbst, während er von New Orleans nach Galveston segelte, und er meinte jedes Wort ernst. Aber er hatte noch nicht den vollen Lohn seiner Torheit geerntet, und etwas geschah, das ihn daran hinderte, seine Pläne auszuführen.

Es war Nacht, als sie das Ende ihrer Reise erreichten, und der lange Kai, an dem der Dampfer anlegte, war so dunkel, dass die Jungen, nachdem sie aus dem Lichtkreis der trüben Laternen herausgekommen waren, die über der Laufplanke hingen, es schaffen konnten kaum erkennen, wohin sie wollten. Auch auf dem Kai herrschte eine Menschenmenge, und als sie hindurchgingen, trennten sich die Gefährten für so lange Zeit, dass Bob fürchtete, sie würden sich nie wieder finden. Der Lärm und die Verwirrung verwirrten ihn so sehr, und er wurde so heftig herumgeschubst, dass er sich völlig umdrehte und fast vom Kai in die Bucht gelaufen wäre; doch schließlich lief er zu seiner großen Freude in die Arme von George, der ihn suchte, und folgte seinem Beispiel und stand bald wieder auf festem Boden. Dann blieb George stehen.

„Ich kenne die Stadt überhaupt nicht, obwohl ich schon einige Male hier war", sagte er, „also warten wir auf einen Führer." Hier kommt jetzt einer."

Während George sprach, rollte ein schwer mit Koffern beladener Wagen vom Kai herunter und bog die Straße hinauf.

Die Jungen folgten ihm, und indem sie es immer im Blick hatten, wurden sie schließlich zum Eisenbahndepot geführt, dem Ort, den sie finden wollten. Ihr Weg führte nun per Bahn nach Austin, der Hauptstadt des Staates, und von dort per Etappe in die kleine spanische Stadt Palos, die nur wenige Meilen von Georges Zuhause entfernt lag.

Als die Jungen das Depot betraten , fanden sie einen abfahrbereiten Zug vor. Der Motor zischte, Gepäckträger schlugen in bewährter Manier mit Koffern herum, und um das Fenster des Büros versammelte sich eine Menschenmenge, die unbedingt Fahrkarten kaufen wollte. „Machen Sie mit den anderen mit", sagte George. „Drücke und dränge so stark du kannst. Das ist unsere einzige Chance, heute Abend auszusteigen. Aber warte! Vielleicht solltest du mir das Geld besser geben. Ich habe in solchen Angelegenheiten mehr Erfahrung."

Bob hatte es sehr unbequem gefunden, jedes Mal, wenn er einen Schein wollte, an seinen Geldgürtel zu greifen, und so hatte er kurz vor der Landung des Dampfers alle Greenbacks in seine Handtasche übertragen und den Gürtel über Bord geworfen. Da er durchaus bereit war, dass George die Verantwortung für die Beschaffung von Eintrittskarten für sie übernehmen sollte, steckte er die Hand in die Tasche und stellte zu seinem größten Erstaunen und Schrecken fest, dass sie leer war. Er fühlte in das andere hinein, aber da war auch nichts. Dann untersuchte er überall seine Kleidung, konnte aber nichts in Form einer Brieftasche finden. Währenddessen stand George da, streckte seine Hand aus und blickte zuerst auf die Menschenmenge am Fenster und dann auf den Zug, als ob er im Geiste die Chancen abschätzte, mit dem Zug davonzukommen. Als er sich schließlich wunderte, warum Bob so lange mit der Suche nach der Handtasche brauchte, drehte er sich um, um ihn anzusehen, und stellte fest, dass er rückwärts zu einem Lastwagen gefahren war, auf dem er saß, das Kinn auf die Brust gestützt und die Hände herabhängend seine Seite.

"Was ist los?" rief George und sprang vorwärts. "Bist du krank?"

"NEIN; aber mein Geld ist weg!" war die schwache Antwort.

"Gegangen!" keuchte George.

Bob konnte nur mit dem Kopf nicken.

„Das kann doch nicht möglich sein. Bist du dir da sicher? Hast du schon in alle deine Taschen geschaut? Versuchen Sie es erneut."

Der Gedanke, dass er das Taschenbuch vielleicht übersehen hatte, flößte Bob ein wenig Hoffnung und Energie ein, der aufsprang und die Suche erneut durchführte, wobei George ihm dabei half. Aber es war nichts zu finden. Während sie damit beschäftigt waren, wurde die Menge um das Fenster immer kleiner, und schließlich, gerade als der letzte Mann seine Fahrkarte ergriff und sich auf den Weg zu den Waggons machte, läutete die Glocke und der Zug fuhr langsam aus dem Depot und verließ das Depot Zwei Jungen sitzen auf dem Lastwagen und starren einander ausdruckslos an.

KAPITEL XVI
DAN MACHT EINE ENTDECKUNG.

„Wie zum Teufel hast du es geschafft, dieses Geld zu verlieren?" fragte George, sobald er sprechen konnte. „Wo und wann hast du es zuletzt gesehen?"

„Ich hatte es keine zehn Minuten, bevor wir das Boot verließen, in meinen Händen", antwortete Bob, der seine Tränen kaum zurückhalten konnte. „Es war auch sicher, als ich von der Gangplanke herunterkam, denn ich gab mir Mühe, mich davon zu überzeugen. Als wir in die Menschenmenge kamen, wurde ich herumgeschubst, erst in die eine und dann in die andere Richtung, und wenn ich jetzt darüber nachdenke, bin ich mir sicher, dass ich eine Hand in meiner Tasche gespürt habe."

„Das ist sehr wahrscheinlich", antwortete George. „Ihre Tasche wurde geplündert, das ist das lange und kurze der Sache, und hier sind wir, allein in einer großen Stadt, ohne einen Cent, mit dem wir uns segnen könnten, und ohne einen Freund im Umkreis von Hunderten von Meilen."

Bob war zutiefst beunruhigt, und sogar George war mit seinen achtzehn Monaten Erfahrung mit den Sitten und Gegebenheiten der Welt krank im Herzen. Sie saßen mehrere Minuten lang in düsterem Schweigen da, dann wurde George etwas fröhlicher und sprach fröhlicher.

„Es ist nicht so schlimm, wie es sein könnte", sagte er, „denn wir wissen, wo wir Geld bekommen können. Wenn ich morgen früh jemanden finde, der gutmütig genug ist, mir Schreibmaterial und einen Stempel zu geben, schreibe ich eine Nachricht an Mr. Gilbert, und er wird uns durchbringen. Aber es wird zwei Wochen dauern, bis wir von ihm hören, und wo werden wir schlafen und was werden wir essen, während wir warten? Das ist es, was mich stört. Wir müssen die Stadt nach Arbeit absuchen. Ich bin bereit, alles Ehrliche zu tun."

„Wo werden wir heute Nacht schlafen?" fragte Bob, dessen Mut völlig verschwunden war und der das Gefühl hatte, er würde am liebsten außer Sichtweite in einen hohlen Baumstamm kriechen und seinen Gefühlen in einer Flut von Tränen freien Lauf lassen.

„Wir können nirgendwo schlafen", antwortete George.

„Können wir nicht irgendwo eine dunkle Treppe finden?" fragte Bob, der sich daran erinnerte, dass die Helden einiger seiner Lieblingsbücher, die später reich genug wurden, um in ihren Kutschen zu fahren, mehr als eine Nacht auf diese Weise verbracht hatten, als sie sich zum ersten Mal auf die Suche nach ihrem Glück machten.

„Das wäre nicht sicher", erwiderte George schnell. „An fast jeder Ecke stehen Polizisten, die uns mit Sicherheit finden und uns als Landstreicher verhaften würden. Sie werden uns keine Probleme bereiten, solange wir in Bewegung bleiben, und das ist das einzig Sichere, was wir tun können. Wir werden sicher eine harte Nacht haben, Bob, aber die Sonne bringt immer den Tag."

Und sie hatten eine harte Nacht hinter sich. Sie gingen stundenlang durch die Straßen und wurden so müde und wunde Füße, dass sie sich am liebsten an dem ersten sauberen Ort, den sie finden konnten, hingelegt und geschlafen hätten. Die Sonne brachte zwar den Tag, aber sie brachte keine Verbesserung ihrer Umstände. Zu früher Stunde fanden sie einen Mann, der ein Lebensmittelgeschäft eröffnete. George ging hinein und erzählte ihm ihre Geschichte; und der Mann gab ihm, nachdem er es gehört hatte, das Schreibmaterial, das er brauchte, und auch einen großzügigen Vorrat an Crackern und Käse; aber er konnte ihm keine Arbeit geben, und er konnte ihnen auch nicht von jemandem erzählen, der einen Jungen einstellen wollte.

Die beiden Freunde saßen auf einer Kiste vor dem Laden, während sie Cracker und Käse aßen, und machten sich dann auf die Suche nach dem Postamt. Nachdem der Brief, den George am Schreibtisch des Lebensmittelhändlers geschrieben hatte, verschickt worden war, bestand ihre nächste harte Arbeit darin, etwas zu finden, das sie tun konnten; aber ihre Bemühungen in dieser Richtung blieben erfolglos. Zwar fanden sie mehrere Geschäftsleute, die Hilfe brauchten, aber sie hatten keine Verwendung für einen jungen Piloten oder für einen Jungen, der in seinem Leben noch nie etwas getan hatte; und außerdem verlangten sie etwas, was die Wanderer nicht vorweisen konnten, nämlich Empfehlungsschreiben. Den ganzen Tag über liefen die Jungen durch die Straßen, ohne etwas zu essen oder sich auszuruhen; und als es Nacht wurde, waren sie fast erschöpft und völlig entmutigt. Sogar George, der bisher versucht hatte, einen leichten Herzens zu bewahren, war jetzt ziemlich düster.

„Wir können heute Abend nicht wie letzte Nacht durch die Straßen gehen", sagte er; „Und ich kenne nur einen Ort, an dem wir schlafen können, und das ist das Bahnhofsgebäude."

George hatte im Laufe des Tages mehrmals darüber gesprochen und Bob erklärt, dass das Bahnhofsgebäude der Ort sei, wohin mittellose Menschen gingen, um eine Nachtunterkunft zu bekommen. Er fügte eine Information hinzu, die Bob einen kalten Schauer über den Rücken laufen ließ, und zwar, dass sie, wenn sie dort einmal hineingegangen wären, erst am Morgen wieder herauskommen könnten, weil sie dann eingesperrt wären.

„Ich glaube, ich würde lieber aus Schlafmangel sterben, als an einen solchen Ort zu gehen", dachte Bob und steckte seine Hand zuerst in eine

Tasche und dann in eine andere, wie er es den ganzen Tag in der vergeblichen Hoffnung getan hatte dass ich die fehlende Brieftasche irgendwo versteckt in einer abgelegenen Ecke gefunden habe. „Mir kommt es so vor, als könnte ich nicht atmen, wenn ich eingesperrt wäre – ich könnte es unmöglich – hallo !"

sich selbst redete, machte er eine Entdeckung, die fast so willkommen war, wie die Entdeckung einer Goldmine zu jedem anderen Zeitpunkt gewesen wäre. In der Uhrentasche seiner Hose fand er einen kleinen runden Papierknäuel, und als seine Finger ihn berührten, durchfuhr ihn ein Schauer der Hoffnung. Er verlangsamte allmählich sein Tempo und ließ George ein paar Meter vor sich her, zog schlau die Kugel heraus, öffnete sie und stellte fest, dass es sich um ein Fünfzig-Cent-Stück handelte. Er hatte es sehr nachlässig hineingelegt und sich nichts dabei gedacht; aber jetzt war es ihm etwas wert. Seine Finger schlossen sich genauso eifrig darum, wie sie sich um die Blechdose geschlossen hatten, als er sie unter dem Baumstamm hervorzog, wo Dan Evans sie versteckt hatte.

„Heute Nacht gibt es für mich kein Bahnhofsgebäude", dachte er. „Das bringt mir Abendessen und Unterkunft. Für beides reicht es nicht, also muss George auf sich selbst aufpassen. Seit ich ihn kennengelernt habe, habe ich ihm zweimal das Leben gerettet und seine Ausgaben bezahlt, und ich denke, es ist höchste Zeit, dass ich mich um Nummer eins kümmere. Wie soll ich ihm nun entkommen?"

Dies war das Problem, dessen Lösung Bob sich nun widmete. Es erwies sich als nicht sehr schwierig, denn es löste sich von selbst. Er ging sehr langsam weiter, während sein Begleiter eilte, als wolle er einige seiner düsteren Gedanken hinter sich lassen, und plötzlich war er fast einen halben Block vor Bob. Ab und zu schaute er zurück, um zu sehen, ob Bob kam, und eilte dann wie zuvor weiter. Bob behielt ihn im Auge, und sobald sich die Gelegenheit bot, bog er in eine Seitenstraße ein und begann zu rennen. Er war so schwach und müde, dass er kaum auf den Beinen stehen konnte, aber die Aussicht auf ein gutes Abendessen und ein Bett zum Schlafen belebte ihn, und zwei oder drei Blocks lang rannte er mit Höchstgeschwindigkeit. Er bog in jede Straße ein, die er erreichte, und als er glaubte, einen sicheren Abstand zwischen sich und seinem Begleiter hergestellt zu haben, blieb er stehen und setzte sich auf eine Türschwelle, um zu Atem zu kommen.

„Ich musste es tun", dachte Bob, dem es leid tat, als er an George dachte, der hungrig, ohne Freunde und allein durch die Straßen der Stadt wanderte. „Ohne Essen und Schlaf konnte ich es nicht länger ertragen, und ich habe gerade genug Geld, um durchzukommen. Jetzt frage ich mich, ob ich diesen Ort wiederfinden kann!"

Einmal in der Nacht zuvor und zwei- oder dreimal am Tag waren die Jungen an einem Speisehaus vorbeigekommen, über dessen Tür eine riesige Laterne hing und auf der ein Schild mit der Information angebracht war, dass man dort zu Abend essen und übernachten könne für fünfzig Cent. Dies war der Ort, den Bob finden wollte, und zu seiner großen Freude ging er fast direkt dorthin. Er hielt scharf Ausschau, aus Angst, er könnte gegen George antreten, bevor er es merkte; und als er das Speisehaus erreichte, blieb er stehen und blickte sich um, um sich zu vergewissern, dass er nirgends zu sehen war. Dann ging er hinein, legte seine fünfzig Cent auf den Tresen und teilte dem Wirt mit, dass er zu Abend essen und ein Bett zum Schlafen haben wollte. Man zeigte ihm einen Platz an einem der Tische im Zimmer und aß wie ein hungriger Junge kann essen. Als er seinen Appetit gestillt hatte , wurde er in sein Zimmer geführt und fiel in einen tiefen Schlaf, sobald er das Bett berührte. Er wurde am Morgen durch ein lautes und lange anhaltendes Klopfen an seiner Tür geweckt, begleitet von „Frühstück!"-Rufen. Frühstück!" Er stand auf, aber es gab kein Frühstück für ihn. Er setzte seine Wanderungen durch die Stadt fort, ohne zu wissen, wohin er gehen oder was er tun sollte. Er konnte nicht nach Hause gehen – O! Wie sehr wünschte er sich jetzt, dass der Dampfer begrüßt worden wäre, als er Rochdale passierte, und dass er entdeckt und gezwungen worden wäre, an Land zu gehen. Er konnte keine Arbeit finden und konnte nicht mehr lange so leben, wie er jetzt lebte. Er war ein elender Ausreißer. Einmal im Laufe des Tages begegnete er dem Jungen, den er am liebsten meiden wollte, sehr nahe. Als er an einem der zahlreichen Hotels der Stadt vorbeikam, sah er, wie George dort einem Herrn folgte. Sobald Bob ihn erblickte , drehte er sich um und ging in die entgegengesetzte Richtung.

„Entweder hat er Arbeit gefunden, oder er hat gebettelt, und dieser Herr nimmt ihn mit, um ihm sein Frühstück zu geben", dachte Bob. „Betteln! Muss ich mich darauf beschränken?"

Bob hatte weit daneben geschossen. George hatte weder Arbeit gefunden, noch hatte er gebettelt. Er hatte Mr. Gilbert gefunden, denselben Mann, dem er am Tag zuvor geschrieben hatte, und die beiden hatten einen Großteil der Nacht und den ganzen Morgen damit verbracht, nach Bob zu suchen. Letzterer hatte seinen Zustand durch die Flucht vor George nicht verbessert.

Bob verbrachte den Vormittag damit, durch die Straßen zu schlendern, und wurde immer hungriger und fast verzweifelter, als ihm eine Notiz auffiel, die seine Aufmerksamkeit erregte. Darin stand: „Männer für den US-Kavalleriedienst gesucht." Bob betrachtete es einige Minuten lang, dann steckte er die Hände in die Taschen und ging weiter, den Blick auf den Bürgersteig gerichtet, als würde er intensiv über etwas nachdenken. Als er an eine Kreuzung kam, ging er auf die gegenüberliegende Straßenseite und las dort das Schild. Dann kam er noch einmal zurück und las es, während er davor stand. Danach schaute er durch die offene Tür hinein und sah drei oder vier Männer in Dienstuniform neben einem langen Tisch sitzen, der mit Papieren und Schreibmaterialien bedeckt war.

„Es gibt eine Chance, reichlich zu essen und einen Platz zum Schlafen zu bekommen", dachte Bob, als er wieder weiterging, „und ich weiß nicht, ob ich es besser machen kann. Ich kann nicht nach Hause gehen; Ich weiß nichts über solche Arbeiten, wie sie in einer Stadt gemacht werden müssen, und ich kann so nicht leben. Ich werde sie auf jeden Fall fragen, ob sie mich mitnehmen."

Als Bob das sagte, drehte er sich um und ging zum Rekrutierungsbüro. Er ging schnell, als fürchtete er, sein Mut könnte ihn verlassen, und als er die Tür erreichte , ging er hinein, ohne darüber nachzudenken. Als er hineinkam, war er ein freier Junge; Als er herauskam, war er nicht mehr so, da er fünf Jahre lang seine Freiheit geschworen hatte. Vielleicht bereute er dann den Schritt, den er getan hatte, ebenso sehr, wie er bedauerte, dass er von zu Hause weggelaufen war ; aber es war zu spät, die Sache wieder in Ordnung zu bringen. Er konnte nicht mehr gehen und kommen, wie er wollte, und weglaufen war auch nicht möglich. Aber er war sich sicher, dass er etwas zu essen und einen Platz zum Schlafen hatte, und das war es, was er wollte. Er hatte viele Jahre vor sich, in denen er über die Fehler und Torheiten seines Lebens nachdenken konnte, und hoffen wir, dass es ihm von Nutzen war.

Und was machten die Leute in Rochdale die ganze Zeit über? Gehen wir zurück und erkundigen uns. Kehren wir zu Dan Evans zurück, den wir nicht mehr gesehen haben, seit Bob ihm Davids Geld gestohlen hat.

„Thar!" sagte Dan zu sich selbst, als der Knall seines Gewehrs durch den Wald hallte und das Eichhörnchen nach zwei oder drei Somersets mit diesem dumpfen Knall auf dem Boden aufschlug, der für die Ohren eines Jägers so erfreulich ist: „Ich schätze, ich habe es geschafft." jetzt ein Frühstück. Wenn du dich nur etwas früher gezeigt hättest, müsste ich nicht zu Owens' Hühnerstall gehen, verdammt noch mal! Dieser alte Nigger, Bijah, hat mich im Baum gefangen, und er kannte mich auch; aber das gefällt mir nicht . Das Einzige, was mich stört, ist zu wissen, was ich als nächstes tun werde . Ich kann nicht gehen, hm , Dave, und die alte Frau lässt mich nicht dort bleiben, und es gibt keinen anderen Ort in der Siedlung , an dem ich bleiben kann. Mein Zirkussklave, meine tollen Waffen, die in der Mitte zerbrechen, und all die anderen schönen Dinge, die ich mir von meinem Geld kaufen wollte , sind brüllend kaputt, sonst kann ich sie eine Weile nicht benutzen Ich lebe hier draußen im Wald."

Während er diese Selbstgespräche führte, lud Dan sein Gewehr neu, hob sein Eichhörnchen auf und ging langsam und nachdenklich seine Schritte zurück in Richtung seines Lagers. Er lernte nun die Lektion, die Bob Owens einige Tage später lernen sollte, nämlich, dass der Besitz von Geld keineswegs glücklich macht. Dan hatte jetzt mehr in seinen Händen, als er jemals durch seine eigene Arbeit zu verdienen gehofft hatte, und er war noch nie in seinem Leben elender und unzufriedener gewesen. Er war einsam da draußen im Wald und wäre fast bereit gewesen, auf das Geld zu verzichten, wenn er dadurch wieder zu seiner alten Lebensweise zurückfinden könnte. Als er mit dem Geld umging, geriet er in Ekstase; Aber früher oder später drängte sich ihm immer der unwillkommene Gedanke auf, dass es für ihn keinen irdischen Nutzen hatte, und dann dachte er fest daran, es seinem Bruder zurückzugeben, mit der Versicherung, dass er es seinem Vater absichtlich gestohlen hatte um es ihm zurückzugeben. Er dachte jetzt intensiv darüber nach. Er war nicht so dumm, aber er konnte sehen, dass er in der Welt ziemlich weit unten stand. Er hatte keine Kleidung außer denen auf dem Rücken, und sie boten ihm nur sehr wenig Schutz vor der scharfen Morgenluft – nur noch drei oder vier Streichhölzer in seiner Tasche und nur ein Dutzend Kugeln und Pulver, genug, um die Hälfte davon abzuschießen. Was sollte er tun, wenn seine Streichhölzer und Munition alle verschwunden waren?

„Ich wollte aufs Land gehen , um nichts von diesem Geld auszugeben", dachte Dan, als er sich auf den Baumstamm neben dem Feuer setzte und anfing, das Eichhörnchen zu häuten, „ dann werden die Leute wissen, dass es Daves Geld ist, das ich ausgebe ." Und dann gerate ich ins Schwärmen , klar, Pop. Andere Kerle, wie die Gordons, kommen mit Scherzen so glatt und leicht zurecht, als würden sie von einem Baumstamm fallen , und hier bin ich, der schuftete und schuftete, seit ich kniehoch vor einer Ente stand, und Schau mich doch mal an! Hoppla!" schrie Dan, der wütend wurde, während er darüber nachdachte. „Das ist es, was mich im Vergleich zu allen anderen so wild macht !"

Dans Gedanken liefen in diesem Kanal weiter, während er das Eichhörnchen anrichtete und für den Spieß vorbereitete, und während es briet, saß er mit den Ellbogen auf den Knien und dem Kopf auf den Händen und blickte unverwandt ins Feuer. Aber nachdem das Eichhörnchen zu seiner Zufriedenheit fertig war und er eine Portion davon gegessen hatte und sein Heißhunger einigermaßen gestillt war, begann er, die Dinge heiterer zu sehen.

„Ich habe jedenfalls das Geld", dachte Dan, während er in einer Hand ein Bein des Eichhörnchens hielt und mit der anderen durch die Blätter strich, die an dem Baumstamm, auf dem er saß, aufgetürmt waren. „Das ist etwas, worüber ich mich freuen würde. Es ist ein großer Trost zu wissen, dass dieser gemeine Kerl und Dave von uns mich nicht um meinen Anteil an diesen Greenbacks betrogen haben, die so aalglat waren, wie sie es sich vorgestellt hatten . Wal, wohin sind denn die Greenbacks gegangen?"

Dan legte sein Eichhörnchen vorsichtig auf ein Stück Rinde, das er als Teller zur Verfügung gestellt hatte, und kniete neben dem Baumstamm nieder und kratzte die Blätter ab, ohne jedoch den Gegenstand zu entdecken, nach dem er suchte. Der Ausdruck des Erstaunens, der auf seinem Gesicht erschien, wich nach und nach einem Ausdruck der Besorgnis, und die schnellen Bewegungen seiner Hände wurden noch schneller, als ihm die Tatsache zu dämmern schien, dass die Kiste, die seinen Schatz enthielt, auf unerklärliche Weise verschwunden war. Schließlich wurden die Blätter über die gesamte Länge des Baumstamms abgekratzt, und Dan sprang mit einem wilden Schrei auf die Füße. Einen Moment lang stand er regungslos da, dann ließ er sich wieder auf die Knie nieder und schaute unter den Baumstamm. Er dachte, dass er die Kiste vielleicht weiter nach unten geschoben hatte, als er beabsichtigt hatte, und dass sie in eine kleine Mulde außer Sichtweite gefallen war. Aber es gab keine kleine Mulde unter dem Baumstamm, die Dan entdecken konnte, obwohl er jeden Zentimeter des Bodens mit den Fingern absuchte. Dans Augen schienen bereit, aus ihren Höhlen zu springen.

„Es ist weg, und ich bin ein kaputter Mann", rief er und warf verängstigte Blicke von allen Seiten auf sich. „Einer von ihnen, der in der Gasse des Generals lebt , ist hierhergekommen und damit davongelaufen. Das ist kein Ort für mich!"

Dan griff ziemlich hastig nach seinem Gewehr und wollte gerade in aller Eile sein Lager verlassen, als er zufällig etwas entdeckte, das ihn dazu brachte, die Sache ganz anders zu betrachten. Die Büsche hinter dem Baumstamm waren kürzlich aufgewühlt worden – Dan war Jäger genug, um das zu erkennen – und ein zweiter Blick zeigte ihm, dass ein schwerer Körper durch sie hindurchgegangen war. Mit seinem gespannten Gewehr in der Hand stieg Dan über den Baumstamm, um ihn noch genauer zu untersuchen, und stellte fest, dass die Spur, die durch die Büsche führte, so deutlich war, dass es ihm keine Schwierigkeiten bereitete, ihr zu folgen. Es führte ihn direkt zu dem Ort, an dem Bob Owens sich versteckt hatte, während er Dan beobachtete; aber von da an wurde es allmählich schwächer, und als es die offeneren Wälder erreichte, verschwand es ganz. Fast das letzte Anzeichen dafür, das Dan finden konnte, war der Abdruck eines Stiefelabsatzes in der weichen Erde. Dies untersuchte er so genau er konnte, mit Augen, die von Tränen der Verärgerung und Enttäuschung geblendet waren.

„Taint Pap, noch Dave, nein ", sagte er schließlich. „Keiner von ihnen konnte ihre großen Hufe nicht in einen Stiefel mit so einem Absatz wie damals stecken ; Aber jemand hat vor nicht mehr als fünf Minuten herumgeschnüffelt , und wer könnte es gewesen sein? Irgendjemand wusste , dass ich das Geld hatte; aber wer war es?"

Das war eine Frage, die Dan weder beantworten konnte, noch wurde sie erst viele Monate später überhaupt beantwortet. Der Verlust des Geldes war ein schwerer Schlag für ihn und er sah nichts als eine düstere Zukunft vor sich. Bis zu diesem Zeitpunkt hatte er sich verhältnismäßig sicher gefühlt, denn er wusste, dass er, wenn er sich dazu entschließen würde, sehr leicht in die Gunst seiner Mutter und Davids gelangen könnte, indem er ihm einfach dessen Geld zurückgab; Doch nun wurde ihm diese Chance zur Versöhnung genommen, und der Gedanke brachte ihn fast in den Wahnsinn. Wie er die nächsten Tage überlebte, hätte er nicht sagen können, um sein Leben zu retten. Er streifte Tag und Nacht durch den Wald – seine düsteren Gedanken quälten ihn so sehr, dass er nicht stillhalten konnte –, zitternd in der kalten Morgenluft, mehr als die Hälfte der Zeit hungernd und die ganze Zeit über von der Angst vor einem drohenden Unheil gequält. Endlich kam der Tag, an dem alle seine Streichhölzer verbraucht waren und er keine einzige Ladung Pulver mehr in seinem Horn hatte . Er hatte beschlossen, in dieser Nacht einen Überfall auf Mr. Owens' Hühnerstall zu machen, obwohl er beim besten Willen nicht sagen konnte, wie er die Hühner kochen würde, nachdem er sie bekommen hatte, und war auf dem Weg zur Plantage, wann Er kam auf die Straße, die von Rochdale zur Kreisstadt führte. Als er gerade über den Zaun klettern wollte, hörte er ganz in der Nähe das Klappern von Hufen und zog sich gerade noch rechtzeitig ins Gebüsch zurück, um der Entdeckung durch den herannahenden Reiter zu entgehen.

KAPITEL XVII
SCHLUSSFOLGERUNG.

Einen Moment später kam der Reiter in Sicht und Dan blickte ihn voller Erstaunen an. Es war sein Bruder David; Aber was für eine Veränderung war über ihn gekommen, seit Dan ihn das letzte Mal in der Hütte gesehen hatte! Wenn er immer so gekleidet gewesen wäre, wie er jetzt war, könnten die Menschen in der Siedlung nicht länger von ihm als „diesem Lumpen, Dave Evans" sprechen. Er trug einen neuen Anzug aus grauen Jeans, ein Paar brauchbare Stiefel ohne Löcher und – was Dan nicht entging – ordentlich geschwärzte Schuhe, einen breitkrempigen Filzhut und, was noch schöner war, einen Kragen und Krawatte. Er saß auf einem hochspringenden Hengstfohlen, das Dan oft auf dem Stallgelände von General Gordon hatte rennen sehen, und hatte einen Sattel und ein Zaumzeug, die aussahen, als kämen sie gerade erst aus dem Laden; und am Sattel befestigt war ein Postbeutel, den Dan so oft gesehen hatte, dass er ihn sofort erkannte . David eilte schnell die Straße entlang und war in wenigen Sekunden außer Sicht, aber Dan hatte genügend Zeit, all diese kleinen Details in sich aufzunehmen und zu bemerken, dass das Gesicht seines Bruders einen glücklichen, zufriedenen Ausdruck zeigte, als ob er sich im Frieden fühlte mit sich selbst und der ganzen Welt. Dan verglich seine Situation mit seiner eigenen und wurde sofort wütend.

„Wal", sagte er, sobald er sich von seinem Erstaunen erholt hatte, „wenn das der kleine Dave von uns ist Du musst kein Postbote sein! Ich habe zwar gehört , dass der Alte aufgeben wollte , aber wer hätte gedacht, dass einer aus unserem Stamm in seine Fußstapfen treten würde? *Stiefel*, wohlgemerkt; Und sie sind etwas, das ich und Dave noch nie zuvor besessen haben. Er muss Stapel von Greenbacks verdienen , vielleicht zehn oder zwölf Dollar im Monat", fügte Dan hinzu, legte sein Gewehr nieder und beugte sich halb über den Zaun, um einen anderen Blick auf den Jungen zu werfen, der das Glück hatte, Geld zu verdienen Geld so schnell. „Jetzt sage ich euch scherzhaft , was die Wahrheit des Evangeliums ist: Die Dinge müssen gut aussehen , um richtig zu sein, wenn da so viel reinkommt ."

Dan vergaß, dass er hungrig war, und dachte nicht mehr an den Hühnerstall, den er in dieser Nacht ausrauben wollte. Er ging zurück in den Wald und wanderte ziellos umher, ohne auf die Richtung zu achten, die er einschlug, und wurde plötzlich durch das Geräusch einer Axt aus seinen Träumereien gerissen. Er schaute auf und stellte überrascht und ein wenig beunruhigt fest, dass er sich in der Nähe seines Hauses befand. Der Kartoffelkeller, der einst als Gefängnis für Don Gordon gedient hatte, lag dicht vor ihm, und durch die hohen Bäume, die der Herbstwind bereits von den Blättern befreit hatte, konnte er die Hütte sehen.

Dan wollte sich gerade abwenden und wieder in den Wald stürzen, als er bemerkte, dass im Hof hinter dem Haus jemand bei der Arbeit war. Er war sich sicher, dass es nicht sein Bruder sein konnte, denn David hatte noch keine Zeit gehabt, zum Treppenabsatz zu gehen und seine Post abzugeben. Es konnte auch nicht sein Vater sein, denn Godfrey versteckte sich ebenso wie er selbst im Wald; und außerdem trug der Mann, der im Garten arbeitete, ein weißes Hemd – Dan konnte es deutlich durch die Bäume sehen – und das hatte Godfrey schon seit vielen Jahren nicht mehr besessen. Aber Dan wollte sehen, wer es war, also kroch er näher an den Zaun heran, und als er den Arbeiter gut sehen konnte, fiel ihm vor Erstaunen fast das Gewehr aus der Hand. Es war schließlich sein Vater; Aber Dan konnte es kaum glauben, bis er sich zwei- oder dreimal die Augen gerieben und ihn ebenso oft angesehen hatte. Godfrey war wie ein Gentleman gekleidet. In keinem seiner Kleidungsstücke war ein Loch zu sehen, sein Haar und sein Schnurrbart waren ordentlich gekämmt, er trug einen Hut mit Krempe auf dem Kopf, Stiefel statt Schuhen an den Füßen und, was Dan mehr als überraschte Ansonsten hatte er die Ärmel hochgekrempelt und ging auf den Holzstapel zu, als ob er es ernst meinte. Während der Junge ihn ansah, blieb er zwei- oder dreimal stehen, nahm seinen Hut ab und wischte sich den Schweiß von der Stirn.

„Wal, von all den Dingen, die ich je über dieses Jahr gehört habe , ist es das Schlimmste ", dachte Dan, sobald sein Geist sich so beruhigt hatte, dass er überhaupt denken konnte. „Sieht aus wie ein Schlag ins Gesicht, aber benimm dich nicht so, als hätte ich ihn jemals zuvor so benommen."

Dan warf einen weiteren genauen Blick auf seinen Vater und fragte sich, was in aller Welt passieren konnte, um ihn nach Hause zu bringen und zur Arbeit zu schicken; und während er über das Problem nachdachte, ließ er seinen Blick über die Räumlichkeiten schweifen und stellte fest, dass während seiner Abwesenheit verschiedene kleine Verbesserungen vorgenommen worden waren. Das kleine Blockhaus, das Maiskrippe genannt wurde, war gründlich repariert worden, obwohl Dan darin noch nie Mais gesehen hatte, und die goldenen Ähren ragten aus jedem Spalt zwischen den Latten hervor, was zeigte, dass es gut gefüllt war. Die jämmerliche Entschuldigung für einen Stall, der das einzige Maultier beherbergte, das Godfrey besaß, war neu überdacht worden; An der Rückwand der Hütte war ein kleiner Schuppen errichtet worden, der bis zur Decke mit trockenem Brennholz gefüllt war. die Löcher im Haus waren frisch gebohrt worden; die Lumpen waren aus den Fenstern verschwunden und an ihre Stelle wurden neue Glaslampen gesteckt; die Späne und anderen Unrat, der sich seit so vielen Jahren im Hinterhof angesammelt hatte, waren weggeräumt worden; und kurz gesagt, der Ort sah aus, wie Godfrey es ausgedrückt hätte, als ob dort Weiße lebten. Die Veränderung war so groß, dass Dan kaum glauben konnte, es sei sein altes Zuhause; und als seine Mutter einige Minuten später die Straße herunterkam, war er völlig überzeugt, dass er entweder träumte oder dass seine Augen und Ohren eine Verschwörung geschlossen hatten, um ihn zu täuschen . Sobald Godfrey seine Frau kommen sah , sprang er über den Zaun und nahm ihr den schweren Korb, den sie trug, aus der Hand.

„Warum, Godfrey, wie schön die Dinge aussehen", rief Mrs. Evans, und Dan konnte sich nicht erinnern, wann er sie schon einmal lächeln gesehen hatte.

„Aber das tun sie nicht", antwortete Godfrey. „Ich sage dir, Susie, ich habe mich seit den guten alten Tagen, als wir Nigger hatten, die unsere Arbeit für uns erledigten, nicht mehr so wohl gefühlt. Es ist doch ein großer Trost zu wissen, dass du ein bisschen voreilig bist, nicht wahr ? Die Tiere sind gut mit Unterschlupf und Mais versorgt; Es gibt genug Taten im Keller und genug Speck in der Räucherei, um uns zu versorgen, bis ich noch mehr habe ; der Schuppen ist voller Brennholz; Und jetzt kann es wehen und schneien und den Scherz einfrieren, sobald es ihm gefällt!"

Godfrey und seine Frau gingen in die Hütte, und Dan drehte sich um und schlich zurück in den Wald. „Die Dinge sind eine Herausforderung ", sagte er zu sich selbst, während er sich auf einen Baumstamm setzte, um darüber nachzudenken, was gerade passiert war. „ Pap hat ein Paar Stiefel; Daves Postbote; Mama sieht aus wie eine Dame; Das sind die Glasfenster zum Haus, und hier bin ich – seht mich nur an!" fügte Dan hinzu und warf einen Blick auf seine zerlumpte Kleidung. „Jetzt sage ich euch, was die Wahrheit des Evangeliums ist: Pap ist der Kerl, der sich eingeschlichen hat und ihnen Greenbacks gestohlen hat, während ich draußen war und dieses Eichhörnchen geschossen habe", fuhr Dan fort, der gerade die Schlussfolgerungen vergaß, zu denen er gekommen war, als er sie herausfand der Abdruck des Stiefelabsatzes in der weichen Erde. „Er hatte Angst, das Geld auszugeben, also bringt er es zurück zu Dave, versöhnt sich mit ihm und der alten Frau, und alles läuft so glatt wie ‚Mädels‘, und niemand kümmert sich mehr um mich, auch nicht Ich war überhaupt nicht Dan."

Es gibt Jungen und auch Männer auf der Welt, die es nicht ertragen können, andere Menschen glücklich zu sehen, und wir kennen Dan inzwischen gut genug, um zu wissen, dass er zu dieser Klasse gehörte. Er war nicht glücklich – er konnte mit seinem Gemüt nicht sein – und es hätte ihm unendliche Befriedigung verschafft, wenn er einen Weg gefunden hätte, seine Verwandten, denen es jetzt so gut in der Welt zu gehen schien, ebenso unglücklich zu machen wie ihn war er selbst. Es tat ihm weh zu wissen, dass sie sich auch dann amüsieren konnten, wenn er nicht zu Hause war. Warum gingen sie nicht in den Wald und suchten nach ihm, und als sie ihn fanden, brachten sie ihn zur Hütte, zogen ihm gute Kleidung an und taten so, als würden sie sich freuen, ihn zu sehen? „Das hätten sie tun sollen ", rief Dan aus, „und um sie dafür zu bezahlen, dass sie es nicht getan haben , wünschte ich nur, ich hätte sie jetzt hundertsechzig Dollar." Ich würde gerne sehen, wie Dave sie wieder bekommt."

Dan kratzte im Windschatten des Baumstamms ein paar trockene Blätter zusammen und ging an diesem Abend ohne Abendessen zu Bett. Er lag fast nur einen Steinwurf von der Hütte entfernt und konnte jedes Mal hören, wie die Tür zuschlug, wenn jemand ein- oder ausging. Kurz vor Tagesanbruch schlief er ein, und als er erwachte , sprang er in großer Verwirrung auf, denn er sah seinen Bruder auf einem Baumstamm in seiner Nähe sitzen. Dan war nicht überraschter, ihn dort zu finden, als zu bemerken, dass er einen anderen Anzug und ein Paar warme Handschuhe trug. David muss reich werden.

„Dan, du weißt nicht, wie froh ich bin, dich wiederzusehen", sagte David, sobald sein Bruder einigermaßen wach war. „Wo in aller Welt hast du dich gehalten? Vater und ich waren jeden Tag im Wald und haben nach dir gesucht, konnten aber keine Spur von dir finden."

Diese Ankündigung stoppte die wütenden Worte, die Dan über die Lippen kamen. Er muss zu Hause vermisst worden sein, sonst hätten sein Vater und sein Bruder keine Zeit damit verbracht, nach ihm zu suchen.

„Du zitterst, als wärst du halb erfroren", fuhr David fort und warf einen Blick auf die blauen, kalten Hände und das Gesicht seines Bruders. „Steh auf und komm mit mir ins Haus. Da brennt ein gutes Feuer."

„Wal, ich weiß nicht ", antwortete Dan, setzte sich auf seinem Blätterbett auf und sprach so deutlich, wie es seine klappernden Zähne zuließen. „ Vielleicht bin ich das nicht gewollt."

„Warum, ja, das bist du. Was hat dich auf diese Idee gebracht?"

„Du hast gehört, wie ich Pap gesagt habe, was Dein Geld war doch, schätze ich, nicht wahr?"

„ Natürlich habe ich das getan; aber ich kann Ihnen das nicht übel nehmen.

„Noch Mama, Nuther ?"

„Nein, Mutter auch nicht. Ich wünschte, ich hätte das Geld nie verdient, denn es hat uns in große Schwierigkeiten gebracht. Aber wir haben noch einmal von vorne angefangen und werden es besser machen, jeder von uns. Komm schon, Dan; Mutter will dich sehen, und Vater auch."

Aber Dan wusste nicht, ob er kommen sollte oder nicht. Er hatte das Gefühl, dass er alle Rechte an seinem Zuhause verspielt hatte und dass er gerecht bestraft werden würde, wenn es ihm nie wieder gestattet würde, die Schwelle zu überschreiten. Aber er war kalt, hungrig und völlig entmutigt; und nachdem David noch ein paar Minuten mit ihm gestritten hatte, erlaubte er ihm, ihn auf die Füße zu heben und ihn zur Hütte zu führen. Er zögerte an der Tür, aber David schob ihn hinein, und Dan war nicht wenig erstaunt über den Empfang, der ihm entgegengebracht wurde. Seine Mutter küsste ihn und weinte um ihn, sein Vater rang ihm die Hand, bis Dan fast selbst zum Weinen bereit war, und dann wurde er auf einen Stuhl in der wärmsten Ecke gesetzt. Sobald er mit Messer und Gabel umgehen konnte, reichte man ihm einen Teller mit dem reichhaltigsten Frühstück, das er je unter diesem Dach gegessen hatte, und Dan machte ihm alle Ehre. Er blieb fast sich selbst überlassen, denn die Familie, die seine Gefühle kannte, belästigte ihn nicht mit Fragen. Er saß auf seinem Stuhl – es war auch ein *Stuhl*, wie er bemerkte, und kein Nagelfass mit einem Brett darüber –, den Kopf nach unten hängend und das Kinn auf der Brust ruhend; aber seine Augen wanderten überall hin und fanden vieles, was sein Staunen erregte. Während seiner Abwesenheit war die Hütte mit einem neuen Tisch und einigen Stühlen ausgestattet worden; zwei bequeme Betten waren an die Stelle der elenden „Abschüttelungen" getreten; das gesprungene und zerbrochene Geschirr war durch neues ersetzt worden, und alles war so ordentlich, wie es nur möglich war. Dan fühlte sich dort fehl am Platz.

Frühstück beendet hatten, setzten sie sich vor das Feuer, um ihre Äxte zu wetzen, woraufhin ersterer mit der Bemerkung, dass sie hundert Schnüre Holz für General Gordon zu schneiden hätten, seiner Frau und Dan Gutes bedeutete – Tschüss, und die beiden verließen die Hütte. Dan fühlte sich viel wohler, nachdem sie weg waren. Das schöne, warme Frühstück, das er zu sich genommen hatte, und das gründliche Auftauen, das er durchgemacht hatte, brachten ihn wieder in Stimmung, und er begann, sich über einige Kleinigkeiten zu erkundigen, die seine Neugier geweckt hatten.

„Sagen Sie, Mama", sagte er, „was hat das Brummen verursacht?"

„Der General war der Grund dafür, dass er nach Hause kam", antwortete Frau Evans. „Er fand deinen Vater im Wald und redete so mit ihm, dass er versprach, zurückzukommen und ein neues Kapitel aufzuschlagen; und ich bin froh, sagen zu können, dass er es geschafft hat."

Es gab eine Sache, die Mrs. Evans Dan nicht erzählte (wahrscheinlich wusste sie selbst nichts davon), und zwar, dass Godfrey, wenn er nicht den Rat seines alten Kommandanten befolgt hätte, nach Hause zurückgekehrt wäre und sich ernsthaft an die Arbeit gemacht hätte Um seine Familie zu ernähren, wäre er im Gefängnis gewesen, bevor ein weiterer Tag über seinen

Kopf vergangen wäre. Godfrey selbst wusste das nicht, denn der General hatte keine Drohungen ausgesprochen. Er hatte seinen Standpunkt durch Argumente gewonnen.

„Wie kommt es, dass Dave die Post trägt ?" fragte Dan.

„Der General hat den Vertrag und beauftragt David mit der Arbeit", lautete die Antwort.

„Er muss eine Menge Geld verdienen , schätze ich, oder ?"

„Dreißig Dollar im Monat."

Dan öffnete voller Überraschung die Augen. „Wie viel wird das in einem Jahr sein?" er hat gefragt.

„Dreihundertsechzig Dollar."

"Wütend! Wir sind verdammt reich, nicht wahr , Mama?"

„ Ach , nein! Es kommt kein Cent in die Familie außer dem, was dein Vater und David durch ihre tägliche Arbeit verdienen. David ist hoch verschuldet."

„Wie sind wir dann an all diese schönen Dinge gekommen?"

„Nun, David hatte nur fünfzig Dollar Geld. Zehn Dollar davon verdiente er, indem er Don Gordons Zeiger zerbrach, und den Rest erhielt er von Silas Jones für zwei junge Bären, die in dieser Falle auf Bruins Insel gefangen waren. Ein Teil des Geldes wurde für die Bezahlung unserer Lebensmittelrechnung verwendet, der Rest wurde für das Haus ausgegeben. David schuldet dem General hundert Dollar für das Fohlen, das er reitet, und er ist jeden Cent von zweihundert wert."

„Nun, Mama", sagte Dan mit einigem Zögern, „das ist nicht alles Geld, das wir haben." Was sind die Greenbacks, die Dave hat, um die Wachteln zu fangen ?"

„Warum hast du nicht die Tasche deines Vaters aufgeschnitten und die Schachtel genommen?" fragte Mrs. Evans, während sich ein Ausdruck auf ihrem Gesicht festsetzte, den Dan nicht verstehen konnte.

„Das habe ich getan, und ich habe ihm auch Recht gegeben , weil ich versucht habe , mich um meinen Anteil zu betrügen, den er versprochen hat, meine Ehre, mir zu geben!" rief Dan aus. „Hat er es Dave nicht zurückgegeben?"

„Das hat er sicherlich nicht getan."

„Wal, ich weiß nicht, was es ist, mehr als der Mann im Mond."

Mrs. Evans' Gesicht wurde etwas blasser, und nachdem sie Dan einige Sekunden lang fest angesehen hatte, lehnte sie sich in ihrem Stuhl zurück und bedeckte ihre Augen mit der Hand. Dem jungen Postboten stand eine weitere Enttäuschung bevor. Er und seine Eltern hatten gehofft, dass Dan ihm das Geld, für das Dave so hart gearbeitet hatte, zurückerhalten würde, wenn er nach Hause zurückkehrte. Die Art, wie seine Mutter ihn ansah, dachte Dan, dass sie seine Geschichte nicht glaubte, also beeilte er sich, ihr zu versichern, dass er nichts als die Wahrheit erzählte, und fügte anschließend einen detaillierten Bericht über die Art und Weise hinzu, wie der Dieb – wer auch immer Er hatte eine Operation durchgeführt, um sich den Besitz der Kiste zu sichern. Seine Mutter war davon überzeugt, dass er den Sachverhalt so darlegte, wie er sich zugetragen hatte, und so wurde die Sache fallen gelassen.

David erfuhr von dem Verlust seines Geldes, als er an diesem Abend nach Hause kam, und obwohl es ein schwerer Schlag für ihn war, ertrug er es, fuhr regelmäßig zweimal in der Woche mit der Post und verbrachte die anderen vier Tage damit, seinem Vater beim Schneiden von General zu helfen Gordons Holz. Dan trieb sich untätig im Haus herum und benahm sich schließlich ein bisschen mehr wie er selbst. Das Gefühl, dass er alle Rechte auf ein Zuhause unter dem Dach seines Vaters verloren hatte, wich nach und nach der Meinung, dass er weitaus wichtiger sei als alle anderen. Eines Tages sagte er zu seiner Mutter:

„Nun, Mama, ich habe gerade lange genug auf sie gewartet . Ich möchte nicht länger so behandelt werden. Hörst du mich?“

„Auf was hast du lange genug gewartet?“ fragte seine Mutter.

„Für meine guten Klamotten und ein Paar Ladenstiefel, wie Dave und Pap sie haben.“

„Sie können sie haben, sobald Sie sie verdient haben.“

„„ Arn ‘ em !“

"Sicherlich. So haben dein Vater und David ihr Eigentum bekommen.“

„Und wie lange haben sie dafür gebraucht ?“ fragte Dan, der nicht wenig schockiert und wütend war, als er erfuhr, dass er für seine schönen Dinge arbeiten musste, bevor er sie besitzen konnte.

"Ungefähr eine Woche. Du solltest einen Dollar am Tag verdienen, indem du Holz fällst, und der General wird dir alle Arbeit geben, die du leisten kannst.“

„Und während ich arbeite , muss ich dann diese Lumpen tragen?“ rief Dan aus. „Ich würde wie ein Dreck aussehen, wenn Don und Bert auf ihren

Zirkuspferden vorbeikämen und ihre glänzenden Stiefel und schönen Kleider tragen würden , nicht wahr? Nein Sir! Ich muss dringend etwas Besseres haben. Ich werde mit Dave darüber reden, sobald er heute Abend nach Hause kommt."

„David kann dir nicht helfen", antwortete seine Mutter. „Er muss hart für alles arbeiten, was er trägt."

„Kannst du mir nicht helfen?" schrie Dan, „und er hat fast vierhundert Dollar im Jahr verdient ! " In diesem Haus denkst du nicht mehr an mich, auch wenn ich ein lauter Hund wäre. Seine Kreditwürdigkeit im Geschäft für sechs Monate ist gut, falls ich gehört habe , wie Silas es ihm gesagt hat."

Aber Dan redete nicht mit David darüber, denn sein Vater redete mit *ihm* . Als Godfrey an diesem Abend nach Hause kam, trug er zwei Äxte auf der Schulter, von denen eine aussah, als wäre sie gerade aus dem Laden gekommen. Er stellte seine eigene Axt in die Ecke, in der sie normalerweise aufbewahrt wurde, und näherte sich mit der neuen in der Hand Dans Stuhl. „Thar, Junge", sagte er fröhlich, „schau, was für ein schönes Geschenk ich dir mitgebracht habe . Es ist das Schlimmste, was ich dir seit langem gegeben habe, nicht wahr ? Halte es fest. „ Zwei werden dir nicht schaden."

„Was soll ich damit machen, Pap?" fragte der Junge, während er die Axt in beide Hände nahm und sie so unbeholfen hielt, als hätte er noch nie zuvor eine berührt.

„Wal, Dannie, ich werde es dir sagen", antwortete Godfrey, legte seine Hand auf die Schulter seines Sohnes und sprach in vertraulichem Ton. „Als der General mich dabei erwischte , wie ich wie ein fauler Wanderer im Wald herumlungerte , sagte er zu mir: ‚Godfrey', sagt er, ‚das ist das Prinzip, nach dem wir bis zu unserem Haus gehen: sie als Don.' 'Nicht arbeiten kann nicht essen!' Ich habe oft über diese Worte nachgedacht, seit ich nach Hause gekommen bin, und bin zu dem Schluss gekommen, dass, wenn reiche Leute das tun, auch arme Leute das tun sollten . Nun, ich weiß es nicht Erstaunliche Lust , sich hier in diesem Jahr fröhlich hinzusetzen und sich am Feuer zu wärmen, das Dave jeden Morgen anzündet , und eine skandalöse Vorliebe dafür, im Laden Tee und Kaffee zu trinken , die aus dem Wasser zubereitet werden , das er aus dem Laden mitbringt Frühling; aber ich säe nie, ihr schneidet selbst kein Holz , noch trage ich kein Wasser. Nun, sich Das ist so, weil sie in diesem Haus nicht mehr arbeiten werden. Ihr hattet eine kraftvolle, lange Ruhepause, und zwar morgen Morgen , ich möchte sehen, dass die neue Axt schärfer als ein Rasiermesser ist, also gehst du nicht mit mir und Dave, um Holz zu hacken, zum General .

Dan hörte dieser Rede schweigend zu und konnte nicht den Mut aufbringen, eine unverschämte Antwort zu geben, wie er es sicherlich getan hätte, wenn sein Vater einen Monat zuvor auf diese Weise mit ihm gesprochen hätte. Aber sein Vater hatte noch nie zuvor auf diese Weise mit ihm gesprochen. Wenn er geschrien und mit den Fäusten gefuchtelt hätte, aufgesprungen wäre und die Fersen zusammengeschlagen hätte, wäre Dan ihm auf halbem Weg entgegengekommen; aber er konnte diese ruhige, ernste Art nicht verstehen, in die Godfrey in letzter Zeit verfallen zu sein schien. Es gefiel ihm auch nicht, denn er war sich sicher, dass es eine geschäftliche Angelegenheit bedeutete. Jedenfalls wurde die Axt in dieser Nacht mit Davids Hilfe geschärft, und bei Tageslicht am nächsten Morgen hätte man Dan vielleicht in Begleitung seines Vaters und Davids auf dem Weg zum Waldgrundstück des Generals sehen können.

Unter Godfreys bescheidenem Dach war die Ordnung wiederhergestellt, und die Familie Evans war wieder auf dem Weg zum Wohlstand, die kleine Siedlung Rochdale, die durch die aufregenden und amüsanten Vorfälle, die wir zu beschreiben versuchten, vom Zentrum bis zur Peripherie aufgewühlt worden war In dieser Buchreihe verfiel er noch einmal in seine alten Gewohnheiten und es herrschte Ruhe und Frieden. Die Siedler schienen, wie so viele Tiere im Winterschlaf, in ihre Höhlen gekrochen zu sein, um im Winter zu schlafen, und zeigten sich der Welt nur an Posttagen oder wenn fünf lange Pfiffe ankündigten, dass ein Dampfer an der Landung anlegen würde. Bei diesen Gelegenheiten wurde bemerkt, dass zwei Personen, von denen nie bekannt war, dass sie ein Boot oder einen Posttag verpasst hätten, ganz gleich, wie das Wetter sein würde, jetzt nie an der Anlegestelle gesehen wurden. Es waren Godfrey Evans und Dan. Letzterer hätte zunächst gerne seine Faulheitsgewohnheiten wieder aufgenommen, aber sein Vater hielt ihn bei der Arbeit und überreichte ihm am Ende der ersten Woche das Geld, das er verdient hatte. Für Dan war das eine große Ermutigung, und von da an war ihm die Arbeit nicht mehr ganz so zuwider. Dan jagt heute nicht mehr so viel wie noch vor ein paar Monaten und besitzt auch keine Hinterlader-Schrotflinte; Aber er ist ein sparsamer, fleißiger Junge und hat Don Gordon eine sehr schöne kleine Geldsumme zur sicheren Aufbewahrung in die Hände gelegt, abgesehen von der Rückerstattung der zehn Dollar, deren Verlust David so viel Ärger und Angst bereitet hatte.

Was Godfrey betrifft, so war seine Reformation nicht vorgetäuscht. Er machte sich ernsthaft an die Arbeit, um die langen Jahre des Müßiggangs wiedergutzumachen, und damit er richtig anfangen konnte, erzählte er dem General die Geschichte dieses Straßenraubs und überreichte ihm die ersten zwanzig Dollar, die er hatte von seinem Einkommen sparen konnte, mit der Bitte, es an Clarence Gordons Vater weiterzuleiten. Dann atmete er leichter. Es kam ihm vor, als sei ein Berg von seinen Schultern genommen worden.

Don und Bert Gordon behielten ihren ausgeglichenen Weg bei und machten sich, nachdem sie gesehen hatten, wie David sich als Postbote

etabliert hatte, mit der Unterstützung von Fred und Joe Packard an die
Arbeit, an der Stelle des alten einen weiteren Schießstand zu bauen von
Lester Brigham und Bob Owens verbrannt. Sie wussten jetzt, dass es nicht
Godfrey Evans war, der es angezündet hatte, denn ihr Vater hatte es ihnen
gesagt; aber er sagte ihnen nicht, wer die Schuldigen waren, und sie
versuchten nie, es herauszufinden. Der neue Schießstand war in einer Woche
fertig und stellte, wie Don vorhergesagt hatte, den alten weit in den Schatten.
Lester Brigham ging eines Abends dorthin, um es sich anzusehen, aber er
ließ es genau so zurück, wie er es vorgefunden hatte. Lester war nicht mehr
der Junge, der er einmal war. Er war so allein auf der Welt, als hätte es im
Umkreis von hundert Meilen um ihn keinen anderen Jugendlichen seines
Alters gegeben. Wie er seine Zeit verbrachte, wusste niemand und wollte
auch niemand fragen. Er dachte oft an seinen alten Freund Bob Owens und
fragte sich, was aus ihm geworden war. Natürlich wusste jeder, dass er von
zu Hause weggelaufen war, aber niemand hätte gedacht, dass er Davids Geld
mitgenommen hatte, als er ging. Der allgemeine Eindruck schien zu sein,
dass Godfrey und Dan es jederzeit vorbringen könnten, wenn sie es für
angebracht hielten.

David erfüllte im Winter treu die Pflichten des Postboten, und nach sechs
Monaten hatte er keine Schulden mehr und hatte eine hübsche kleine Summe
Geld für einen regnerischen Tag übrig. Eines Morgens ritt er zum Postamt,
um die Post abzuholen, die zur Kreisstadt gebracht werden sollte, und Silas
Jones überreichte ihm den folgenden Zettel, den er im Galopp las:

„ FREUND DAVID :

Es mag Sie überraschen, zu erfahren, dass Vater mir gerade die
hundert Dollar übergeben hat, die Sie ihm für das Hengstfohlen
gezahlt haben, und dass ich es an Ihren Befehl gebunden behalte.
Vater wollte es dir jederzeit zurückgeben und dir das Pferd schenken;
aber er ließ es niemanden wissen, denn er wollte, dass du glaubst, dass
du für deinen Kerl arbeiten musstest, bevor du ihn besitzen konntest.
Er möchte nicht, dass Sie sich auf irgendjemanden stützen oder
denken, dass Sie immer einen Freund haben werden, der Ihnen zur
Seite steht, wenn Sie in Schwierigkeiten geraten. Sie haben ihm
gezeigt, dass Sie in der Lage und bereit sind, für sich selbst zu sorgen,
und deshalb möchte er Ihnen helfen.

Dein,

DON GORDON .

Für David war es tatsächlich eine Überraschung. Er war nur hundert
Dollar reicher, als er dachte. Während seiner Fahrt konnte er nur an die
Freundlichkeit des Generals denken und fasste den geistigen Entschluss, dass

er sich dieser würdig erweisen würde. Als er am Nachmittag zum Treppenabsatz zurückkehrte, wartete er, bis Silas die Post verteilt hatte, um ein paar Lebensmittel für seine Mutter zu kaufen, und stellte fest, dass eine weitere Überraschung auf ihn wartete. Als der Postmeister ihm die Post des Generals überreichte, die David jetzt immer nach Hause trug, gab er ihm auch einen an ihn selbst adressierten Brief. Da er die Handschrift nicht erkannte , tat er das, was viele Leute tun, wenn sie Briefe von einer unbekannten Quelle erhalten: Er schaute auf den Umschlag und versuchte zu erraten, von wem er stammte. Dann steckte er die Post des Generals in die Tasche, nahm seine Einkäufe unter den Arm, bestieg sein Pferd, zog den Brief wieder heraus und riss den Umschlag ab, nachdem er sich auf den Weg nach Hause gemacht hatte. Das erste, was ihm ins Auge fiel, war ein Scheck über fünfzig Dollar.

"Dort!" rief der junge Postbote aus, „Ich habe einen Brief geöffnet, der für jemand anderen bestimmt war; Aber wenn es hier noch einen Dave Evans gibt, kenne ich ihn nicht.“

David blickte noch einmal auf den Scheck und dann auf die Unterschrift am Ende des Briefes. Es war von Bob Owens und lautete wie folgt:

> „Zweifellos werden Sie überrascht sein, wenn Sie dies erhalten, denn ich glaube nicht, dass Sie oder irgendjemand sonst in Rochdale jemals damit gerechnet haben, noch einmal von mir zu hören. Ich schulde Ihnen einhundertsechzig Dollar und fünfzig Cent und überreiche Ihnen hiermit einen Scheck über fünfzig davon. Es ist das erste Geld, das ich jemals in meinem Leben verdient habe. Ich hätte es gerne schon früher verschickt, aber dies ist das erste, das ich erhalten habe. Ich bin Privatsoldat in der regulären Armee. Mein Gehalt ist gering und ich muss davon alles kaufen, was ich anziehe, sodass meine Ersparnisse nicht besonders groß sind. Sie wissen wahrscheinlich inzwischen, wie ich in den Besitz des Geldes kam. Ich folgte Dan zu seinem Lager, sah, wie er die Kiste unter einem Baumstamm versteckte und hinausging, um ein Eichhörnchen für sein Frühstück zu schießen. Als er außer Sichtweite war, machte ich einen Fehler, nahm die Kiste und rannte von zu Hause weg, um das Geld auszugeben. Ich habe die Tat nur ein einziges Mal bereut, und das war jeden Moment, den ich erlebt habe, seit ich Mississippi verlassen habe. Ich hoffe, Sie haben nicht aus Geldmangel gelitten. Haben Sie so viel Geduld wie möglich mit mir, und ich werde Ihnen den Rest schicken, sobald ich es aufbringen kann.“

Dann folgte ein Nachwort, in dem David gebeten wurde, den Erhalt des Geldes zu bestätigen und ihm mitzuteilen, wohin er seinen Brief schicken sollte. Es enthielt auch die Information, dass Bob gerade einen Brief an seinen Vater geschrieben hatte (er sagte, er wisse, dass es falsch gewesen sei, ihn so lange in Atem zu halten, aber er konnte es nicht übers Herz bringen, ihm zu schreiben, bis er ihm das sagen konnte Er (Bob) hatte den ersten Schritt zur Wiedergutmachung einiger seiner Missetaten getan) und aus Angst, dass der Brief fehlschlagen könnte, wäre er (Bob) froh, wenn David Mr. Owens sehen und ihm die Adresse seines Sohnes geben würde.

„Das macht Dan und Vater auch klar", sagte David, sobald er seine Zunge gefunden hatte. „Ich wollte nicht hart an sie denken, während sie ihr Bestes geben, um das Richtige zu tun, aber irgendwie konnte ich mich des Gefühls nicht erwehren, dass dieses Geld im Wald versteckt war und dass es eines Tages herausgeholt werden würde zum Nutzen von jemand anderem als meiner Mutter und mir. Bin ich nicht der glücklichste Kerl der Welt? Was auch immer Bob Owens jetzt sein mag, er ist ein ehrlicher Junge."

Dies war die Meinung aller, die von dieser Wiedergutmachungsmaßnahme des Ausreißers hörten. Dadurch war er in der Siedlung beliebter als je zuvor, als er noch zu Hause war. Die Leute erinnerten sich jetzt daran, in den Zeitungen einen langen Bericht über die Kühle und den Mut gelesen zu haben, den er in der Nacht, in der die Sam Kendall verbrannt wurde, an den Tag gelegt hatte; und einige von denen, die am meisten über Bob zu sagen hatten, als er zum ersten Mal weglief, begannen nun zu erkennen, dass etwas Gutes in ihm steckte, und sagten voraus, dass es ihm am Ende gut gehen würde. Bob ist jetzt in der Armee. Er ist in der Ebene, unter den Indianern, genau dort, wo er sein wollte; aber er wäre in der Tat froh, wenn er weit davon entfernt wäre. Das Einzige, was ihn daran hinderte, bei General Custer zu sein, als dieser tapfere Soldat und sein Kommando von Sitting Bull und seinen Kriegern massakriert wurden, war der Erhalt eines Befehls am selben Morgen, der ihn als einen der Wächter eines Wagens bezeichnete . Zug. Bob hält nicht mehr so viel von diesem wilden Land wie früher. Seine Gefühle haben sich seit dem Tag, an dem er das Geld des POSTBOTEN gestohlen hat, sehr verändert .

DAS ENDE.